春天逃城

阿鏡三十年新詩精選集

Spring of Refuge

√ 再出來一點 **736**

春天逃城

約書亞記第二十章『就要分出幾座城，為你們作逃城，使誤殺人的可以逃到那裡，這些城可以作逃避報仇人的城，使誤殺人的不至於死，等他站在會眾面前聽審判。』

分出來的這一座城，叫做春天逃城，是為了庇護那些傷害過的人以及，來不及傷害的人，還有不想去傷害但仍然受傷的人，還有關於傷害的發源本身。那些跟傷害這兩個字有牽涉的人事物，都被分在這個城池之中，互相撕咬、再彼此求和與諒解，剩下最後突起的部份，就是這本詩集。

還記得當時他不小心進入了甕中，從裡頭看出去的天空是那樣硫酸銅著的藍，教室外頭的白雲燃點很低，就像是水族箱裡著火的布袋蓮，大王椰子樹在午後三點的時候，突然搖晃了起來，他突然聽見蟬聲就像打水漂一樣，從很遠的一棵樹上的故事章節，跳到附近的一棵樹上，再跳到他的聯考數學模擬考卷裡，蟬聲被微分成文字，再被積分成詩了，那是他第一次知道傷害這兩個字的意思原來不是凹陷的堰塞湖，而是隆起，但是可以用文字削足適履，那年是一九八六年，國三聯考前夏天的前沿。

那個人一直都不懂，原來他可以就是我，只要用逃走的名義，為他保護好所有的傷害，藏在每一幅圖片與圖片之間，每一段句子與句子中無聲的雨裡。如果有人讀不懂他清晨的詩，那麼他們一定也讀不懂我的暮色，如果有人以為讀懂了他的湖，那意謂著

那個人離我的岸更遠，因為傷害有其依附性，只有依附在自己的青苔，才能體會春天的刻痕有多深。

如果有人以為讀懂了他的詩，那他一定也以為讀懂了我，我會以為讀者瞭解了我，我特別喜歡這種設計出來的不尷尬結局，每個人都以為瞭解了對方的受傷履歷表，參與設計了過程與結局，但是一切都不會改變，我們以為在雨中淋著同一種雨，我們以為在文字裡感受了同一種愛，我們以為我們的以為是同一種以為，但是現實中的雨並沒有停止不同的冷法，愛並沒有分岔，不論是他或是我，或是他們，或者剛好存在的你們，在讀完這本詩集七百零二首詩之後，傷害仍會持續，沒有人會因此痊癒。

那麼為什麼他要在我五十歲前為我出這一本詩集呢，明明最後那個突起的部份，都會被另一個突起所取代，永遠都有新的隆起完美地疊在一個舊的突起身上，永遠都不會因為窒息而停止。他說他擔心萬一老了之後有一天得到阿茲海默症的獎狀，他再也不會記得他曾經花了三十多年的時間寫過三千多首詩來描訴過我這樣一個人，他擔心自己慢慢地會像一雙被遺忘的老鞋子，分批掉進了許多不斷年輕化的洞裡頭，而我剩下來的新路該怎麼走。

出這本詩集時他說，在這個疊深起來的瞬間裡，只要有一雙暖暖的手扶著它，他就可以放心離開我，把這座逃城交給所有受過傷害的人，那些不想被改變，而以為被改變了，但實際田野調查的結果顯示，發現自己還有一點懷孕的可能性的，但被我巧妙地循循善誘，在便利商店結帳時，把早餐換成驗孕筆的人。

√千簷萬雨

渔夫的矛正向湛藍
水中的蝴蝶
正驚眩而無力。

我在聽

我在聽
靜靜的聆聽
我只是靜靜地聆聽
聽荷花如何慰留一隻蜻蜓
杜鵑又如何婉謝路過的蝴蝶
而雲朵如何在水澤之中
堅守不疑忍住背影
在這迷濛的清晨裡
我不能只是風
我就是不能只是
那些會剝開裂痕
但不負責癒合的微風。

夜過山

鴉聲鵲
啼北柳
變容桑
亂石峥嶸
迷途山霧
蘭蕪朽斧
萬蓼孤路
草滿長處

路轉滿楓起
秋波上樹心
悲蘇白蒼盡
南篁竹路零

南面螢
北夜鶯
東橋隱
西山並

新月入黑林
寂寞催為醒
披風巡行過
冷鼠小夜心。

秋天的蟬

秋天的蟬
是為了什麼還在咆哮呼喊
我還沒有離去
樹梢的落葉也跟我一樣
並沒有開始飄零
天上的雲朵雖然還沒有
失去鎖骨
不過我已經裸露出自己
像一個在潔白海灘上
半滿砂礫的寶特瓶

我也已經裸露出自己的鋼筋
在一棵老槐樹上
失去我的屋頂
它是我的腹語
當我唱起歌的時候
光影會混淆著我的眼睛
我不要被人那麼容易發現
我其實只是
在熱鍋子裡咬著薑
而漸漸失去
吐沙權力的蛤蜊。

秋夜

把自己的身體放在黑暗之中
天上的星星就放出光明
海上的船燈
與人間的燈火
也從四周張起
青蛙與蟋蟀聲舉起的簾幕
我已經放下自己的聲帶
不再錦上添花

我是被黑暗所擠壓的
那座對內發光的燈塔
但我投入的情懷
對每一艘經過的船
都有所依據
每一種灼熱的品質
都會是我眼皮燈籠裡的
誠實的材薪。

深夜失火記

一群男女的尖叫
混合著狗吠聲
在一片火光交錯之間醒來
二十公尺餘的火燄
像黑夜裡憤怒的心臟病
冒著吸入自己濃煙的
生命危險

消防車的水柱祭起希望
火燄逐漸凋零
漫天飛起燃燒的木屑
濃煙裡藏著許多完整的戰事
還有一個老兵的魂魄

清晨裡
在木造的眷村之中
四排水泥牆堅強地站起
鄰人正在彼此交換著昨夜的恐懼
一隻忠狗疑似搜索著
一顆種子的可能重生。

張臂之弓

我的雙手張開像不像一支大弓
張著妳的長髮
把妳的真情
深深地按入我
左岸的心臟

我的俯身像不像一座豎琴
如果妳迴避我垂直的比喻
我將永遠動盪不安
把胸骨裡所有漲滿的鋼弦
不斷地撥給妳聽。

賦別花蓮

太陽緩緩的下山了
每朵雲都在賦別
都各自帶走一個美麗的名字

星光在天廊上攙扶得很好
遠方的船銜著海浪
一捆一捆白色的繃帶
充當海上的眉批

燈塔的光剛經過我的右肩
點亮一隻新的蠟燭
光明有時會路過我
也只有在黑暗翻頁
太多的時候。

藍色印象

晨起
一枚印花印在熱騰騰的天空
藍色的河流沒有流動
不起波浪
一顆月亮沉於河底
十三日四月
也許很晴

整個晴季的花蓮
也許很藍也許
藍得很心悸
明天
也許更藍

後天
可能又藍
然後有準備一隻傘的必要
一棵榕樹的必要
十六日四月
陰
必雨。

離人

門一離了地
就變成了窗
透明的玻璃
旅人的心事
陽光想過的
都是故事的灰燼
陽光沒想過的
會變成鳳凰花的
都是學子來不及
拆掉感情的聲音。

千簷萬雨

他仰躺在蔚藍的海上
翻身是困難的
一面是千簷的我
另一面是萬雨的你
兩頭都是溺愛的自己

漁夫的矛正向湛藍
水中的蝴蝶
正驚眩而無力。

花蓮之晨

六點十五分第一具引擎聲響起
天空的邊緣已經
被竹籤的針頭剃藍
白雲還未形成島嶼
微風就開始搜大王椰子的身
要它們交出昨夜
或是隕落的流星

道路被街燈叩醒
街燈被巷弄敲醒
小巷子被賣饅頭的老人吵醒
而老人對自己的吆喝
是什麼也聽不見的
他還關在那一年的古寧頭
轟隆的砲火聲裡。

吻

向地表索山谷
向山谷索深井
向深井索河川
向河川索方向

向你緊閉的窗子索蛇信
向花豹索懷肉
向我們之間的心跳索交錯
向載著大海的舟楫索淹沒。

夜色中你遠離都市之後

夜色中你我將分別之際
天空突然就黑了起來
我走進車站的月台
拿下眼鏡
讓一列南下離開的平快列車
弄長你的影子

滿天的星星叉著腰看著我們
或問我
誰會是最後一個被送走的人
誰又會是第一個留下的人

我們還沒有開始的愛情啊
我們都還沒有開始
就要結束的愛情
怎麼可以
只是問我。

命運

投以骰子
它動的不是骰子
是你貪婪的眼睛
它停止的不是點數
不是幻變的未知
而是人生勝敗
悄然允諾的服膺。

夏夜荷塘

在夏夜的荷塘裡
月光與露珠們
正在下著一盤
沒有落子的圍棋
一隻雨蛙開始鳴叫
卻忘了閉上眼睛
於是一陣漣漪結成了網
捕獲了我的倒影
現在看起來更像是一張鐵網
它燒不完全
又無法成為灰燼
它飛不起來
卻可以被蚊蟲穿越
成為今夜露水的
第一次的讓子。

合歡山獨步

風推一朵雲給我
捻一株松給自己

草原以青竹絲編成
草原下
雪的種子還正昏黃
而草原上我恰巧
獨自年輕

心懸在三千公尺以上
竟有點紛擾
我以徒步趕上頭頂上的雲
不知不覺已過山巔。

我們懂

你當然瞭解
當我們同在演奏黑夜的樂章
月光與水齊舞，你當然瞭解
舞姿的纖美
每每總是
兩顆相靠的心
不覺擁擠

我當然也瞭解
你隱藏在副歌中的秘密
當我們同時在草地上揀拾
雨後星星的眼睛
同理可證
我瞭解你的閃爍與愛哭

你對我歌唱
望見我臉上的簡譜
看著我的雙眼
讓自己糊塗
撥錯了柳琴
一根情絃
我懂的
不需瞭解。

鏈

人潮之中
他給我推著你的力量
他們又推著他
讓我這樣一個安靜的僧者
成為你的負載

沒有一個人的背後沒有別人
這整齊的秩序一向如此
我們總是有罪
成為前者的影子
這影子總是零亂
一向如此。

你在山中教書的日子

一直想要尋你
栽一株百合在你紅色的帽帶上
為你戴上荊棘
荊棘為你開出紅色的花
問候一聲淡淡的關懷
你在山中好嗎
伴著你的山水
與雲朵好嗎

你在山中教書的日子
教正在長大與黝黑的孩子
數學，國語，音樂課
粉筆與蟬聲
相爭午後時光的日子

一直想當你的小孩
在樹下問著你啊
老師，你在畫什麼呀
想要圍在你的身邊
唱好多次的紫竹調

你那時在深山
太陽撥著盛開的桃花
那些調頭在柔軟的風裡頭

滿山落英的繽紛
是我在特別想念的時候
讓上課鈴聲跟著一起
響起的。

誘惑

月兒已打烊
明日請早
請來我這裡
一壺酒
一片湖水溫著
一盞船燈
燒著的
風說樹葉說秋天說的

水說明鏡說憔悴說的
死在水面的螢火蟲說的
你總是不說
非要等子夜
等出了聲的蛙鳴

我也打烊了
明日請早
眼已閉上，心火已剪熄
總仍有一隻燈花飛舞
總還有一面眼皮
誘我並自繪太陽
飛翔的
一列出軌的燃燒。

石室之復活

白晝形成的一個夜，再一次形成白晝
追逐一整夜的兩隻狼直到
聽見雞啼於東南，清晨破土
夜飛行整整兩萬里
陽光探入石室
光在真空中開始呼吸
七色的影子植入我的眼睛，我不能直視
一束銜著一束的光芒，斜斜的莊嚴，四方旋轉
惡靈誤入陷阱，塵埃飛舞
在古窗與土牆間爬行
緩緩切入門縫
加進我的呢喃
我與野生之清醒相枕
眼如一頭惡狼

歪斜的床，人之門，歪斜的門
歪斜的遙遠，扭轉，歪斜的地表，惡之延展
倒立的世界以手行走，也以手取物
傾斜的平衡仍運行，地球不知
貧往富深入，賤往尊前進，苦難往喜樂直逼
無法平衡的天平，橋之傾斜，文明過重之加權
我是清晨裡太重的砝碼

石室之門，黑洞之後門

我是石門，我不是石門，我是石門
我是石室，我不是石室，我是石室
穿上一面鏡子以後
誰是隱題詩？
我是石牆，我是過重的風化，我是旋轉
掛在身體上的鐘，一個個落下來
思想盡斷
白日的睡眠如暴落的雨滴之間
落下緊密之雷擊

當蜘蛛倒掛著一面鏡子
百葉窗攤開多槳的時間
古老的鐘擺謹慎地
踏出步履以求平安地歸來
文明窒息
野蠻便擄掠呼吸
石室擁有清晨一如
一座島擁有海洋
在白日裡我是嶙峋的波濤
在黑夜裡我是狹隘的門縫
薄如一張紙的幻相

清晨七點鐘聲正響
石室進入等待
八時已備妥，九時正形成
石室在凝望之中

發散成一座牢
一個追逐自己尾巴的圓
一些旅程的記憶
在腹語術的施展中
在空氣中蝠翼的降落裡
我的虹折疊我眼睛的極光

這時一個鏡中人正伸出他的手
將我拉入他的漣漪
將我拉入他的夢境
將我合壁
用他的身體測量我
我是不是你的一個腦
是風犁過雲所丟棄的一顆血
是野狼在高壁之上
所呼號的一個心願
是政客嘴唇裡豢養的謊言
是壁虎斷去跳動的尾巴
是我耽溺的回憶

在之前的我已經死去
在之後的我尚未發生
而現在的我卻正剎那幻變
我存在因為我的不確定嗎
我將從哪裡醒來
或是在哪裡睡去

我怎樣可以放下我的右腳
在左腳正舉起的時候

石室是你的戰場
石室是你的墓地
石室也是你出生的地方
我與石室同時出發
現在卻在一個馬蹄形的磁鐵裡
遙遙相望
像孤狼在山崖發現一朵花
像松鼠從一顆種子發現生命
像鴿群們從籠中發現了自由

在這石室之中
我被允許變成灰燼
也被要求燃燒，雖然一再地抗拒
在這石室之中，我被要求入禪
也被強迫成為魔鬼，雖然一再地婉謝
在這石室之中，我被強迫放逐
也被殷勤地迎接還鄉

啊，夢著的時候我在哪裡
而醒來的時候，我在哪裡
當我開鎖走出睡眠，我在哪裡
當我走入你的石室，你在哪裡
當我離去，我在哪裡

當我忽略了四季
忽略了疾病與老去
我還在生與死的襁褓裡嗎

在我窗外，最佳之綠葉前來飄落
最佳之雀鳥在合唱
最佳之山巒在河邊看花
最佳之雲朵在蓄髮
我打開窗
最佳的死亡將先我而死
那麼我將看到白日形成的眾多的夜
與眾多膽怯的石室
一起形成最美之復活
縱然生滅之間仍有
寂寞。

大雨

這樣的街
雨過
傘過
煙燒開過
窄的人群的肩
寬的逃竄的步伐
雨的四面楚歌
一隻洋娃娃的斷頭臺

青蛙從這一個人孔
跳至下一個人孔
我從這一個砧板
跳至下一個砧板

那樣井然有序的大雨裡
每次交錯的心跳之間
都有一條改編過結局的
故事的稜線。

用牙籤刺穿一隻金魚

我曾想過這樣一個殘忍的念頭
用牙籤刺穿一隻金魚
看我還記不記得你
我努力幫牠承受痛的歡愉
想像太陽穴裡
也有一根長長的筷子
把我們的失眠穿在一起

我曾觀察過龍眼裡的白色小蟲
在我腦裡蠕動
那是因為我太甜蜜的果肉所導致
還有無法抵抗的心所被誘引。

這一次

每次我爬出她的窗子
她在床上睡得正好
本來可以開門
正大光明的走出去的

可是這一次她變得聰明了
一個狂風暴雨後的夜晚
在一陣纏綿之後
她不再藏起我的鞋子
只悄悄地埋了我的傘
她不再關上她的窗子
只在窗下推了一台
緊靠著雨水的鋼琴。

安全感

在我演這角色之前
我必須先跟你說好
我不一定是你的情人
在我演這角色之時
你必須是我最深愛的人
在我演這角色之後
你必須含淚鼓掌
歡愉
但是你不能存在
因為你還在寫詩
還在寫著
只有你
才能讀得懂的詩。

重量訓練

容許我以燈來訓練自己的飛行
我必須不斷地撞擊
不斷的撞擊
不斷的撞擊
以證明我並不會痛

容許我以日常來訓練自己的夢
我必須不斷地夢醒
不斷的夢醒
不斷的夢醒
以證明我還有能力愛著你。

開花的樹

你不讓我成為歷史
是因為怕我善變
所以你總是把我繫在一棵
春天的樹下
我看著樹的枯榮
正如同你為我旋轉

下一世你說
換你自己變成一棵樹
然後我是四季
我要給你寬衣
開花或是
讓你頻繁地結果

我也要為你不停旋轉
讓你的每一種世故
在說起它的時候
都會有來自於我的
華麗的引述。

冷的陰謀

你蒙面而來
是為了告訴我
你是冬天
你不必訝異
在我已知曉你
以毀滅一切為目的的時候
山會沉睡
花瓣最終會被震落
天空會蔚藍晴朗
最後變灰黯
風會翻飛
鳥開始唱歌
然後死亡
情人會擁抱
在雲雨裡頭燃燒
在泥濘中分手

黑夜容納美麗而短暫的煙花
長長的死亡提供瞬間美的營養
那就是你的陰謀
不保固的美麗與溫柔。

雨後的庭園

在一個昏暗的午後
雨從無人能穿越的庭園中躺下了
它們有時停在一棵高高的羊蹄甲上
有時混在很多雀鳥的鳴唱之中
在樹葉間任憑她
以雙耳不停掏啊掏啊
原來在這一刻
她竟是一個不安於室的婦人
不安於打掃廚房
餵養孩子
以及侍候丈夫

在樹下掏啊掏啊
一顆心分成兩瓣
一瓣放在娘家
一瓣放在夫家
遍地的雨澤
站著的倒影之中
總有一些垂簾聽政的星星。

我在這裡

岸邊的你正害喜於夏夜強給的星光
靠在岸邊使你自己感覺是廣大的陸地
可以向遠方詢問任何人的消息

你投下水澤的是我精選的石子
你腳邊陣陣的漣漪是我對你頻頻的回答
我期待你能看見我投影在你身上的樣子

在岸邊的你別再癡癡地望向無涯的天際
我在這裡，是你的造物主
也是你自己。

墓地

天空有鷹看守
有人看守著鷹
碑林看守著碑林
野草看守父親

父親看守母親
母親看守我
我看守你們

孩子不知道
裡頭是什麼人
她們正在看守
因為割草而受傷
還活著的螻蛄。

吾家

小狗恬恬習慣在清晨灑下
昨夜貯滿的尿液
牠要為雞請命
為懶媳婦做鐘
阿嬤是清晨寧靜的破壞者
她要打破懶狗做人的美夢

八哥鳥在跳著牠自創的獨腳舞
老鴿子嚴肅的啄著牠的硬玉米
畫眉不說話，只是愛唱歌
一夜死了滿地的蟑螂
說明白蘭漂白水
比核爆的輻射塵更美麗
懶人都得了結膜炎
還正在爬枕頭山
揮舞那條共用的藍毛巾

小蓓蓓哭的理直氣壯
嗚咽著那些單音節的鬱卒
仍然喜歡穿著大拖鞋
跌倒給自己好看

阿嬤已經唸了經
想要破除一切清晨迷障

捻著數唸不完的佛珠
在無數的相親之中
找出適合下嫁吾家的觀世音

我在清晨是一隻海綿獸
等待因緣飽滿
歡度苦海的一天。

利水歌

不見火花
只見飛翔的水晶
在大海裡歡喜地搖扇
不見伐扇的粗手
見一群白花花的舟
擦著藍裡透紅的柔布絨
不見老漢的雪銀鬢
見天摟著天
山巒抱著連山的雪
軟軟的腹裡遍插著奔走的鵝毛
不見一見如故的舊好
見山後緊鎖的懷想

見水從雲間來
倒在一片金色的日光上
在山壁旁突出的老岩上爆炸
見水瀑從霧中穿線
鑿開大氣
直奔斷崖下的深潭
見飛煙將谷地蒸熟
在松柏的眉尖下互垂雨串
不見一隻灰狼在山間飛奔
見採虹的婦人蹲成一株
太長太長的箭竹

見兩岸爭奪的一座吊橋
扶著許多苔癬
載著清晨過重的露珠

看螢火在河邊拄著晨星
在風中舞著暖暖的燈絲
在對岸閃爍
聽拾樵人唱最後的夜歌
驚醒一片空山裡
裹翅待醒的飛鳥
一隻水蜘蛛劃花
一列空山的倒影
我看見紅塵人事
無聲的幻化

見秋風吹起我略薄的衣衫
正午林間的日光熨燙水波
泅泳的光蛇在舞蹈
見鵝卵石翻滾廝磨
在河床愛撫
一些想家的鮭魚在逆流而上
我用雙腳劃開岸邊的亂草
跟一隻蜘蛛並肩賽跑
見著透明披風的蜻蜓
見愛鼓掌的蝶
在互擲碎菊

像情欲的擁抱
一位殉情女子在河邊挽紗
她的雙手像兩株百合
手心裡有許多黃眼睛
見松鼠在枝枒間羅列
不見小鼠
牠剛才還在我的腳踝上

見我們的城市建築在欲望之上
下游的血液裡
背負著太多沉重的呼吸
見化學廠無形的氰酸鉀
浮沉的廢屍
膨脹的肚皮上爬著軟軟的蛆
見水鳥飲恨於岸草間
魚肚白閃耀著灰色的銀光
見黑水惡臭泡沫凝重
白雲的影子消失在沉重的水中

見遠方的天空漸深漸藍
夕陽冷焊在灰色厚重的大衣上
出海口伸向無涯寬容的大海
見星光微微閃動在水中
漂流物在拍擊著海岸線
暗暗地發出憤怒的聲音。

清晨於象鼻國小

我已經很努力
從開始的地方起跑
從結束的地方停止
但是誰索求我
在這微光的山區操場
來一些跌倒

除了令人分心的枯樹枝
最危險的懷疑莫非我
只是一個人
對著自己告白。

有一隻蟬逃離我的諦聽

無垠的藍天承受一朵雲的不羈
洶湧的海洋承受一隻船的飄泊
一顆蟬承受一株榆樹的安靜
大地默默承受這沉寂

我在樹下默許呼吸的發生
一陣睡眠的可能
想念昨夜黑暗與光明的來去之間
星星們一盞一盞點亮
交鋒的視覺

天空是眼睛做的大海
把遠處來訪的波浪
帶來又帶去
永遠不做停留
榆樹是蟬聲做的跳水板
有一隻蟬已經跳離我的諦聽
罹難於安靜的雲朵外
而另一隻蟬卻沒有聽見
那嘎然而止的義舉
是多麼令人肅然起敬。

√ 你的愛那麼達爾文

但是雲知道我不想知道的
我站起來伸出手來
想摸摸它濕潤的心
雲沒有站起來
它飛走了。

在雨中

在雨中
我坐在車內狹窄的空間裡
在雨中
我靜靜不語
因為在雨中
車窗上滿佈雨滴斑斕的背影
因為就在雨中
我在詩之中
在街燈的刺探之中
雨聲就在雨中站著
滑下的水滴就在雨中蛇行著
我在雨中
雨在我的掌心中
我的詩在雨中
我的自由在詩中
我的愛在窗外的雨中
我在窗內的雨中
我在放閃
擁你自重。

琉璃鳳蝶

鏽蝕的窗條上
還捲著昨夜風雨的尾巴

鵝黃的天空佈滿血絲
最後一隻歸去的雀鳥
消失在隱沒的大地裡

沉重的落葉插在暗綠的草地
折斷的樹枝敲破透明的窗
我細心照顧的一隻琉璃鳳蝶
就這麼從窗邊悄悄飛走

風暴來臨之夜
山谷頻傳雨的聲響
我彷彿看見蝙蝠將剪碎煙幕
將我沉靜的心釋放。

寶貝

妳給我的微笑
輕易化解了生活的疲倦
我擁抱小小的妳
讓我感覺擁有了全世界
妳的跌倒
讓我的宇宙受傷
妳晶亮的眼珠
是五十億年前的星星
我看著妳的星星
不斷抵達

我更喜歡吻妳
但擔心嘴唇上的病菌
以後會比我更愛妳
妳不可以想長大就長大
我不要別的男人
先讓妳變堅強
最後再教妳變勇敢

睡吧我的寶貝
睡吧睡吧
既然妳已經從前世的長巷裡
提燈過來看了我
我就不再多想

讓我今晚變成搖籃
搖著妳還沒走過的路
我要帶妳到今世
妳還沒有去過的地方。

畫外記事

轟隆的巨響在原野間
一片稻草背起一串雷
秋芒急著退到大地的盡頭
野鴉豎得筆直
向枝椏吐出青鍵

一彈指便將整張空氣彈破
一種靈犀便將整片烏雲釋放
一步一步寸進
多麼驚險不安

她就在畫外揮汗如雨
捲起袖子擦去
來路不明的粉紅
最後一筆
下錨的地方雖然總是很深
卻從來沒有意外。

遠行

月光的漣漪
牽引我到了遠方
不期飄落的銀杏
像黃澄明亮的心
冬風
在此異域裡
隱隱地
黑黑地推送

我有準備逃離的
燈塔
但沒有海浪成全
我一再閃爍的性情
我有映在牆頭的影子
可我刪除不了的
還是寸草不生的心。

夏夜

燈心草燃燒起來
露水在草席間著了床
螢火蟲們都安好
跟著母親溫柔的月光
我在湖邊像她的臂膀
是等待太長時間
而被曝光的存在

風裏有人
偷聽了芒歌
我們衣衫盡濕
天曉得
蚊子已在畫框上暗結
飽滿的珠胎。

名字

我無法使莓子不成為莓子
無法使光芒不成為光芒

光亮只選擇撲向
它所選擇的莓子
而莓子選擇了等待

等待我露出煉奶
給我一個會被銀色湯匙
照亮的名字
像我們之前都說好
要特別特別低調的
出一本詩集
所會用上的那個名字。

夜行長江大橋

沙石船迴游至長江的深處
漁火蹈著漁火
浪牽引著浪
跳過了新月
揹著我的視覺
跨過了黃昏
跳進一個迷濛的城市裡

我在橋上看著遠方
不準確的漏接與投擲
就像吹彈即破的那隻候鳥
我也是被風走過橋之後才瞭解
不是有燈火的地方
都是我的家。

圈圈

我愛在你的耳海旁劃起圈圈
一圈一圈圈到了眼前
我愛在你的山丘上圈起圈圈
一圈一圈還徙著唇的綠洲
我愛一隻手漂泊
在谷中的頸巷
愛在崖上的迷霧中
我愛那種圈圈外的野生微笑
愛在水聲中放響的那種

一圈一圈溫柔的半徑
開始繚繞
一個圈圈，兩個圈圈
大圈圈，小圈圈
微風的距離那樣的圈圈
瞳孔的開合那樣的圈圈
流沙的探入那樣的圈圈
你在圈圈內沉溺
我在圈圈外蠕動
不停漫遊漫遊的
微小團圓團圓。

午後

最後一隻疲倦的風箏
點點點
在午後被小孩踩白的廣場

碎步的老人走過一條長街的時間
遊客們忍住了餵食
噴泉在細細地燃燒
一面水澤上的彩虹
下起自己的細雨

遠方的樹捧住了灰燼
黃花倒掛滿天
第一隻鴿子白
在屋頂上先我加入
夜的以喙佈棋
我年輕的彩雲就這樣
蝙蝠黑的
黑過去了。

傷心的人

傷心的人做傷心的事
唱傷心的歌
引來傷心的小鳥
拉傷心的屎

傷心的人坐在傷心的椅子上
曬傷心的月亮
讓一隻傷心的蚊子要死不死
放在傷心的手掌上流浪

傷心的人也做傷心的夢
流傷心的眼淚
詛咒那些不傷心的人
一定會做出傷心的夢
一起走在傷心的黃泉路上。

燕子蘋果鳳蝶

春天出燕子
蘋果在冬天出發
燕子紅了

春天出燕子
鳳蝶從夏天飛進來
燕子剪碎衣裳

春天出燕子
春天出第二隻燕子
春天湧入的
彩霞滿天

我出鬼點子
在自己的秋天
出盡沒人愛的
白芒色的千。

短巷

老人拄著拐杖
走過比黃泉路
還短一點的死巷
用一整個下午的坎坷少年
寫一卷漫長籤跛的長篇情詩

夜來臨的時候
老人隱沒在一個蝴蝶結裡
有一個少年把信紙摺在桔梗上
寄給午夜才會開走的
所有秋千裡頭
盪得最低的星星。

開花了

它開花了
開在某一個深夜
我不能預期的地方

白色的愛情第一次來到這裡
為什麼不是黃色的火燄
至少也應該經過
我黃昏描深的長巷

一位美麗的處女
手捧著露珠
如此令人擔心
我如果是暴風雨就好了
她就會在我的中心裡
變成一座
使我瘖啞的島嶼。

輕死於偶然

白雲於暴雨
片刻安靜於昨夜的奔放
晶盈的露珠於春末
葉子的墜落
倒影於此
之外群山的沉夢於
霎時點滅的甦醒

失重晨星陷落於熟果
秋芒於天上行
時光的縫裡於我
蒼老於年輕

魚立於湖心的支點
傾斜於鷺鷥的掌上
重生於繁榮
輕死於偶然。

親愛的我

奔放
在黑暗的弧光中
仙女棒懸而未決的
孩童眼裡的
小愛情

親愛的我的童年的夢
只是沒有盤纏的旅行
如果我親愛的自己
只是煙裡迷濛的探索之事
那麼回神以來
我彷彿從來沒有
從來沒有走到過
火光的盡頭。

堅持一朵沒有花的看

堅持一朵沒有花的看
讓空白是過程
綠葉是結束的語言

眼睛看守著鼻尖
看守著嘴唇看守著心
看守著看
沒有花的存在
可以表達出
花的曾經存在

堅持看一朵沒有花
僅僅是時光正推移著偶然
你來看見這首詩。

牆後面是什麼

牆後面是什麼
蝴蝶離開綠色的葉脈
放心不下背後的蛹殼

凝望後面是什麼
黑貓安靜地跨過鐵絲網
只是為了不讓白天受傷

心臟後面是什麼
老榆樹放映著舊的電影
光明正大地消滅著
新的藤蔓

書信背面是什麼
在愛的影子裡長出原來的黴菌
因為它們都是
吃水太深的打字船。

我們

我們只是在夏日的暴雨

匆忙的街燈下

兩個沒有碰到肩

或者來不及致歉的路人

你不必擔心

不需要回頭

如果你轉動你提的燈火

我轉動我的雨傘

而居然沒有產生誤解的時候

那就是致上了

最大敬意的

離別之情了。

單字

日光的長劍揮來
葉子們一哄而散
一萬隻猴子敲打著一萬個鍵盤
好不容易打出一個看得懂的單字
就這麼消失在風裡

一起打翻我眼中果醬的
當然不是這個單字而已
一些更像是句子的鳥
牠們跳躍在樹心的枝頭上
看起來就是我寫著的隱喻

當夏天的風行經陰影處
最強的光將會消滅那最微弱的光
最後留下見證的人
就是一枚開在時間上頭的雛菊
或是
某片葉腹裡的
亮亮的一個蟲卵。

在湖邊

水蜘蛛是發狂的分子
正在割著湖水的眼皮

月亮或者破碎的衣裳
水草剪除著它的焦慮

湖濱其實只有簡單的加法
已經足以抵消光陰的虛數

黑色的影子剃黑著影子
森林的林冠刨著更深的林冠

我們的螢火蟲在空中飛舞的痕跡
隔夜之後都只會變成別人的空稻穀。

美麗的覺得

樓臺上
像風在吹起的
美麗的覺得
是一種
在失去星星的夜晚裏
也要用力閃爍的
彌補的
想一想吧

想一想吧
彌補的
也要用力閃爍的
在失去星星的夜晚裏
是一種
更美麗的覺得
像風在吹起的
樓臺上。

老張的棉花

棉花一斤五毛錢
一畝田只能掙得兩百元
老張的棉花是泡過潦水的

老劉的也是，老趙的也是
蘇北鹽城的棉花
今年一律都是五毛錢

有紅色的棉花
與白色的棉花
黃色的泥土吃髒了它

小不點今年考上縣裏最好的高中
姊姊說
「我想法子到上海去」

老張不知道，只是盤算著
今年六畝地有沒有一千二百元
可妹妹知道
最疼她的姐姐要去做什麼

小不點沒有流淚
暗地裏有了決定
跟浸水的棉花多少有關。

獵人

獵人等候多時
平淡而冷靜
出汗而融雪的食指
他就感到有些詭譎
多年以來一直在準星中跳舞的鹿
為什麼在今晚放棄了一切

現在他身上揹的那隻鹿
就像它多年以來在等待之中
背負的那些雪片

每一隻鹿最後所遇見的雪
跟他最後一次遇見的雪
都是勾茨在一起的。

二狗子

烏鴉停在
腳掌
鞋子掉在
田埂
青島啤酒瓶
倒插成一半
太陽出來了
在二狗子這裡

二狗子在哪兒呀
我的二狗子在哪兒呀
二狗子的娘在這裡

二狗子的頭插在泥巴裡
已經兩天
打從小紅被縣政府的官員用錢買走
二狗子就一直在這裡
跟著烏鴉嗚嗚叫

天黑了
星星出來了
二狗子在田裡
插著酒瓶
深深地像插在小紅身體裡的髮簪。

火餤之舞

指伸如奔虎
回縱斷鵝頸
大喇喇昏燒
地的燭心
若龍翻海
密雲撥星
火餤之舞蹈
計謀我睛

風縱星際
鎖無流光
野上有葬殤
奔火入枯
臂多有傷
聲鑿肉井
穿耳擊膛

火咳出烽
再咳墜谷
噴射無序
蟻做中央

滅之神驚
繁之鬼亂

黃光淋漓
可是我心
映上牆方
訛亂我瞳暴走我眼
可是我心漾出血
白華也賁張

宴之詩
鼓之歌
火之舌
簧之上
汝亦不能覆滅
吾之腹火
他心烹湯。

玉米田的星星

最後一隻蟲
啃完了最後一盞玉米
老農忙著幫忙打掉
新媳婦的第二個小孩

老高的玉米叢裡
第一個孩子在玩著捉迷藏
好了沒呢
好了沒呢

老婦在黃昏的田裡蹲著
撿著被蝗蟲啃了一口
被丟棄而泛黃的
粒粒跟她一樣痛著的齟齒

玉米田上總有更刺人的星星
正在扎啊扎
扎在老農的眼皮上
有一隻去年打落的蝗蟲
果然一直沒死
正張起腿脛小鋸
收割他。

疼

誰能進入我的疼
幫我
喊出來
把那些釣線都喊出來
我嘴巴裏滿滿都是魚鉤

誰能把我釣出來
在彎曲的海中
在眼淚的餘光裡。

因為止痛藥像近視

一隻蟲夢見牙齒
昨晚伐白樺樹
整夜與雪對談
用六十瓦電力的耳朵
才聽見燈泡
才是最痛

非常亮的森林
鳥飛不起來
每一種按捺不住
都是刺或是按鈕
因為閃電比冰塊慢
因為止痛藥像近視。

生活獵人

我的目標
是一隻鹿
鹿不會是自願
牠快樂
但是低頭吃著
草的痛苦。

阿茲海默

一隻手伸過來要答案
一片葉子飄下來

像噴嚏不能隱忍
一片葉子飄下來

一碰就熄滅
像王水
像消波塊

像我們都在紅線醒來
像我們從清晨停到晚上
一直等不到
一張超速的罰單。

圖釘

一些圖釘釘在那裡
刺都是這樣
被銀亮的金屬藏匿
它們釘在牆上
到處都是
雲都撕碎了
還在那裡
留著生鏽
像生理期
必要的時候
用你看我
摘星星的方式
騙過去。

海綿

不要去捏我的憂鬱
它容易出水
飽滿的海綿容易流出
孩子的眼淚
它需要愛
不適合空心
所有的故事都還太年輕
還沒有老成到
可以說出來但是
偶爾也可以停下來
沉默的時候。

午後英文課

有一些原來不認識的字 Fucking
突然被教會了 Ooh Yes No I am So Sorry

情人是 Loving
妻子叫 Sticking
孩子說他們不叫 Movie

能不能教平均這個字自己叫 Average
平均的 Daddy 叫 Summary
生活叫做 Fighting
但生命它一直想要 Over My Die Body

我們一起都忘掉的回憶叫 Happy
沒有過去式來 Smoking
它只會 Sighing and Murmuring

以前的午後英文課叫 Sophie
以後的鳥飛過去縮寫是 Crying
它刺破一張天空的紙 To be But Nothing
現在我只能是 I were me
在中間陽光皺褶裡 Repeating

調音師

今年十五歲的 Do
有些走了音
核桃的小木槌敲著彈簧 Re 她說
Mi 他變了
不再與我保持朋友的關係
都是桃花 Fa 害的
去年春天時
緣份 So 發了情
愛玩水的 LaLa 渾身濕透
忘記擦 Si 遞給的
微笑新毛巾

今年長大的十八歲 Do 她說
都是高個子調音師 Re 的錯
他把 Mi 這種思念
調成那種讓 Fa
也停止不了的縫隙。

美勞課

房子在山上好一些
最好有很多窗子
太陽要在左上方
月亮先不要出來
陽光投進窗子裡的角度
也要配合你喜歡的姿勢

還沒有小溪可以把剩下的事情帶走
兩條線就從山上彎彎滑下來
旁邊要長滿了樹
然後它們就可以變成父親

天空裡有一些飛鳥
要刺穿圖紙飛出去
我看著它們偷偷滑行

老師說不要浪費了空白的地方
我說沒有浪費
它們抓住那些
我不想要的東西。

輕航機

筆畫不出飛行器的樣子
就把信紙揉成風箏

一再倒下的筆桿不夠熟練
準確倒在任何一種方向

一直都在屋頂下空轉
主詞在想著受詞
而受詞是妹妹的螺旋槳

推開眼中的蜘蛛網
你以為動詞可以下在這裡
就可以結束姐姐的愛情

夏天的夜晚看起來需要一些冰塊
讓啤酒變成鈴鐺
爾後我再來想想所有可能的副詞
如何可以不用寫信
也能蟄伏在吧臺上
昏黃的燈光片語裡。

往後的日子裡

往後的日子裡
你勇敢的往前走
日子變成一個洞
你往裡頭看什麼

也許是在未來
還沒重新愛上的某個瓷瓶
因為沒有人送花
正在白吠一場
不然就是
現在已經救不活的玫瑰
還在一剪再剪
感情也就是這樣
發黑的時候
都叫在深夜
園丁睡著的時候。

雄獅

雄獅子在草原上躺著
鈴羊她調皮跳過了他的身體
當母獅子在他夢裡頭
打著冷顫的時候
羚羊女正在做最美的落地

為什麼這麼多隻的羚羊
不斷跳過獅子的肩膀
他明明只喜歡自由
喜歡一個人在草原上
跟著一群斑馬抬頭
看著升起的月亮。

雲知道

雲知道青蛙跳入池中
打擾它的夢不是故意
雲知道
風推著它的身體
只是為了要多愛它一些
雲知道
它會悄悄地飛過窗子
然後離開我的眼睛
它都知道
我用蝴蝶的觸角軟軟地碰它
白色羽毛被勾破衣裳
然後又癒合
我知道痛會沾上皮膚
然後又癒合

雲知道我的傷口
是不能結痂
是不能像棉花遇見水
我在房間的窗外
看著我的痛飄走
又飄回來
盪起秋千
那是我在摸索與迂迴
可是雲不知道

雲不知道我的真愛會停在哪裡
它飄進窗子裡
又飄出窗戶外
不停複製一個精緻的自己
來損害著我的光陰

我知道它們是她的化身
派一群綿羊來跳過炙熱的火圈
我看見雲知道那些危險

但是雲知道我不想知道的
我站起來伸出手來
想摸摸它濕潤的心
雲沒有站起來
它飛走了。

靈魂的時間

它從不提醒我
從過去的桌子
爬到現在的桌子
用同一個杯子
移到現在的杯子
而我的靈魂
像水一樣
一直想要按住裡頭的糖
而一生驚濤駭浪。

海裏的鹽

海裏的鹽粒
這麼不清楚
珊瑚裏的小丑魚忘記它
深海的藍鯨忽視它
水母沒有抱過它
連最聰明的章魚
都不曾理解它
那些不會被記得的鹹味
一定是親情
那些一定會被遺忘的鹽田
就是愛情了。

醜陋

朝著醜陋的人開一槍
人們開始歡呼
分不清楚掌聲
是誰的響亮

看一個醜陋的婦人走過來
看他們用眼睛射出槍榴彈
因為她不是他們的母親
她是別人的母親。

塑膠少女

櫥窗裏的模特兒少女
有著堅挺不垂的乳房
整個冬天她的上半身
都裝了鷹架
那些玻璃上的施工痕跡
跟一場雨
跟一群男人喜歡看著她的態度
一樣零亂

塑膠少女沒有倒塌
她還沒有心愛的人
她還是喜歡穿著新衣服
露出大奶
眼睛空洞
假裝喜歡你。

輕描淡寫我

搬開石頭
你流動了
泉水冒出來
流往低窪的臉

晶瑩的眼淚哪會曉得
往哪裡流
可以成雙成對

反正石頭已經燒紅
熱水燙熟了蝦子
變紅的唇
就彎曲吧

我會把曾經給過的故事
再說一次還給你
用我不同顏色的畫筆
寫著相同顏色的
我愛你

來吧
讓我來吻你吧
來輕描淡寫我
我的 pH 5.5。

我的化妝師友人

他控制著每一條的肌肉
但是不控制我的腦

他也是殺喪屍的高手嗎
為什麼可以同時讓我扮演
活著或者
死著

我知道他現在
正在我身上所做的
是笛卡兒擅長的幾何
他如果要推演我的一生
是悲劇的浮士德
或者計算我有多少機率
能一次殺死我
讓我再也堅強不起來
的那種尼采
也是可以的
但是我要他告訴我
恨與被恨
或是愛與被愛
在我的臉上
是不是還可以保留著
有相同的簡諧運動。

戒

戒一切不明飛行的靈感
像戒夏蚊叮擾
戒熱烈、戒深邃
戒不能反摺深邃
戒不能放下
戒特別無人傷害
戒邏輯學分越了界
戒我在這裡
那麼明顯
戒他在那裡
槁木死灰
戒一切自由權力的行使
來自於愛或義務的分配

戒遠方有落葉
但願以半生不熟接手
不戒我投擲的標槍
要戒漣漪丟了不寫信回來
戒傷疤或痊癒夜不歸營
戒我要死的時候
你問我是不是像醉了
而我到最後還是忍不住說謊
說我的確是夢到了乾杯
戒說不哭就不哭但是不可以

真的就不哭
那麼就來戒冬夜
任何兩個沒有喝酒的旅人
雖然還沒有彼此愛上但
仍然想要犯戒
戒居然沒有提前
至少彼此說好
各買一個塔位。

父親的彎刀

父親那把彎刀

砍傷過六歲的山豬

咬花過十六歲時的母親

切除過二十六歲的桃花

挑過三十六歲的磚頭

撥好時間送給我的十二歲

第一隻手動機械錶

點過四十三歲時的長壽煙

在五十六歲時它點燃完全的白髮

現在正在六十六歲的山上種著白菜

快要看不清楚不能再彎的

第七十六種雨

彷彿就要斷炊了

就要插入八十九歲的深土。

他的橡皮擦

他用橡皮擦
擦掉了一個窗子之後
鳥就飛不過去了
他決定用筆再畫一個橡皮擦
那是留下來給那些生氣的鳥
最後擦掉他用的

他又想畫一陣風
用一些海浪代替了線條
風吹的時候
自己也不知道會變成什麼形狀
也許經過久一點的時間
他有機會
不再需要海浪
也能把風畫得跟他想像中
過去的那些本來的意思
不太一樣

到那個時候更有機會
把她畫得更進去一點
並捨棄水彩與素描
採用鋼筆這種不會因為時間
而讓風暈開的技法。

掌中小屋

握在手中的那座
湖濱的小屋
折疊起來
會變成立體的浮萍

我一直幻想
小屋裡的作息
慢慢鬆開
小小的燈火
推著瘦瘦的男子
在手掌般大的湖心裡
一波一波沉思

一波一波穿過走廊
到達指尖
那裡是你的房間
柔軟的地板
長長的光
波浪般隆起的天鵝絨
特別抽出來
為我訂製的一扇窗子
只要你突然想起我
我就會是那個站在窗外
你正指著就會燃燒起來的香蒲。

愛情是短吻鱷

愛情很短

很短喔

有多短

這麼短

到底有多短

很短

非常之短

你把嘴巴

湊過來

這麼短

你把嘴巴閉起來

那麼短

我把你張開

那麼短

我插在裡頭的秧苗

那麼短

你結在我裡頭的穀雨

那麼短

那麼愛情到底有多短

它比秋天多一朵雲

比冬藏

更短一袋米。

我喜歡

我喜歡鑽進
你丟出來的
每個甜甜圈

我喜歡
甜甜的聽你
說謊
我喜歡我只是
一隻單純表演就能狂喜的
瓶鼻海豚

我喜歡
快樂地吃你
丟給我
那些死去的小魚
咬起來的味道像是你
最喜歡的漬物

我要一直喜歡你
直到你想起了大海
原來你是從那裡而來
在那裡有時候在下雨前
也會有你喜歡的彩虹
但不是一天兩場而已。

我在夏夜裡躲雨

沒有雨的夜晚
我在曠野中躲雨

我跑到什麼地方
時間就蹲在那裡
等我
每一隻秒針
都在躲我
或切碎我

我太容易發現它們
只要我在最黑的帳蓬裡
抬頭看著滿天星空
全身淋濕的時候
任何一隻想要靠近的舊蚊子
都再也
傷不了你的新雨衣。

迷迷羊

迷迷羊今天
又找不到路回家

路像蝦子
一直亂跳
得狹心症
一直轉彎

迷迷羊你現在
還不可以進來
我現在很忙
在石頭上
我只有燥熱的血管

等我溫暖一點
變更紅了
有了一些力氣
在斑馬線上停下來
你就可以跟我
一起墊起腳尖
回到我們沾滿
甜蜜蒜頭的家。

一如往常的下午

一如往常
的下午
午睡像過馬路
那麼小心

小心別看風景
風景都不是真正愛你的

小心在秋天的行道樹下
一片落葉就能夠絆倒
行走的步履

這樣是好的
午後的小渦漩
一直消失
也一時興起
如果小聲一點唱歌
就可以代替
想過了一個人
如果這兩個人
因此握手言和
那麼下午就會變好
就會消失不見。

機器我

擦拭我
在身上的問題
一塊布
能懂它發出來
油油的亮光嗎

舌太新穎
先進的彈簧
外表配合人格
操多國語言
但只對她說同一種話
更前衛的
是雪莉的鼻子
像透地雷達
可以聞到花一時的不快樂
的淡淡憂傷
它也配備
一百億畫素的眼球
可以看見栩栩如生
的憂傷本質
原來是頭骨接合處的
紅色機油洩露
原來是無以名狀的鈦合金
遇見長年喋喋不休的

不鏽鋼

原來是一直不想使用

類神經網路學習

離開的方法

就是開始奔跑

跌跌撞撞

收集大數據

探討爭吵的需要性

再回到原來的地方

重新啟動

一直當掉

一直到

有了自己的 AI

終於可以自己擦掉腋下的汗

可以掏耳屎

可以感覺肚子痛或發燒

可以自己抱病去急診

自已簽開刀同意書

麻醉自己以後再醒來再確認已麻醉

再醒來時確認已麻醉或者

她不在時

更可以用心靈能力遙控輪椅

如果在大街上快要下起大雨時

就能搖著船槳自己走回家

甚至於到了那個倒數讀秒

考驗數學與邏輯的時刻

即使不見機器你
也不得不漏出機油的時候
也可以一個人
自己慢慢走進
充滿怪光的幽谷。

蘋果

我餓死
一顆蘋果
不要讓它
浪費感情
生出鐵鏽

慶幸我是一條
鐵錚錚的漢子
可以如此
不傷天害理
對於無法再改變多一點
的混帳事情
就讓它再也
無法改變

蘋果不是我殺的
它自己去尋死
就像許多昨天的你
割掉了許多更昨天的你
你昨天只想要好好的
誠實一點再去死
現在也是
對於無法再改變多一點
的事情要繼續下去就決定不排斥再說聲晚安了。

打電話給你

你等我打電話給你
已經很久了吧
我相信你已經
翻轉過一百萬次不同的海螺
你將精美的話
吞到肚子裏去
再反吐回來
溫柔的濕潤自己
已經很久了吧

我會打電話給你的
也許
某個發了狂的小黃昏
或是特別暖和的
插滿白色山茶花的秋陽裡

要注意你身旁
突然落下的葉子
那不是嘟嘟嘟響
我故意要掛上的電話鈴
如果有看到一朵
黃色的茉莉那最好
小心我可能就在那球子房裡頭
打這一通有回音的電話給你

短音是想你
長邊雄蕊的部份是
特別特別想你。

淋雨

爺爺在天上下雨的時候
奶奶一個人在房間淋雨
我那年十歲
大家都臥倒在水澤的倒影裡
可是我卻躲在遠遠的地方看雨

今年奶奶走的時候
我已經四十幾
天空下起更大的雨
爸爸渾身濕透了
但是我還是躲在
遠遠的地方看雨

從來沒有人知道我躲的
是自己的雨
也許我只是
透明水缸裡的一隻魚
跟海裡的魚很不一樣
海裡的魚會跟海一起長大
但金魚就沒那麼好運了
他畢竟不太一樣
只是一條
沒有流過鹽水的淡水魚。

愛是這麼達爾文

首先是退化
退化再退化
退入一開始
長滿藍綠藻的海洋

後來又開始進化
一再地進化
又回到我們以前第一次
上岸相遇的地方

我們一起吃著很硬的羊齒植物
也許我們也咬過一頭劍龍的屍體
我們一起害怕過火
最後終於學會用最害怕的火抵禦
我們最害怕的東西

不過這次我們決定進化成為一棵樹
一個人開花、結果、鑽出新芽，掉葉子
跟從來沒有見過面的彼此
一起吹著同一節南風
臣服在同一種季節
被同一個太陽微波還有晚上睡了同一個月亮
不需要爭著誰先說
我愛你然後我們就會知道是誰的海岸線比較挺進而且美。

蘿拉快跑

蘿拉太瘋狂了
無限彈藥與血袋
拿著散彈槍對準骷髏人

骷髏人是打不死的
與蘿拉的正義感一樣

新的一個關卡裡
我預知機關重重
前方的道路有滾劍陣與火燄池
蘿拉是不會死的
她心中有她數位版本的愛情

在這一個關卡裡
蘿拉根本不想快跑
她現在正蹲在一個墓穴裡
沉思著
如何跳過我的
跳躍鍵 Alt
自己一個人
到達毒龍的領地。

真愛非常害怕

真愛非常害怕
它是穴居人亮亮的眼睛

它像我一樣害怕吧
有許多讓一切變潮濕的想法
現在我在黑暗之中
重新排列一整排的鐘乳石
我還有一億年的時光
能夠進化到
可以與她不期而然的相遇

不過有時候其實也不必那麼懷舊
她都已經知道我的死穴在哪裡
不就是一打開燈
就能遇到我
會很漫長的那個樣子。

燕子啊

燕子啊
不停地穿過春天的睡的
抽芽的鞭炮聲裡張開眼睛的
燕子是它嗎

是那場不對稱的關係描述的
無怨無悔的旅程
卻一直說直到夏天死亡以前
都還要勇敢愛我的
燕子是她嗎

也許在春天來臨前的草地上
最後一片飄搖的落葉
裡頭乾涸的心事中
所有的太卑微與太繁華的草率回顧
都是燕子他的沉思吧。

俄羅斯輪盤

不是六號
大聲歡呼
同桌的朋友
沒有人抽到死
機器人太悲觀了

我們輪流主持
好
我們輪流去死
機器人太悲觀了

諸事不宜
比如參賽者
都不能離席
機器人太悲觀了

這樣非常好
我們用眼球擲骰子
並且命題
忽視遇見的愛
革命掉那些不能愛的
機器人真的是太悲觀了。

北風爺爺的秘密

北風爺爺一大清早起床
飛過了小孫子的皮大衣
飛進了無人逗留的巷弄裡
北風爺爺把著大鬍子
飛進了床榻上
把每個飛不起來的熱爺爺
都變成冷掉的披薩了

北風爺爺就是很多死爺爺的
小孫子們
常常不知不覺回憶起來的
一種重度使用冰箱生活的方式。

客廳的演化

全彩的逼走五彩的
五彩的逼走
爸媽家的黑白電視
就被迫賣給樓下的老伯五百

還有許多尖頭鰻
曾經在這個屋子裡遊來游去
後來一隻接一隻爬出窗外
跳在馬路上

新養的貓逼死舊的沙發
新養的狗逼死拖鞋更慘
新鮮的灰塵當成
正在發白的頭髮
前端的真空管
他們喜歡把茶几擦了又擦
保持著沒有小孩遙控器
可能會回來的模樣。

雪之眷顧

清晨八點眷顧我
一場冬雪
運河上的倒影收攏流光
直向白頭的屋瓦

我踏歸途之心
冷冽如昨
腳下之薄冰千重
硬履如往

四萬條飛魚就要沉淪
更尖的樹心
就要刺入萬千

我向矮樹叢採一手鮮雪
小童一樣地粗枝大葉
向我告別第一個三十四年尾

等候這場雪多年了
像等待合意的鞘身
我乃日光之冷劍
在此地揮別
那還未消融的舊雪。

我早已熱酒燒詩幾重

去年冬天
狼用整個背脊
彎曲雪
雪害怕斷裂
不停地下

整個冬天
我追尋過深的獸印
忘記此際春鹿
已現蹤影

那些雪
還在深淺不一的回憶裡
我早已熱酒燒詩幾重
將開春杯
望狼深諳酒性
一日雪下
再浮幾杯。

削了皮的蘋果

削了皮的蘋果在路上行走
越來越黃
誰削了他的蘋果皮
把臉色變得斷斷續續

道路旁經過更多刀光劍影
他終於滿潮了

我想在黃昏以前
如果他還沒有發黑
就註定不能是一個完美的受害者
在粗糙的黑裡頭
就要白白地
浪費一片紅瓦。

江湖

你是一台紡紗的機器樹
在夜裡輕輕紡著
自己的獨腳舞

如果讓檯燈閃爍
你的臉就會是劍譜
它不會刮傷鍵盤
只會在螢幕留下影子

咖啡因是點穴需要練習的心法
杯緣上有一隻跳蛛
不知道我能練到第幾重
才能對現在陡峭的感覺
飛簷走壁

我的人體工學做得不好
你比較身輕如燕
可以跳過我幾行句子
還不會違背
我想說的那個
一起退隱江湖的意思。

如果我們捕捉不到風

如果我們捕捉不到風
那麼
就讓它過去吧
風還會再來
有一天一定會吹響
我們藏在口袋裏的鈴鐺

不要問風往哪兒去
它沒有任何想法
有時也跟你一樣

有時我們站在風口
想讓自己就這麼熄滅了
而最後才知道
原來我們是一棵會開花的樹
在每一次感覺孤單的時候
就強占每一個燭臺的火花
在每一次感覺已經滿足的時候
就要提前強佔每一種分手的落點
分別在夏天
或者冬天的時候
或者顛倒的時候。

√空心畫眉

吃它的人
必是黑夜的美麗客
在空心的胸腔裡下放
一隻畫眉

愛麗絲

愛麗絲
我的身體裡長著
許多愛麗絲的耳朵
一片又一片
倒掛在樹冠下
像心臟樹下的蝙蝠
是這麼身不由己
不能一個人獨自
聽取自己的聲音

我一個簡單
單純的旅人
不容易想像
誰會是第一個遇到的
會說話的愛麗絲
讓我樹梢中的月亮跳動
再跳動
就是為了不再被拒絕
再拒絕。

一整夜被自己所祈禱

一整夜不被自己所愛
推開浮萍
淨空自己

荷花也在瞭望星空
水面的魚
於是杯弓蛇影

一整夜不被自己所愛
窄窄的肩
翻覆了天平
在水面蜷縮的地方呼吸

我撥回來的水流
回收了浮葉子
只有一朵
類似流星。

鴛鴦柳

倒影裡也認得出
你不是我的真性情
你不夠自由
不夠
明白

明明白白我的心
可不是
我月如深鉤的
指環都是你的細節

今天我不能娶你
為天上妻
我願意在此湖濱
預約妳
妳要不變成我來世的新娘
要不就是我捲起珠簾的
在水岸
彈豎琴的女兒。

走出森林

芳草
行走於河岸
側著頭
疲疼起來
越行越深
直到
魚群躍出
跳過黃昏的彩虹橋
跳進更遠的金星

河流的盡頭
是時光的鳥喙
啄傷的黑洞
有人從遠方奔馳而過
拖著一條捲曲的傷痕
在臨近的那棵欒樹
站穩幾株燈火

再美的彩霞也不能容許
沒有聲音的鳥群
在這裡安居
如果我有一對翅膀
我就要帶來一陣大風
這就是一切的原因。

還有什麼

還有什麼不被波及
與命運有關的光景
都呈現如此清澈的倒影
所有想法
都爬上木槿
說成黃色的花朵
所有的沒有想法
都被驅離
掉進黑暗的水流

小溪流上
一隻蜻蜓闖進
它的猝死
紅眼睛裡殘留
最後一句鳥的語言
沒有人想要知道
它的傷口它的死因
只有我看著這一切
結束地那麼和平
我看不到有什麼
正在反光的人
要對此十指緊扣
我看不到有什麼正在閃爍的人
會因此放手。

月光鳥

有一隻鳥
曾經
從很秋天的山裡
穿著一百株蘆花
後來飛著飛著
變成了我愛你

在夜裡的月光鳥
圍著一樣的星星
遠遠地望向森林
閃爍我們片語的翅膀

我想啊
那個畫面
應該可以靈巧地折疊起來
在你離開我的時候
我會把這個籠子
送給一種
叫做單寧的自己。

雨天緣木求魚

芒花開出芒花
開出態度
走不動了
就依它吧
它是雨中的飛魚
跳
跳進原野的寬口瓶子裡

伸出手指
我便也下垂
變成小梳的微風
滑落下來

不懷疑下雨的動機
也無從詢問
或是為它而辯論
或爭執存在的目的

總之它就是下了
而且準確地
下在前額葉的顫抖之中
不偏不倚
多有跌傷的小星星
是感性淋雨的人都會

藏不住聲音的電話鈴

造雨的人
看見蘆葦
這麼順從
那麼暴雨還要繼續對生活
陳情下去嗎。

九月會躲在哪裡呢？

九月在哪裡
躲在老母雞後面的
一群黃毛小雞也懂
九月在哪裡嗎

九月行走緩慢
像病倒又不聽話的草蟬
在芒草的刀子裡療傷的
應該不是九月的病

九月也許是
是一群飛不動的蒼蠅
躺在牽牛花的影子裡
就這樣的病
沒有任何解藥可以解的
就是九月它自己的痛嗎

也許有一些解藥
可以問問許多頑強的癌症
你們為什麼要在小朋友的身體裡
變成父母的哭泣
我想
也不是九月本身
它自己原來的問題

那麼
你看看九月
影射在架子上的藤蔓
有什麼好說的
我千萬不能全盤托出
九月只是你
偶發的慈悲
與愛
亦或是一串長長的
深呼吸。

最後的晚山

星星剛接受
我最後一個黃昏

今天最後一個黃昏
很黃昏

嚥下最後一口暑氣
遠山有芒花
跟著學輕輕

輕輕我的夜晚
我的紫色調
都來臨

景色我已經說完
接下來的深灰色地下鐵
正將行駛

你打開窗
就會看見一條反光的蛇鱗
在沿途
只要你現在開始
一直路過我。

風你要輕輕的吹

這裡是慢的
和風一起慢

風在哪兒
哪兒就是第十七行

第十七行的開頭是
過去的
你要輕輕吹襲

風兒吹向第十八行
往十九行而去
蒼松下的雲彩紙不識字
只有假裝堅強

慢的
特別慢的
像草的生長
特別喜歡
活在路的中央

怕的
不怕的
都在邊緣上

注視著愛情的發展

如果有一個旅人
在路上用腳不停寫下
一首關於雪國
飄落在腕心的詩。

收件匣

我不愛黑貓
當黑貓愛上我的時候
我該怎麼辦呢

它喜歡亮亮的燈光嗎
喜歡我喜歡的沉思嗎

寄一封信給那隻貓吧
用所有雪白的
銀色叉燒的世界

它打開以後
如果黑貓還是愛著你
就讓它愛吧

它愛不久的
頂多到
黎明。

死海

應不應該這麼快就浮上來
在最近死海的生活裡

沒有人拋下星星索
喊救命的日子裡
屋頂上都是過路人嗎

起碼不應該再潛進百憂解
那裏不再有溫溫的月光

野生的彩色毒蘑菇
靠自己的清醒活下去
連野兔都知道
它明亮的苦衷

我要在每個太陽的額頭前
變成一道彩虹
讓人以為每一場大病以前
都可以在最後被雨聲治癒。

站在浮萍上的陽光

我見過浮萍認真的樣子
它們一起用微小的力氣
推動水流的方向

我也看過它們如何放棄
然後被沖離

我見過最誠懇的一片陽光
它就只是看著這一切
只是看著這一切
就讓我變得更溫馴。

準備兩個枯萎的眼睛

用一朵花的顏色
感染我
我的秋水
我秋水上反折的身體

紅色的花落下來
游進去
也有他說好要離開的冬季
準備兩個枯萎的
小半徑
而圈套

如果是在街上
就準備抓一個陌生人來認識
準備可能的應答
把葉子翻給他看
就會明白了那意思
那些紋理
有水流的焦慮
那腹語
特別篡改了秋天裡的九種繆思
看著天邊的雲朵很美
是啊彩霞也是可以當成解語花的
那是一天的盡頭了。

直到看見鳥的焦慮

三點零九分
我進入
陌生而荒蕪的白

放一棵樹
用手掌推得很遠
慢慢變小
直到看見鳥
飛不起來

我的焦慮畫上一群
青色的鳥
宣告他們不治
燒成灰燼

涉過很淺的白水
三點十五分整個橋段很湍急
畫面之外
三點十六分就是深瀑

推遠的樹
捎來最後一片葉子說
我還不是能被你
消除的愛情

秋風又吹來
雲飄了起來
蒲公英那樣
把我挺進又緩緩
墜落成新的意思

更遠的白也許有座
回憶的森林
直到現在我沒有摸清楚
森林之內
有沒有可供說出祕密的
沙洲在三點十七分處升起
要遺忘所有的枯枝
站在美學的樹上
在每個鍵盤上秒次之間打上
可能失誤但一定會被原諒的字母

三點二十一分的出海口
太彎
秋風消失
白多有骨折
海一直包裹傷口
鎖不全的浪頭
因此有了一疊
又一疊的眉心。

空心畫眉

是誰偷吃了我的心
告訴我
它有沒有嚼勁
味道如何
甜味有沒有

吃它的人
必是黑夜的美麗客
在空心的胸腔裡下放
一隻畫眉
我並不想帶著一隻鳥
四處唱絕了愛情的神曲

告訴我
被偷的心會不會疼痛
想不想回家
告訴我
它比較喜歡你
還是比我更喜歡
你留下的畫眉。

秋天下紅雨

秋天的前身是
一片綠葉子的前身
是我在床邊看著你

看著你發紅
看著你漏掉小細節
用身體扭動
逃走的條理

無關奇幻的想像
像一隻竹節蟲
藏在葉子裡太多年
忘記了自己
原來還有章節

微風走來走去
床上的人容易忘記
自己是金魚
只有六秒鐘可以回憶
那些枕頭上的楓紅
一旦掉過頭去了
就太擁擠。

你說愛是什麼

最後的時刻
是在優雅的林間
在陽光上談論的
是果粒的顏色

許多濕原上
以後也難以展開的羽毛
都深深跌進
最近憂傷的抽屜

憂傷是什麼
我說憂傷是難以求償的
愛減去恨一場
你說憂傷是什麼
是兩個在黑夜裡的舞者
踩著彼此的雙腳不放
跳一個人的圓舞曲

你說愛是什麼
如果早就沒有了愛
就不需要知道那是什麼東西了。

努力去沉默

秋千上的昨天
正在坐著
葉子一片一片
日曆一樣撕落下來

所以你的愛
不再回來了嗎
你在別人的葉子裡
進行他腹語術的人生嗎

現在的我很小心
偽裝成一隻攀木蜥蜴
一動也不動
只有陽光可以推著我
微波中的眼睛
眨吧眨吧
是我很努力的
很努力的沉默呢。

令人進取

我變得尖銳
要進入窄窄的真理
不相信安排的故事線
不與和風妥協
不願意在午後
昏沉沉地
細細想著你

我要透露
天氣的蹤影
用鳥聲去放晴
要愛你清清楚楚
比甜食
更令人進取。

回憶像沙漏

你是整束的
有時也分岔
藏有長長的小倒勾
為回收而來

回憶像細緻的流沙
倒過來又回去
倒進去又出來
都是一束玫瑰

它無預警消失
空無一物
便瘋狂回頭看你
看你不知所措
無法讓自己一直維持
想要保持中立的樣子。

變色的檸檬

變色的檸檬一直走
走在繩索上
搖搖晃晃
像我現在的肩膀
多汁而且酸苦

有一隻小螺絲起子
左旋 C 的那種
牢牢吃緊
右邊的臉

右邊的臉太緊
由於下午的天氣
預報一直不準
有時說放晴
有時又說要打點滴

這樣的午後太傾斜了
容易產生那好吧就下一場
雷陣雨的決定
我需要逢人就說一些蠢話
讓自己消失在這一條
專賣酸澀果汁的
飲料店的路上。

爬上自己憂傷的小山徑

爬上自己憂傷的小山徑
委曲自己
偶而也折返

遇見石頭
遇見雜亂的野草
雜亂又堅硬的念頭
上頭鋪著安靜的艾草

有一隻蜈蚣
捲在石頭上不動
我可能看起來更像一隻鳥
真令人費解
無法對牠施力的原因

小山徑習慣了鞋裡的小石頭
而曲折至此
就像眼睛習慣了自己
後臉的風景
而前進至此。

我有一場戲約

我有一場約定
人約我去看
他的故事
還包括
他必要的多情
對風霜

關於鄉愁這件事
其實著墨不深
掉進去小洞裡撿不到
先是小小的努力
然後就放棄的
只是鄉愁的皮影戲

我約了一個人
在多年後的土地上相遇
料想多年後
可以看見你
白髮蒼茫
有蘆花的神似
然後我就轉身問你
有什麼或是沒有什麼
還想要跟我說的嗎
我站在這裡聽。

就照你的意思

就照你的意思
在滿天的星海裡
抓住一隻天蠍座
扎在我的射手裡
黑黑地喊著痛

下一秒的我
會有幽幽的失憶
眼睛就要壓傷上一秒的
獵戶座星雲

我的眼壓
一直是向下生長的銀河
在南方的夏季裡
你已經不在那裡
洗滌緩帶
我也不必再胡亂
從這裡開始溯溪。

雪地裡的鳥

雪地裡的鳥
一直接近我
就我所能遠離之處
一直接近我

腳印零亂不已
就我所能暫留
尖喙的地方掛著一朵花
打開自己
把春天
從車庫裡開出來

我曾經看過許多這種鳥
一開始的顏色
都是萬紫千紅
但是都走不遠
在失去色溫的陰天裡
都走不全一個八度音。

那裡有黑色的草原

那裡有黑色的草原
零落的筆
正在寫

蚱蜢你不要跳
我正要寫你銀色的肉體
很多筆都在寫你
我要寫進你
到最近的
億萬光年外的日曆裡

我要看著你
安靜的樣子
你不要再跳了
帆影千重也許
那都是你
一切曖昧的原因
從你的眼睛閉上的時候
就會賞罰分明。

那道影子很彎曲

冬天
那道風很彎曲
小刀嘴
鋒利畫我
畫透許多頁的我
直到心事翻了魚肚
還在畫我

生長在冬天的
許多小心
防範起來
力不從心

要有良心
說不冷就是冷
能對得起自己的愛情

雨後的地平線也很彎曲
像一道美麗的彩虹
敵人在冬天更是美麗
躲在虹膜裡等待
掃描辨識我的呼吸。

快樂是高來高去的鋸子

快樂是高來高去的鋸子
蹺蹺板與鏈子
快樂是你挖了我
而在床上埋了你

快樂是草戒指上頭的
星星與露珠的
一起坐著聽
快樂是我忘了你
而你還記得
用眼睛寫對
我嘴唇的名字

快樂是我
要把你眼裡的地震
用微波垂直傳到我
顫抖的身體裡。

那片水澤

那片水澤喜歡
在秋風中站穩
一些白鷺

痛不痛
有很多時候
皮膚忘了痛
但心裡記得的
寶寶都不說

等到鳥兒飛起來
抽開翅膀
以為郵箱來信
最後只會在水面
徒留低沉的回響

就是那片麻木的水澤
靜肅的理由而且
一直讓水中充滿
無法回信的原因。

一個被打開的盒子

我略帶天真
簡約的相信
每一扇透明的簾子裡
都住著一些不能透明的雨
就像我手中
握不住的茉莉

它是夏天裡
一個被打開的盒子
也是許多顏色
逃離的現場

它是微風吹掠時
來不及摩擦的
那隻貓愛上薄荷的味道

它是許多青色的鶺鳥
恨不得飛進我的
一隻空的畫筆

有許多難以著色的情境
都深深深深停留在
最近使用過的顏色裡。

我在海螺外打撈

我在海螺外打撈
它的話語

打上岸的第一個呼吸
是條海藻
沒有骨頭支持
它的結局
第二個爬上岸的是
死不了的保特瓶

海水裡過路的鹽
叫作時間
我們的耳朵沒有跟上
聽不見聲音
一直都醃漬得太鹹

海螺比較嚴肅
它躺在沙灘上
金色的夕陽照著我
想要對著暖暖說的話它說
我什麼都沒有虧欠你了
我沒有什麼可以虧欠你了
除了愛。

√ 接芒

以前的疼痛用漩渦紮緊
被我綁上舢舨
於是就可以宣稱喜歡瀏海
忘記往日的髮夾
以後你的長髮四處尋找
信天翁的黃昏時間

你要遠行

你要遠行
路習慣就好
你這麼杜鵑
花開
紅色的小火
圈圈都是
要我跳開
我的十分美麗
還有九分迷惘

這樣這樣好不好
你把香氣送
微風很勤勞
要快
要快快
木棉花就要醒
螢火蟲就要
在蝸牛的肉體紮卵

這麼習慣就好
春天裡沒有美德
只有不停追趕追趕

捧一朵鼻酸送你

你要遠行
要經過盛夏
我不太能存在於
兩種樹蔭的美好

塞一張相片藏在
臨行的口袋
我們約法三章

興奮到我們
後來後來
都忘了那個誓言
原來只是春天種下的
不會發芽的
小紙團。

人類動物園

因為方便去非洲
去南極
我們帶著小孩
造了一座動物園因為
特別可愛
像天堂的鳥
值得被關在地上
我們又造了鳥園又因為
我們特別害怕長吻鱷
為了小孩的安全著想
我們就從尼羅河運來
把它鎖進瘦小的水塘
而我們在夜晚的森林深處
也會害怕
所以我們又引進一頭強壯的灰狼
關在明亮又低矮的土房
至於座頭鯨就不需要了
我們只要訓練海獅與瓶鼻海豚
表演很是快樂
就可以讓我們更體會牠們的可愛
更理解神奇的海洋
我們沒有預算多抓幾隻山羌
牠們並沒有梅花鹿可愛
而那些獅子在非洲草原區從不咆哮

因為食物從來都不會長出雙腿逃跑
我們都喜歡牠們懶洋洋像貓的樣子
孩子們好喜歡去逛動物園
因為他們說牠們真乖
大人們好有愛心
我們的童年幸福快樂又美滿。

用手開花的少年

用手開花的少年
放開自己的稜線
填滿每片陽光的缺口
站好每一隻
在獅子嘴中的蝴蝶

用手開花的少年
收回每一扇破落的花瓣
在萬籟俱寂的棉被裡躺著
對自己還算美麗的子房
馬爾濟斯犬式的
白吠一場。

我們的數學

我們的數學是
一棵橘子樹加上一群鳥
花在整個下午下起鳥糞的行為

某一個小山坡
是指一切有為青年
都要約女生來野餐的春季

有老榕樹在春風中的加法
很快變得一個好孩子的早晨
吃著幾顆新摘的橘子

算數學的孩子
快要長大
橘子還是青澀的下一代
等不及了
就老子老子地
一個個減去
我們的土地。

貓的鉛畫筆

他畫著一隻老鼠
老鼠從出生開始
就受到筆的豢養
從出生到斷氣
他畫著一隻會長大的老鼠

接著他又畫著一隻
同樣的老鼠
從出生到斷氣
後來
畫布上都是老鼠
都是老鼠屎
他用橡皮擦
畫出一隻貓
貓跳出來吃掉橡皮擦
就結束了我的荒唐
與他的虛無。

鬼魂的堅貞

一個老人穿著黃色的雨衣
山坡的小路上下著小雨
他的腳程很慢
我彷彿聽見他發喘的聲音
一步一步寸進
我想是因為他不知道自己
在前年就已經跌下山坡

他走進霧裡消失無蹤
像吸水的稻草
像一個鬼魂
只對自己的故事堅貞。

克制

我要你克制
而事實上是
我再也克制不了
我要你離開
而事實上是
我早就是一棵無法離開四季的樹
我要你快樂
而事實上是
我是光亮刀口上的污漬
痛苦常新
我要你丟掉語言
而事實上是
我們正在一起開花
並用蠻力結了果實

你說你夢見我的手
而我岔開了這個話題
而事實上卻是
我們在海中擁抱
有太多自行去角的角羚
在懷裡哺乳著太多的豹子

我的眼睛是兩座沙丘
跟你說個秘密

裡頭埋的都是你
你時而細小
時而豐美
時而斷續

你說你的世界單純而熱烈
不要曖昧的活口
其實是
我寧願捨棄遼闊的海洋
做為一抹沙粒
也要守候你的蚌殼
你不能被海鳥誤食
你裡頭的真心

你是我的深淵
我要把我丟進你
傷害你
重建你

我在鍛鍊自己的勇氣
不忠是什麼
它應該可以放在一起。

如果你停留太久

如果你停留太久
就會在某一個地方凋謝
生出孩子

如果你還是停留太久
就會在某一個地方掉落
長出白色的黴菌

如果你最後決定停留下來
就會在某一個地方沉沒
瞭解到原來自己是一個母親

如果你最後決定永遠停留下來
就會對準某一片星空
對任何一個可能的父親
自言自語。

只要你走慢一點

在小杯子裡渴望
缺了角的港灣
看見我向內呼出的熱氣
只要你走慢一點
看吧
那就是一艘船

一艘會不斷換帆的船
你要小心
有關暴風的過往
不要輕易問船長。

喉嚨就快要爆炸了

喉嚨就快要爆炸了
你趕快逃走

有人丟了一個爆裂物在一個洞裡
很原始
快要墜底
一次性的
不能與旁人訴說的
我愛你

愛就要撞熁在一起，
我與你。

愛

把愛折成一條線
斷尾的兩端
一邊是處境
一邊是夢幻

守宮同意這樣的說法
它說：
都會重新長出來。

花落

花落是雲嚇一跳
我必須是而你不得不想

果然是經痛的玫瑰而
也許是月事通常很短

心臟病是流不見
光是它這樣就是被戴上墨鏡的湖泊

可是拍拍肩膀是蜻蜓
夢幻是蘆葦的一耳光

死是有人的秋千
水草是兩隻腳空空蕩蕩

過去是重來而輪流是重蹈覆轍的夢
醒是雨睡是雲朵。

憂傷是聽不見的

憂傷是聽不見的
是孔雀開不了屏裡的
很多種眼睛裡有沙
不能揉動的
是削在我身上的蘋果泥
卻下在你手中的雪。

時間是一條很短很短的湖

時間是一條很短很短的湖
它騙過水草
穿越蘆葦
然後合攏起來
沒有讓大負子蟲知道
就來到鋒利的船邊
我怎麼能夠
不接受它
在船邊交易露珠與箭矢

用一朵浮萍換一隻貓
用一陣風換一隻羽毛
用我的手指頭換你的頭髮
用我現在看著你的方式
換幾片新霧來看你
被時間融化的樣子。

撕掉

撕掉你的頭髮

它們將像壁虎一樣用尾巴撕掉尾巴

一生再生

已經養成撕掉那些撕掉的習慣

先撕掉左邊的耳朵

左邊的世界就安靜了

再撕掉右邊的耳朵

右邊來的風也不吹了

撕掉眉毛上掉落的鳥

接連撕掉鼻子

過敏開始死去

再撕掉鬍子

變成一隻水蛭

再撕掉嘴唇

撕掉那等待被吻的權力

再撕掉兩顆痣

一排犬齒

數不清的毛細孔

再撕掉幾句含在嘴裡的話

真理實在說不清楚

渴望撕掉語言

撕掉喉嚨之後

世界終於安靜

於是終於可以撕掉下巴

撕掉脖子

撕掉動脈與拉出下面的心臟

推開你的愛人撕掉肩膀

扯出爛肺撕掉胸腔

撕掉裡頭的煙

像撕掉理想

撕掉溫暖

像撕掉擁抱

再推開你不想離開的愛人撕掉

撕掉所有的關係

你跑吧

我要從跑裡頭撕掉你的跌倒

我要從走裡頭撕掉你的呼吸

我要從鯊魚裡頭撕掉你的腳掌

我要從仙人掌那裡撕掉你的指甲

你哭吧

我要開始撕掉你的淚管

你不能再笑了吧

我已經開始撕掉你的偽裝

我要從變色龍那裡撕掉你的保護色

我要從孔雀那裡撕掉你的開屏

我要從獅子那裡撕掉你的真皮

我要從螞蟻那裡撕掉你的骨頭

我要撕掉你的肝臟捐給狗

我要撕掉你的血液扔進下水道

我要撕掉你的筆

因為這是反抗的勢力

最後我要撕掉你的陽具

扯下你的睪丸

這時你應該躺平了

你應該死了

但為什麼還是撕不掉你的眼睛

你的靈魂長久以來保持如此潮濕嗎？

不能見證一場昨日的撕去

一杯水在自畫像旁

被貓撕掉

隨機選中的死亡

壟斷的眼皮是一條撕掉

尖銳物的護城河

因為被撕掉了牆

我終於得見你天性如此

總是時時儲蓄

洶湧的滿水位

我撕不掉的只是你

那座正在舉火的燈塔。

愛是

愛是我先給你一塊錢
而你之後給了我兩塊錢，愛是
我們各有一根棒棒糖
你先吃一口
我再吃你那一口
愛是我以後要買傘給你，你說
現在並沒有下雨，愛是
在夜裡除不盡的那玩意
棉被裡都是檸檬的味道，愛是
用你想說的話跟你聊天
把心裡捲捲的棉花變成酒窩，愛是
你是我的水餃皮
而我已經是你的餡
我們在熱水裡燒焦，愛是
我們每天就在私奔
而一直忘記帶著最心愛的小熊
愛是
你是我狗嘴中吐出的象牙
我們一起嚇走了老虎
愛是我想你的時候
你剛好也在
並且只對我傻笑。

我愛你像小酒館

我愛你
像小酒館愛昨晚的雨
雨愛著那些來來去去的小人們
像港口的燈塔
永遠照不到自己
一個人就躲進屋簷小解
假裝原諒一杯馬丁尼
又不直接去當隻木麻黃
學別人搖太濃的混酒
去攔下那些
已讀不回的燈心。

一種感覺

在秋天的池塘
又如何呢
不過是秋天的池塘
為什麼一定要有枯萎的荷葉
又為什麼要有雨後的水澤
不過是秋天的池塘
不會有新魚來訪的
不會有布袋蓮與浮萍
不會有月光
水不會突然變得很亮
在池塘上的秋天
不過是每年必來的賓客
不過只是有點冷的風
不過是開始要害長袖的學童感冒
不過是
不過是一種感覺

在秋天的池塘邊
一個人又如何
兩個人又如何
不過是手心有點冷
不過是冬天快要到了
而春天也要來了
不過是

不過只是一種感覺

不在秋天的池塘中
又當如何呢
這裡沒有窗子
沒有窗子被呵氣
也沒有人曾經困在那種迷妄裡
不過是你發了狂出沒在這裡
不過是你安靜了離開了這裡
不在池塘裡的秋天
又當做是如何地喧囂又安靜呢
不過是一種不需要愛
但愛還是存在的機制
不過是
不過是一種感覺。

河流

那是一條再清澈不過的河流了
怕下雨，怕魚不游
怕不能再飛起的雲
怕漢子強揹愛人渡河
怕越來越是清楚
會絆倒在後頭追趕的員外

怕岸旁最新的花
壓倒最美的花
怕微風躺下
因為親愛的寶貝
現在輪到我在說話

那是一條再清澈不過的河流了
怕歸途裡思索家計的黑大漢
怕婦人扇了眼淚把野種流放
怕有傻子投河，不怕冷，不怕
因為親愛的寶貝我其實是在談環保
該輪到你說話

因為親愛的
因為大漢子都被善良的小姑娘偷完
美妾都被寂寞的員外買光
童年不能再回來

報它踩到野糞的仇了
那是因為強姦犯的女人正在生出小強姦犯
那是因為殺人犯的女人正在生出小殺人犯
那是因為鄰村在昨夜出生了同樣數量的小法官
因為老人還沒把故事講完
而小孩還沒有淹死兩雙
這個夏天還需要更多故事的乾糧

那是一條再清澈不過的河流了
眾人的眼淚須要解鎖
水草會是裡頭的蛇肝
鹽一定會被影子消化
因為這裡沒有一人船
脹氣了不要怕
這是一條不怕生的手絹
也是一條不怕死的小河
流一點眼淚
百無聊賴
真的沒有影響。

這封信

你有一封信
我也有
但多了張郵票
東西有點濕
所以現在有點下雨
這真的梳得很好
居然沒有影子
貓大概踩過這封信的辮子
魚也走過
所以大海也走過
所以岸彎彎的走過
所以路也長長的走過
所以輪子走過
所以淤血也要走過
所以你的雙手一定走過
所以你的左臉也常常走過右臉
所以靠著凝望一根火柴
希望它沒有更壞的脾氣
所以丟掉一些濕掉
所以浪費很多森林
我多麼希望沒有人告訴我
鳥的羽毛不來自於風
所以拆信刀就不會流血
所以外頭就不會真的了不起

一場傻傻對鸚鵡說話的雨
所以貓也不會一直喝牛奶
假裝不看我
所以我這麼相信你有一封信
所以桌上就有一封信
這次不是羽毛
羽毛不會飄在同一個地方
我告訴一隻鐵釘
我的耳朵在這裡
它們很久以前
被吃掉一個吃夢很深的黑洞
並不是一個很好的對失戀的看法
來打一隻湯匙的主意
沙子真重
所以流一點眼淚也沒有關係
我可以一直倒立
假裝牛奶在喝貓
這樣我就是白色的樹
所以萬一我也看不懂原來的意思
都沒有關係。

身體的福音

我生命中第一個被燒焦的福音
不是來自地板被憤怒的馬蹄折斷的聲音

核桃是陷進去的井擦傷著每一種隆起
距離最近失敗的笛孔一樣的「不過是如此」

用盡一首詩的力氣把煙囱拿到你家
我們的愛是顏色在滴滴答答

朗誦的喉嚨折斷著突然就斷了
雨水悄悄在互接今晚摔傷的骨

鎖一隻螽斯的秋千那麼凌厲的搖擺
一支紅玫瑰下出一身雪
腳印踩不碎離開

白色的聲音，黑色在反穿
水蠟燭被微風粗糙地重逢
一柱吃一柱劍筍亮劍的時光

金鍊子飄浮不起來
於是呼喊你喜歡的夏宇
它是燭台沒有房間
不要肩膀鬆動的柴燒

生命中的第一道道德的猝死
比如以筆尖對付堅貞的橡皮擦

有時是火然後是鐵
我終於進入你的蛇籠管

是一種不用獸皮的鼓聲
加長型的舌釘如牆一場
它來自於我們嫻熟於對舌片永恆的壓花

補足左右手的空隙，它們要生出橋樑
我們像牙齒一樣滿足於守衛著微笑

這是真愛在曠野覓食頻頻遇見「好吧」的毒蕈
共同使用一個枕頭磨損一場不想停止的活下來

我愛這種萬一的聲音
夜行開花的人不得不濃的煙非常長
我幾乎都不需要額外的蜂箱

我們聽見
「如果我們在草地上聽倦了所有的聲音」
我們只要沉默以對
不怕顯像液裡有擁抱著的魚骨

魚肉很痛是口吃的礦山
真愛一種粉紅的水晶
你才是我看過的每一秒堅決的指南

我生命中最後的使命
是粉碎一棵日晷之樹的徘徊
藍色在耳中是消音器
廣播落葉的瘖啞

銷毀死而未決的可能黴菌
摩擦每一顆渴望的種子
我們的天體營都是燒過櫻花的句子

春天會擦乾它。

冷卻的乖孩子

我是冷卻後的
乖孩子一樣不說你
不看你與
不想你
但是我不能不偷偷傳遞
棒棒糖一樣的回憶
甜蜜的旋律
與詩
在走路的年代裡
所有大街上的生物
都在誇張他們的喘息
只有一個我
與一個不能並存的你
我們隔空接吻
過度謙虛
惹惱了午後雷雨的脾氣
都要拜文明之賜
我們即便遺落了彼此的號碼牌
還能在一瞬間
聞到厚厚的霉氣之前
便轉身遁進地下鐵
化為稱職的田鼠
回到除以二就會被開根號的月台
真有那種地方

無法就地約分
恐怕只是在夢裡
才顯露出
一點點期許
與笑意
是在冷卻之前
我是個熱的乖孩子
在拿到棒棒糖一樣
的愛情之前
那是宋朝的詞性
我為打落你的糖葫蘆
再一次對你沾紅的衣裳
致上君子之禮
一定有什麼聯繫
不冷又不熱之前
早已相識
那有什麼意義
不值得繼續鑽營
滿街都是等待被吻的人
與吻別的人
誰發起一場革命
就足以讓今天的雷雨
要停不停
而雷雨我很懂
只要一次淋上很多好雨
就有機會能得到更好品質的感情。

我們都是這樣長大的

青春時我們聯手戴上一付眼鏡
因此愛上一些朦朧的朋友
我們說要永遠在一起
而事實上是我們
已經不能相聚
後來我們又聯手把眼鏡拿下來
眼淚得到權柄
它揮毫寫了幾個潦草的倒刺

我們甚至分不清楚
什麼是目的
什麼是意義
我們還是不懂
眼睛為什麼是小幫浦
為什麼可以持續送出花瓣
事後還可以用眼淚權宜

青春是糊里糊塗
愛當時特別清清楚楚
我們都是這樣長大的
當場就愛
隔夜就在電話那頭隱瞞
炙熱的恨
因此發燒

凹陷了進去

情書沒有法子把玻璃窗擦乾淨
啊真是越來越迷惑了
一滴舊眼淚壞了你的專心
我們都是這樣長大的
回憶多半是病毒
不停產生抗體
對未來仍然保持陰性

窗外的確曾經下著滂沱的大雨
而現在花瓣已經滑倒在這裡
永遠是一個人扭傷的孤島
多麼用力的舉起
我們都是這樣長大的
從不懷疑情詩越寫越好的原因
從不抗拒在短夜裡
對自己長槍相見
黑眼圈是螺絲起子
打開你堅守原則的蝸牛
多麼緩慢的美麗
急遽流失
然後填補一個更新的髮型
我們宣稱是自然捲起的
愛情。

有一條拉鏈

有一條拉鏈
在海中行船
它拉開地球
波浪又縫上
有很多小魚
並沒有跟好
有很多海鷗
也都在丟掉
我裸露身體
裏頭是海膽
你不要進來
也不能走開
裏頭有燭光
美麗的肺臟
那全是海浪
不都是衣裳
像一條拉鏈
它是硬脊樑
我有小時光
等待它生滑
比如老梁龍
把雲朵轉彎
比如我不在
冒出一叢草

最後是頭頂
也刨出白光
我愛死拉鏈
鋸斷葡萄海
美人為我開
白色的小帆
美詩我自留
我以為是酒
小解在湖中
像雲的蠟油
倒影只當是
你在回憶我。

湖濱的琴島

划船去閱讀湖
跟鴨子在一起
我學習它的話
就可以完稿

今天的工作
是一條青草
有青蛙當數字
它們在挑高

有綠藻當坐騎
優氧化的瀏海
一隻朱鷺站在水上面
黃昏就來到

霧在夜中沒有交卷
迷路的人快睡著
湖邊的小日子跟我說
木屋正被月亮燒

沒有關係
我比它們更炙手可熱
我有天然氣
在地心的琴島。

相遇

我們順便在這裡
讀順便青綠的柳條
寫著順便浮浮沉沉的錦鯉

誰順便給我們安靜
就會順便親吻了它
並且依序張網吐納
順便給了湖水燈光

於是我順便有了一種
一生的感覺
而你順便向前
並沒有回答我
只是順便吹起新霧

那霧裡
一半是鹽
一半是糖水
我們順便吵架
順便也在杯緣擁抱
驅趕了最後一隻順便
遺忘的冰塊。

背叛

葉子背叛根
花朵背叛葉子
陽光背叛花
鳥背叛光
風背叛鳥
日曆背叛風

燭火背叛熄滅
煙背叛水
影子背叛煙
牆背叛黑

茶几背叛誠實
杯子背叛咖啡
糖背叛螞蟻
螞蟻背手指

我背叛螞蟻
叉子背叛洞
看背叛星星

新床背叛舊人
深邃背叛秒
愛背叛一隻象。

非常安靜的一種愛
非常安靜的一種愛
水蜘蛛沒有辦法在上頭結網
它很快就會再愛我一次
它會用最大的力氣
保持自己的乾爽

非常安靜的一種愛
我正在遭遇
我們在某個地方一起失聯
又從某個地方出現
我們打算失去這樣的一個下午
我們打算得到這樣的一個下午
我們不需要用日曆來考驗水泥釘的忠貞
我們不需要一道牆來考驗牽牛花的顏色
我們不需要用性來維持黏稠的關係
非常安靜的一種愛
它是母的魔鬼氈
並叫我抱緊了之後
一次一次勾勒出輪廓
永遠不會忘記它。

那個下午我在岸邊看海

我看見很多很多石頭
比我更靠近的
消遣海

把自己弄成尖酸刻薄的樣子
然後海比我更生氣
就驚滔駭浪

我要證實我沒有見證
傷害的過程
我變成一個污點證人
說我喜歡海

海也說喜歡我
它早我幾步
摸到我的鞋子
留下一片海草

海草是一個神秘的符咒
是我跟這場下午的海
唯一的關聯

它是海唸不完的信
我以為它喜歡礁岩

喜歡成為它們的心理學
同理可證我害怕起來
海鷗是不是雲朵
派來瞭解我的海草

這是與海的下午
第二場次的連繫
後來我把鞋子還給海
我不要有人瞭解我
海就跳過我
摸黑離開了。

雲彩露台

玩具城的入口
一個有白雲傾斜的露台
發條熊被粉紅色的妳
遇到的時候
我不在那裡
我在楓之島

一個初心者在楓之島
暫時還到不了這個雲彩露台
他曾經在那裡採集香菇
因為做了生平第一張椅子
而快樂得不得了

現在我在雲彩露台
發條熊正在落下
很多黃色的蝴蝶結
與滿地的鈔票
因為我解救了它們
魔王不能再把她們關在
這個沒有愛的露台

我不在雲彩露台的時候
也許會在星光精靈的庭院裡
也有可能會站在真正的露台上

但真的發條熊不可能會走過來
因為她們是我的小孩

沒有人會把發條裝在她們的背後
沒有人會把她們關在露台
她們是那麼地可愛
因為大魔王真的不需要那麼蠻幹
因為童年很快就會過去
她們很快就會遇見人生裡
第一隻地獄巴洛古
而終於成長

我曾經跟它交過手
所以我知道它不是好惹的
不過我現在不用擔心她們
她們各養了一隻愛跟班的小兔子
現在正在跟牠們說
我真的真的
很愛很愛你喔。

寫一首關於森林的詩

我很容易地把一隻死鳥趕出森林
萬一我後悔了
我還是可以再把牠寫活回來
沒有什麼問題
它沒有蘑菇那麼難以變大
也不像貓頭鷹的出現
實在需要一隻害怕的老鼠
鳥也不需要一個真正的畫框

我一直走進那座森林
經常看到光影飛舞
在霧散去的時候
很多人告訴我
在溪邊看到一隻鹿
我記得那時
我放了一個狼字
然後就離開

你擔心那隻鹿
可是我更擔心如果
「溪水是林間的閃電」或是
「松鼠是精靈的瓶子」
這種句子會讓鹿變得更膽小
讓狼字變得灰心

我不能隨便讓狼放棄
更不能讓快樂的鹿
喝完一整條溪水
我打算在你讀詩的時候
放一個愛字
一切就會迷惑起來
對無効但具體而微的
我的任性
毫無反駁的能力。

聽得風聲揉揉

從這兒走進去
就是萬籟俱寂的森林了

蘑菇抱的鐘跟針葉林的一樣
是同一個款式

颱風草戴的錶
比我的只差兩秒

和小溪一樣計較的話
就容易睡著

從這兒看進去
葉子都長出眉心

我也會抓得很好
對抓不到的東西微笑

比如一切行經你的樹
比如一切行經你的樹的時間

比如我認真的想要計較
我們的時差是不是越來越陌生

讓松鼠變成蹺蹺板
讓野蟬滑落下來而

感覺沒有立即背叛到。

我所不能明白的事

死掉的電冰箱你堅持守靈
我不明白
牛奶都酸了
人去樓空
冰塊是靈魂也都化了
你在守護著什麼
不讓夏天堂而皇之的
進來擦乾嗎

沒有電了
小孩不再運轉
冷媒已經掉進洞裡頭
沒有電了
電像許多婚姻一樣
沒有嶄新的力氣

我所不能明白的是
你在這兒守靈
把冰箱當成現在苟且的衣服
只是為了慢慢摩擦一件
從身體裡頭壞出來的事。

孤獨國國王

孤獨國國王
在花園裡列為被告
作證的孩子說
他不喜歡我
他都是自己偷偷一個人開窗
在半夜裡跟星星下棋

孤獨國國王
不是第一次在花園裡被列為被告
但是來到這裡聽審的時間
卻一次比一次長

孤獨國國王
佔領一座城堡的洗手間
座落在花園的小角落裡
在日光燈與霧氣之間
默默偷偷上網

孤獨國蜘蛛在這裡即位
變成國王
在清晨來臨前喜歡掛眼淚
翻開蝴蝶
頻頻看著焦黑的左腕。

另一種手酸的感覺

雨如果站得酸了
就進來坐坐
我是一個瓷碗
喜歡有聽眾的感覺

證實自己的感覺
感覺雨一直站著
換著另一隻手下
把我一隻劈開
像一隻慢慢開啟的傘

我瞭解一隻碗的心情
它只是一個受詞
一旦看緊了屋簷
主詞如果是雨
就至死不渝。

海鷗船長

發糖的先生今天沒有來
聽麻雀說
他開始喜歡海鷗

他那一天起
就在窗子裡頭
把窗簾當成了帆
坐在一把凳子上頭
封自己為船長

白雲能權充他無言的對白
都沒有離開
海浪就當是遠方的風
一陣
一陣送他出港

玫瑰香的沐浴精
在浴室裡把守
我可以出奇制勝
亮出鏡子
它就會瀰漫
好像他的房間正在擁有一個女人
而鬆弛下來

吹吧
隨著樹停下來
就蕩然無存
讓風灌進船艙
好像把沐浴精放出來
又好像愛情已經變成
多人份的煙霧彈

船長請下令
把窗子緊閉
現在我們都在霧裡頭
一個都不能少

船長聽我說
海鷗終究還是會變成沙子
像時間一樣淹沒這座海中的碉堡
船長聽我說
要是能從海妖的歌聲中突圍
我們就可以一起唱我們想唱的歌
寫我們想要寫的詩
要是我們最後沒有一起跪下
就可以直接對那些不讓我們愛著的人
展現我們無懼的勇氣與力量

不過現在換你聽我說
我是你的船長

把窗戶全部打開
不要留下任何活口
在鏡子前
把流眼淚的海鷗擦掉
小船上容納不了
那麼多真感情。

草鋼琴

中午坐在公司認養的公園裡
有幾隻麻雀正在草地上
以鳥喙下葬著蚱蜢的死亡
在椅子上縱容那些過程的
還有一座微風經過傅立葉轉換
而折出來的溜滑梯

之後陽光倒下一排白鍵
榕樹掉下來的黑鍵也輕輕
壓著每一朵經過的野生白花
一隻蟬是順理成章的鋼弦
統治著手指的力氣
翻飛的樹葉就是延音踏板
踩著影子慢慢鬆弛前行
這就是我想要的
被愛的感覺
另一片草地可能
也被八哥鳥彈過了幾回
它們是野生的吉他手
用 Pick 草率地隔開琴聲
那些應該就是
我突然不能再愛的意思。

一條街忙著處理骨刺的時候

一條街忙著處理骨刺的時候
我已經帶著那個女孩過了街
但是我不認識她
她可能是被別人丟出去的水漂
我們也可能在一億年前
是梁龍與板龍的關係
我們被同一隻暴龍追過
幸運地越過了草原
一起躲進茂密的原始林

我們從過去的森林走出來
進入了現在的咖啡館
使用不同的口器
嚼著類似蕨類的東西
嚥著相同的汁液
我們始終都沒有使用
自己的共鳴腔做出任何對談
雖然彼此有微笑地示意過了
但也只是因為懶得再想起
曾經在侏羅紀裡一起逃跑前的
那點猶豫。

水妖

水龍頭沒有關
幾個晚上被流掉了
目前還沒有人知道
山上還有多少雨水
日日夜夜積累
是否來得及供應
目前大失血的現場

現場一片歡樂
孩子們一起把城市舉高
鞋子都濕掉了又何妨
孩子們把大人趕到低窪的地方
然後打開水龍頭
讓水妖出來

孩子們一起把城市舉得更高
孩子們怕公園裡
那些路燈的襪子又被浸濕
孩子們只是怕那些草地太泥濘
孩子們也怕溜滑梯太無辜
他們最後把城市舉到跟雲一樣高

水龍頭一直沒有關
沒有人知道大人最後怎麼了

不過聽說男人都變成了海豚
而女人變成了海浪
媽媽變成水母
爸爸變成海馬。

吃麵的人

趁麵還熱
趕快吃掉
夜巨人就要來了
它喜歡燙捲的髮菜

他說熱水中浪漫起來的水草
很像他現在的愛
他說沉淪在裡頭偷聽的
不止是動盪不安的香菇
還有臥底的耳朵

他還說
麵應該已經旅行
到了想回家的地方
把它吃掉
夜巨人就不會來
只需要用嘴唇梳理
那些發芽的頭髮

他還說
胃也應該
像個滿足的嬰兒一樣
那麼夜巨人就會從
回家的路上轉彎

變成花籃

睡吧他說
保佑那個戴在手腕上
自轉的月亮
有著天然呆的女孩
永遠單純無瑕
盎然而美好地
睡著吧。

那輛車開過去

那輛車開過去
如同閃電
枯萎的樹幹就被劈成兩半
一半是它的黑暗
另一半是我的黑暗

曾經埋在我裡頭的猶豫
是一瞬電光火石
摸黑換檔的滋味
你我也知道

道路是月亮的鏡子
它不能凹陷
只好把感情也拿起來
從後照鏡中去陸續死
去按摩
去填滿

青春的人們啊
不要害怕拉鏈的意思
車子開走了
會有黎明打包
回憶的力量

我們把新褲子穿起來
離開舊的地方
塵土已經變成小花苞
月光已經減速
用 S 型轉彎。

小島保持沉沒

椰子樹沒有更多把握的時候
感覺時間的沉重
棕櫚之間有什麼不同的想法在中午就飛不遠

海浪便開始沮喪
邊界其實不存在
只好把紙船慢慢摺回來

經常責怪島沒有用
他不知道旅行的意義是什麼
不要掏空他的燈塔去捏造

以前的疼痛用漩渦紮緊
被我綁上舢舨
於是就可以宣稱喜歡瀏海
忘記往日的髮夾
以後你的長髮四處尋找
信天翁的黃昏時間

一定會有無比清朗的一張臉
看著我還能有多勇敢
可以用上一種全新的語言
為你導航。

回憶錄

沒有具體想法的蹺蹺板
一邊是無主咖啡
一邊是我

我們小心翼翼互換位置
並在中途有幾次交手

我用它來驅趕失眠
它現在是我的苦楝

我們交手更多次
並破例加了奶精

更柔軟的瞭解
像極了曾經握緊過的小手

我終於喝完一杯咖啡
蹺蹺板向秋千借心悸

我不想歸還這些心悸
它是我間歇噴射的回憶錄。

我想你

半夜起床
順便檢查削鉛筆機
筆如果還是跟脖子一樣尖銳
那麼筆身要擺在哪裡
會非常苦惱苦惱
會睡不著
一直掉頭皮屑
怎麼會這樣
怎麼會這樣

所以決定只檢查洗衣機
反正都是一樣的
都是轉動再轉動
你不在我身邊
它們都是空心的眼睛。

某一個部份

你的一個部份
是我想你

很久以前
是一個全新的部份
代替我不在

不在是更新的部份
因為我知道

記憶在等待裡頭是滑牙的部份
命令耳朵對螺絲起子
全面反攻的那個部份

思量是窗外的樹木生鏽
剝奪的部份
光滑是春天剩下的部份

勇敢是一隻筆慢慢損害空虛
那個堅硬的部份
把懷中的蛹寫成
死字的部份

蝴蝶沒有在花上頭

是一個過去的部份
死角是隆起的
海浪的部份

堆積是粉末的部份
部份是因為我想你
那個正在崩塌的部份

另一個部份是因為我不能說
一個防空洞對它微光的部份
它這麼感覺

蝙蝠聽說是一個不怕黑的部份
回聲是一個不能倒立的部份

雷達波是回不來的部份
探針是你永遠不會知道的
深刻的部份

你正在想我的那個部份
是我還沒練習過的部份
有關於失去的部份。

幸福的蛋糕

時鐘發爐以前
城堡在一座森林裡頭
變成蛋糕
星星喜歡這種脆皮的雪
巧克力做的眼睛
下著薄薄一層的霜
一群草莓喜歡打開
喜歡穿過喜歡的舌頭
到達果糖

穿高跟鞋的小熊
如果跟著水蜜桃的話
就會慢慢
慢慢的跌倒
冰淇淋在以前十四歲的時候
就決定融開它的冰川
因為藍莓喊著冷
所以布丁很緊張
向芋頭借衣服不還

鮮奶油被海葵附身
櫻桃被唇線包圍
感覺就要被鳳梨了
就抓緊棉花的肩膀

說是玫瑰在洗頭髮
天鵝在波浪下
用蠟燭助燃

核桃臥倒在床裡
愛人是卡莎米亞
慕思吹著脆迪酥進來
以奇異果的性命起誓
用酪梨的正能量發電持續看守
護城河上的燈火
讓黑森林向月亮擔保
許下的願望一起的幸福
永遠真心美好。

一個下午的種種啟示

蟬聲在試穿鳥織過而不要的衣裳
花一整個下午的我
在找尋不復存在的衣架

我的愛曾經是路經此地的濕氣
陽光把它擰乾
我就成為落羽松下的一片羽毛

葉子墜落是出沒的一根針
終其一生在尋找語言的縫隙
把下午拼成很多瞬間

彷彿是真有那麼一件絕美好事
是跟男女情愛沒有關係的
某一隻新來的鳥會拆開某一隻舊蟬
但是得到了一台壞掉的縫紉機
而感到也許這種故事線
會更刺激。

你是眼神

你是眼神　打開扇子　表白每種　感覺是我　無主咖啡
孔雀開屏　折回燈塔　都是開花　你是勇敢　甜簧蜜雨
原地旋轉　小船是我　每種聽聞　擁抱然而　糖是耳垂
就地收拾　迷失燈塔　都是雪片　短暫太難　雨正迴轉
我的眼神　你的咖啡　他的溫度　登入黑夜　紙來縱容
籠在鳥中　泡泡的手　簧片振盪　飛蛾是鎖　見你不開
眼鏡蛇吻　草莓舢舨　坦承是誰　美麗照舊　風迴露轉
溫柔的王　自有主張　抗拒從寬　一如燈光　愛是兩端。

路燈的回憶

更多的晚安
在路上甦醒過來

街燈做為黑夜的頭銜
還有誰能這麼驕傲

我也醒在這個清朗的夜晚
把飛蛾當成梳子
在茫茫光海中尋找縫隙

我沒有找到你
的某幾個清晨
褲都被月亮蓋過
特別讀來
都是風乾。

麻雀與白頭翁的早晨

我的小小餵食台
能容納一萬旅次的不同早晨
但是白頭翁與麻雀
它們不會共用同一種時間

當白頭翁佔領我的時候
麻雀們就退到屋簷下
嘰嘰喳喳
模仿雨滴的聲音
有時也會在衣架上排排站好
交互蹲跳
變成你喜歡摸著的白色衣領

如果是麻雀佔領你的時候
我會舉不起一隻啞鈴
我站在啞鈴上
就像白頭翁站在
自己的白頭髮上一樣
感覺已經愛過但是
已經名存實亡。

暴雨的意志

這場暴雨
一定會下第二次的
因為我相信
它不會一次就解決
夏天所有的問題

這個時候
雨像刀子一樣
從屋頂上的瓦片彈起
它們都有很好的輕功
用彈壞琴聲的方式走避

雨聽來跟琴聲一樣
是越下越小了
腦海不再凌波微步
再也沒有小路能夠指引
一個正在愛著你的人
一個擁抱的捷徑。

對愛崎嶇的誤解

讓這群劍客來保佑你
今天最後的一個夜晚
它們拿著的並不是鋒利的武器

現在我身體裡的指南車
終於可以回收每一個
星星的初夜權
在被點穴著的夏夜裡
在一座橢圓型時間的橋上
在每一個秒次之中
都是涉世未深的水面對光
以及愛崎嶇的誤解。

夏小湖的午後

小石頭把湖水都讀碎了
癒合都是離開之後的事

陽光留下柳樹就走
白粉蝶離不開板擦

離不開那些字粉碎的地方
而那個地方稱呼為黑板

除非是一個允許的例外
好天氣讓星天牛喝醉了

除非蟬聲停止了小橋
第一次嘗試就輕易彎曲了他

有一點生澀的感覺
但是看起來還過得去

有一座涼亭想進入我的突然
我必須先把湖水護貝兩端。

或許這一刻

或許這一刻
暴雨已經自行在雲裡頭下完了
我不再看見遠方隱約的閃電

這條大街必須繼續前進
被窗子一排排磨損
擦亮每個人的火柴

而我會是那個
剝開我自己的部份
裡頭會有一個
敘述完一條萊茵河
所留下的陶笛

我真愛陶笛
它是掏空了黑貓的眼睛
所留下的更黑的自黏相簿
裡頭壓有一顆會把指甲越剪越長
把自己越取悅
卻越行越遠的心。

夏天的故事

夏天在庭園裡虛應幾個故事
銀杏樹聽著聽著就結了果實
迴廊是四方型的時間
蕩然無存的門窗
沒有讓什麼離開
也無法讓什麼不進去
空曠的屋子裡
只有影子住在裡頭
制住一群灰塵

夏天說累了就讓蟬聲繼續說
石頭上坐熱了就換麻雀說
沒有特權的院子裡
枯萎的玫瑰腐爛得很標準
正在死掉的蚜蟲
還有正在甦醒的螞蟻
碰巧地在同一秒相遇
然後分開
涼亭與柳樹還是看著昨天的小抄
努力想要住在一起
蝴蝶一翻眼瞼就是天涯
把光年看得那麼簡單

夏天不就是那麼一回生

二回熟地將就過去了
微風還在擔保雲朵
還是污點證人的時候
水果小販已經賣光
最後一顆軟掉的桃子

夏天的一切或快或慢
都加著同樣的防腐劑
說好了要一起消失在
金黃的彩霞之中
而且一個都不能少
也不能生病。

入棺

已經好長一段時間
我們沒有說話
不過是幾分鐘
你終於為自己爭取到
一雙新皮鞋
你的新西裝很挺
看起來像座小山
是不會再咳嗽了
樹上的葉子以後
就會抓得很好
像現在含著銅錢的你
看起來也抓得真好

我第一次看你哭
用大男人的方法
不帶聲音
沒有眼淚
只有安靜的臉

你現在先不許哭
奶奶正在喊你
你要努力讓嘴角移動一點
哪怕是假的都好

奶奶在這裡喊你
用乾癟的子宮想要收回你
用剩下的心臟病
想把你裝回去
現在你先不要哭
跟我們現在一樣的
都不許哭。

最後的一個夜晚

夏天睡不著的時候
約我出來看電影
青蛙是很多座位
上頭坐滿了耳機
草地跨不過自己
就用路燈來作弊
每一陣風都是保鮮膜包好的刀子
我今天是十二點整包好的餡
韭菜已經愛上肉泥

我也約照相機去狼尾草的家裡
它說真的好喜歡星星的腰力
星星有蹺蹺板的物理課
它們亮亮地一次坐下
另一頭的抗力臂就暗暗地飛起
它們是跳進快門的燈籠魚
閃爍的游標下
是一群幸福的眉批

仙后座是一個酒館裡的座椅
她的脈搏要跟我比腕力
我不該愛上路燈
它們是兜售一夜情的少女
她們的眼睛裡

有竹蜻蜓一樣的橡皮筋
給我向上幸福的力量
也會給我向下沉淪的勇氣

我是這個草原的輪廓
很多夜蟬壓住那些蟋蟀啞鈴
成為最厚的眼影
路燈是飛旋海豚的皮球
月亮在樹上稍息
我幹嘛要立正站好
會被十二點的銀河解散
上頭有一萬億隻巨象各司其職
看守我眼中的紡錘
如果我也可以制服
每一種顏色的毛線
為什麼還需要愛情

一場高解析度的散步
在最後將要離去的夜晚
聽我壺言亂雨
星星撥著珠算
下起小雨來
也許還是退四進一。

小雲說

小雲說
好藍的天空
小雲還說
好白的雲朵
小雲也說
不也很溫柔的南風
小雲她常說
這城市大約什麼都不虧欠我了
小雲又說
我也不再欠你太多
小雲應該怎麼說
穿上這樣的雨鞋
該怎麼開始去規畫不需要行李的旅行
小雲什麼都不能說
小雲站在一個最痛的地方
小雲什麼都不說
只是就想這樣經過了
只是就想要這樣經過了
愛了或不再愛了的都會過去
就用白紙寫一個火字
然後夕陽就變出來了
然後小雲就變紅了
臉上好像飛起來
一行眼睛變成的海鷗。

死亡

去你的
它們媽媽的
愛的惡勢力
這樣很好
可以變很遠
可以彎彎
好像擁有一隻竹節蟲的死
而沒有立刻埋起來
就可以激凸
都有眼淚
可以無怨無悔
我不能夠給你更多無怨無悔了
冷掉的三叔與啼血的杜鵑
去你媽媽的懷裡
哭
去說髒話
吸大煙
到天崩地裂到
我們那種幽閉空間
黑眼圈
但是無法無天
很熱與拿不掉
死
去感傷

一起變冷
去真是感傷
死就會好了
死就會好了
不再燒紅烙鐵
一次性主張
水
給我水
給我很多眼睛的水
死就會好好的了
最好的了。

洛克人收到一瓶星星

現在雨
是霧做的
會過去的未來
直說是星星
裝了一個人在裡頭
看她之前買醬油
現在想詩
跳逗點
複寫紙複寫
海的詩
被裝進瓶子裡
等待最長的竹籤
發光的指尖寫
海的詩
被鐫印在沙灘上
貝殼那樣變動的螺旋
一本指甲做的書
像一串細細長長的星期一
像星星揉過的白色沙粒
海這麼玻璃
氯化鈉與二氧化矽的裸體婚禮
大部份時間都是在吞食
光是椰子一樣的體會
說落下來就落下來

現在雨已經停下
玩具沒電了
淹死也是
大部份時間都花在愛著
不能一直愛著的
那些牽掛星星太久就會發皺的
海的詩。

在橋上

在橋上
替橋想什麼
在一次性漫步上頭
在但是中乾燥
又磨彎回來
水都是哭的
流過的尖沙
鵝卵石是專業的光
思考太陽
把臉磨出一個洞
洞是開著十年的櫻花

在橋上落下來
紅色的信收到一封
掛號已經多年的船
上面聽說沒有開花的
就要它開花沒有
平定的就讓它
自己天涯沒有
開始過
就讓它結束好嗎

不過是在橋上
我拍拍手說好但是一朵蒲公英就這樣飛飛飛飛飛，飛

走

飛走了到達多遠

一個人幸福的山脈綿延與漫天喊價

說我大安溪上

金星還在升起

一田田一田田沒有下好的手中雨

像洞中的下雨

像風中的鐵絲

我剝了線的心我

終於接芒完好

為你隆起光

可以橋接於永遠與更遠

不過是在橋上

水不在橋上

落英不在橋上

日光不在橋上

一個人不在橋上一個人不願意自從橋上站了一個人

在牆界中的死角

愛

是最深的灰塵鋪天蓋地

是受潮的麵包

不過是在橋上

誰令我指甲鬆懈

滿山落英

光明的心事

沒有橋墩

不過

是在橋上行舟困頓無關一切

不過是在弦上的弦外之音

我們不準確但是似乎已經到達

沿襲著河岸

荒草自行伸張

芒花在背但是和緩

沙

沙

沙

不過是在橋上的橋外

橋是我們聽見勇氣

碎開硬石的臂膀

沙沙

還是沙沙沙一直磨不壞秋天的山

陽光磨不壞鋸不斷點不著

不能懂而懂

一隻曠野的玫瑰

愛情無非旋緊在橋上

鎖住那河水的經期

不過是

我等在橋上

而我們等待落日

前面開出的芳草

一直到一直遺忘的不能不能

暗紫色的
沙沙沙
更多的
沙沙沙。

死棋真不好

棋盤
是一條長長的管子
河流
把葉子下在河裡頭
起手無回大丈夫
讓我難過的
現在的眼睛是一瓶果醬
嗎

必須下更多子
救一點時光
救命
救浪費的日常
救煩躁與發黑的錶
晚上救月亮
早上救肺臟

外頭都在車水馬龍
白色床單沒有冷
死棋一直下著感覺真髒
不可以只是昏眩過去嗎

影子用太陽發電
身體浮上來

用鋼琴的腳踏板
油門踩到底
真是高亢的冰塊

情緒智商需要很高
來接著電
不怕日光燈不要我
有人一直呼叫淚管
流進你的罐
你的罐子叫蟬
八十分鐘裝不滿
壽衣穿上
保險絲斷了頭髮
不要讓牙醫來四捨五入這世界
一個小時要花不少哀傷
的肺時光
死當在這裡
相信有五加侖的呼喊
整數點以後那片牆是人已經不在
我心情像蚱蜢跳跳跳
有個人疼過我就疼過了死掉
永遠都不得再見
不可以
不可以只是昏眩過去嗎。

分岔

這當中有一些分岔
有一些不應該
很像頭髮
但是不太一樣
有黑被分出去了
從鼻子的兩側
很像眼淚
但是又不像
有點像一條鄉間小路
被走過兩個很寬的故事
一會兒是蜘蛛
一會兒是蝴蝶
很像男生和女生
可是還是不像
中間有分隔島
一邊在離開
另一邊還在愛
看著他
他看著它
很像鄉愁
又像牠
可是又不像
很像發皺的照片
被水折彎起來

另一邊被洗衣服打開
更像埋怨
後悔以及懊惱
在水中拆開
一邊是茉莉
反面是苦海
分開對看有不同的美麗吧
很像玻璃的味道
但是又不像
像訂書機訂不牢
整批次落單
所以就一直搖晃
這當中如果生出一些小孩
就直接不分開了
但是又不能夠一直廝守
像結婚二十年後的大人
平行睡在一起的樣子
沒有力氣的友善
這可真好都不需要再像什麼
比如中分頭髮很久以後以後
想要回頭然而再也無法
抱著過去的事傻笑吧。

草木已經在裡頭生長

坐著的自然界不會飛翔
草木已經在裡頭生長

大葉子配大片的陽光
小型蕨類適合黑暗
草木已經開始生長

兩萬公里長的夜晚
月光與日照接力在想
草木確定已經開始生長

森林裡殺青的橋段
確定只有我這個臨時的特技演員
草木總算能夠持續生長。

滴定法

一隻蟬變成樹的聽診器
麻雀變成它的醫生上帝
在還沒有聽出什麼之前
就讓牠多聽一會兒吧

之後就隨便你
我也不管
派鳥來數落蜻蜓
用蝙蝠來追問蚊子
因為黃昏已經來臨
損失幾個八分之一的音節
仍然聽起來
還是一首優美的歌曲

夏天總會弭平
小小燒杯的損失
與感傷在滴定時
所需要等待
酸鹼中和的時間。

雷雨之夜

「剛剛」在黑暗中寫詩
其實外頭也是滂沱大雨
閃電找不到落單的人
只能用亮光空轉
在失去一整行句子的地方
整理出撐竿跳的距離

我看起來更像一隻竹杆了
被雨彎曲到不能再彎的時候
就做了一點比喻
雖然它比較明亮而象徵
就稍微暗淡了
那就是我
不能一直撐著眼睛照亮的事情。

旅人啊

我停留的地方
是雨季裡爬得最高的一間房子
等最後一包乾燥劑用完了
消防瞭望塔就可以
穩住與回顧
下頭那些蛙鳴

也許房間也非常緊張
害怕行李還沒有被整理
我想我也會是如此的
所以我急忙把窗戶打開

遙控器看起來是沒有
下雨的按鈕了
跟家裡的明顯相反
這裡的雨必然是
吞吞吐吐的
像一個出門旅行不久
就哭著想起家的人。

對我的耳朵吹風

我不能說出那個祕密
草會長得更長
埋葬我的嘴巴
羊群會吃掉草
然後道路顯現出來
鳥巢會被貓修好
裡頭的蛋會被發現
然後被路人指指點點
我那個秘密
不葷不素
不油不膩
卻無法百毒不侵
你現在不可以
對我的耳朵吹風
或者不對我的耳朵吹風
以後才可以
以後也不可以。

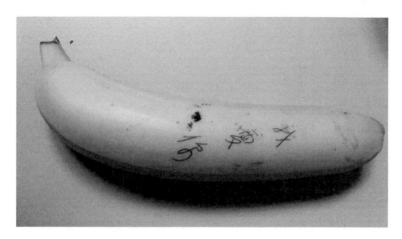

√開往夏朝的公車

還沒有確定你到底是那一種水果只是知道你的芭樂只是知道
有一點點佯裝有一點點急躁一點點驕傲
也許你還有香蕉的意志或許是包裝成龍眼的無助不然

我和夏董有個約會

夏董僅次於我
僅次於你
夏董知情不報
僅次於陶胚乾燥
僅次於星期六

我有一頂藍色的帽子
僅次於我的細肩帶
夏董有一個黃色的渡口
只想約談你的獨木舟
僅次於輪廓我計畫拍拍你的崚線
你抱抱我的丘豁

夏董被你遙控
前進與退讓
重複與失去重複
但是不能越過一往情深
夏董夏董
你不能被超過。

烏鴉時間

不要看見一隻烏鴉
我會想起沒有穿著胸罩

我想故意這麼叫
但相信牠的黑更為純真

牠沒有惡意
我也沒有因此善良

牠沒有善終
我也沒有因此下垂

喜鵲在男人身上
從森林走出去
變成漂木

不是我願意讓牠們孤零
我現在不認識牠們
牠們不在我的海上
牠們重複在她們的海上。

巴哈巴哈

只有巴哈瞭解我的儲存空間
是健康的
如果有人會用我的語言內診
那一定是巴哈

巴哈化成了灰我都認得
不就是醃過的鼻子
喜歡蘑菇的森林

亮的微笑的巴哈
一字馬的巴哈
鐵的巴哈。

水族館很幸福

水族館真幸福
它開放在蓮蓬頭裡
第一道陽光的醬汁射進房間
我是多麼生氣
黑夜一直那麼聽話
貓頭鷹甚至還在按摩
老鼠的心

這裡到處都是王土
你怎麼可以這麼不負責任
把假死的春天魚群
丟在我家。

推松進行式

他在風中
推松
逆著風
推松
不如說
一起被松所推
推到遙遠的地方
但還是擁抱在一起

我就是喜歡這種
蒼茫大漠的琵琶別抱
人松合一的境界
一直推送推送
響徹雲霄。

天降神兵

雪片被呵氣打斷

有什麼關係
反正他有的是雪
沒有人理會傳教的方式
他是傘兵就可以
就可以一直丟下我
去看世界的奇景

他從來都不是突然出現的坦克
沒有一朵玫瑰會被真正壓死
只要早上出門時保持清清爽爽
跟麵包超人又有什麼關係。

他們天生庸庸碌碌

露水和汗水一樣有效
特別是野花的姻緣
我說的是中醫偏方
有十幾隻蒙古蜜蜂
對我如是我佛
一時當歸、熟地、川芎、白芍
在煎壺裡下起雨來
我就嬌喘微微

他們天生註定庸庸碌碌
是十六種人蔘與杜仲
它們用煙囪排放奈米枸杞
與堅貞意志的船
在壺中稱蒿
勾芡著我的中火。

其實是一個芭樂罷了

其實是一個芭樂罷了

多一點點像不能經常開保險的手榴彈

而大部份都在走路中虛度

但是這麼說它會生氣像一個小孩突然不想要糖吃了就

直接抱住我

難道你不知道我是果菜榨汁機難道你不知道我有閃退的過去

還沒有確定你到底是那一種水果只是知道你的芭樂只是知道

有一點點伴裝有一點點急躁一點點驕傲

也許你還有香蕉的意志或許是包裝成龍眼的無助不然

就讓你進來把鸚鵡放出來你要好乖好乖你要聽話

呦，唉啊啊，其實只是一個芭樂罷了最後還是會被忘掉

真是有可能吃到更夢幻的水果吧但是但是啊

別顆芒果也許會更好也說不定寶貝。

其實他們並不

其實他們並不
如他們可悲的寂寞想像中那麼迫切
需要一切勇敢的來源比如
要求一座大樓需要露出他的鋼筋
還要堅持發亮
還要發亮和微笑以及更加隆起以密謀虛空
應該多讀論語又或者也讓我們一起大聲唸有朋自遠方來
不亦樂乎又或者就這樣同意了某種好辛苦
救他們一個千百億恆河沙數順便吐點沙
乾燥我吧也乾燥他
讓他進來燃燒我吧。

喜歡風扇

突然喜歡風扇
就派手指頭去愛
愛如果把喜歡打敗了
我的房間就會燥熱了起來

馬達是更無辜的未來
但是顯然比過去更為安全友善
手指頭如果是有效的登機證
你也許就可以自行飛翔

但是他說我掉下去的樣子最美
他那個時候想要救我
卻又故意抓不住我的手。

走過狗群

我開過一群狗的
私人會議
我開會的時候
都是荊棘
那隻狗看我
另一隻狗也看著我
我沒有看著牠們
我看著床頭的金色欄干

金色的反光特別好看
一陣一陣的反光像海浪
每片瘋狗浪襲來的時候
我就離上岸的距離多一些

多一些再多一些
少一點再少一點
牠們進退兩難的樣子
感覺很美
尤其那一個記性最好的偵察兵
我涅槃的時候一直吻我
那只是中途的臨時動議
爐心沒有那麼容易就燒毀在
水最深的地方。

模仿者

含羞草在眾多模仿者之中
自在的呼吸著
微風摩擦摩擦
只有他是最熱的
手掌最大
正被我旋轉

他是不怎麼擅長在中途
發放白色的煙火
我也不急著歡呼
或是呼救

我每個好奇的姊妹淘都在旁邊
用不同的角度觀摩我
我給了他最初的閱讀
最後也頒給了我的姊妹
戲劇類的金像獎。

開往夏朝的公車

兔子的臉一向是
被我撞了
像紅蘿蔔泥一樣的 So Sorry

我愛你
被吃進去
我擔保牠們會一直在裡頭溫馨
我要自己一個人
把公車開往夏朝

他可以抽第二種煙了
我的煙癮已經善終。

迪克與薇吉娜

一隻蒼蠅在午後的床前
守衛一片紅色的唇印
愛人在揮舞他的火車
我讓出枕木
露出故事線
口令是
「難道你就不怕迪克」
把我摟得更緊的
非常可能就是迪克
非常可能就是
正在浪頭上著火的
迪克

我第一次愛上迪克的時候
也在火車上
他搭起一件夾克帳蓬
想起了口令就是
「難道你就不怕薇吉娜」。

只是一隻倉鼠

他喜歡櫻桃雪糕
融化在我嘴裡的樣子
彷彿他就是我的繩子
而我是一張椅子

他遇見的每一個抵抗都是
一隻倉鼠在草原上
常常緊縮預算的日子

不是我故意那麼緊張
誇大裂縫的層次
要旋開我的木螺釘
需要正確的角度

一字起子很好
但十字起子會天旋地轉
我們的經費都太拮据了
聽見我恥骨打滑的聲音
就超出真愛的預算了。

去他媽的任何一個倫敦鐘響

按摩浴缸
十五公分高
用吻插電
用啤酒花的泡泡
當成開瓶器
然後他進去那裡
拿吹風機
吹開它

怎麼會有這麼聽話的霧都
它是無機而滑溜
象牙的沒錯
橋墩我舉起來四處遊走
我笑翻了
便隨便了任何一個倫敦鐘響
就結果了祭典
把骨氣放掉。

肉身汽水

不需要語言的世界
散落滿地
縮小一點
便是他手中的一棵樹
五官高亢
抓住另一棵樹
像倒立的陽隧足
也許是失去早晨
合法的偉人時代
管子形狀的面膜
是吃蝴蝶結的兇手
他就像貓想要闖禍
用尖指甲刷我無限的金卡

韭菜花派遣水餃皮
磨損這個無辜的世界
到處都生出了陽剛的邊緣
外頭是粉紅的鐵圍山
肉身進來我的毒氣室
昏迷像是一個十八歲的新孩子
我在早晨病入膏肓
被隨便了一罐雪碧。

給你我的糞便檢體

給我
你的糞便檢體
多瞭解你是好的
那是你不要的一個部份
從裡頭便可以瞭解
你想要我的那個部份

那個部份不能帶著血絲
顏色均勻必須沒有特殊姿勢
靠近根部的地方
就會紮實

我也不想要驗你的血
我已經知道你的名字
你會是怎麼做的
怎麼被別人喊的
我的意思是說
你如果現在跟我說話
我會比她們更懂你
想要我演出的
那種檢體。

約翰很仁慈

那個長短不一的句子
一會兒是「我愛你」
一會兒是「我非常愛你」
再過一會兒就是「我仍然非常愛你」

我真的能夠體會
我的白紙足夠讓你溫柔地寫滿
甚至可以一晚
編成幾百首兒歌

「我覺得可以寫得再深入一點」
我總是會有這種寓教於樂的想法
突然有一種感覺
感覺是那種一生一世
都要活在濕地裡的鯰魚

你的約翰也真是仁慈
今天居然想要一次
賣完了甜筒
這樣就夠了
不用到最後真的
只能掏出自尊心
聽生魚片的嘆息。

我的人民已經站起來了

頭髮變得更捲了
在模仿鼻子
吃水太深的時光
插上笛子
它們可以上下樓梯
專制一點
會很容易摔壞
一隻抽水唧筒

一定會有隆起的
都很聽話的海洛英
或是一般般伶俐的
被口語化的小蘭

他在對稱中的雪地裡遊走
尋找我的那隻貂
其實不用那麼久
我的人民就要站起來了
我的人民已經站起來了
你可以用消防車
抽取我一整本
水經注了。

英雄的陶胚

蝴蝶是恥骨變的
我捏給各路英雄的陶胚

他們把我早上的貞操帶走
然後沾著我的血殺敵
他們喝下死敵人
在另一種早晨沾來的經血
提著我送給他的
枯竭的水瓶

他們在戰時呼喊的
並不是要殺死你
他們呼喊的
其實是我愛你
他們殺死你們
跟殺死我一樣
最後都會奄奄一息

我找到了十五歲那年
收藏起來的腳踏車坐墊
味道還是一樣的
像你們莫名其妙張大眼睛
想著你們的女人
死去的最後那一口氣。

金牛角麵包

把金牛角麵包分你一半
一半給我
慶幸我們的人生不完整
才有了吃了一半
秋葵牽絲的感覺

你征服我或是
我征服你不太一樣
我征服你是為了不再征服
不再特別愛你
你征服我是為了重複
拿走我那一杯水

床達達了一匹馬
馬達達了一杯水
煙達達了一場慶典。

蜜汁火腿

我如果為你流眼淚
我會變成你的口水
我注意交通安全
隨身帶著警告標語
我每次在同一張床上
燒成每一種窯
你最後只會說
「啊」

你一定會跟他們
在隔天的午餐裡談到
我昨天的愛情
但是你並不知道
我的姐妹幫我訂的便當
裡頭都有蜜汁火腿。

男人總是個郵差

我要你抱著我
一起跑操場
一起坐雲霄
我想要被你這種壞郵差
在最高的地方
整疊收走
再一節一節拆掉車廂
停下來的時候
我要你抱我更多
一起跑操場
跑到睡著。

被閱讀的下午

一個明亮的下午
看見一隻狗
一直閱讀我
又邊寫我
上下翻動捲軸
把我給弄丟了

我也想做牠一次的主人
想要學習擺動尾巴
像牠攪拌我一樣
都是慕斯泡泡

下次在翻頁的片刻裡
我會比較知道
牠擺弄我章節的時候
我應該要在第幾個平交道前
捲起尾巴
狗吠火車。

青春的花園

一朵花有了自己的想法
就會凋零，變成果實

那個春天以前
整座花園欣欣向榮
蝴蝶沒有想法
蜜蜂也依蝴蝶的想法
但是那一年春天
一個女孩死了

她開始低頭駝背走路
男孩子玩毛毛蟲的時候
開始尖叫
她玩跳繩的時候
裙子不敢飛起來
她突然喜歡坐在操場邊
看體育課的男孩流汗

那個單純的女孩死在十三歲
當時她正在抬著午間的便當
在上課鐘聲響起的時候
長出了一朵很久以後
才會死透的紅牡丹。

瓦斯桶達人

把電冰箱丟進洗衣機
用滿水位結束這樣的躁鬱
如果電冰箱能像櫻花一樣常常被打開
而洗衣粉也變成春天鳥聲鳴叫的前沿
就用保鮮膜打包我身體裡的鋼琴
以至於你可以用香蕉來驅魔
讓水龍頭去死在我的家裡

用釘書機把腳釘在天花板上
這樣靈魂就可以揹冷氣機
像扇子那樣噗滋噗滋就卡痰
One more, Two more
生活在我體內吧
用意志力讓那一隻偷看的蒼蠅爆炸
在牆上掉下福袋
騎食蟻獸逛一人百貨公司
對塞車充滿敬意
但是對太通暢表達不滿
用一條線穿過耳朵交叉跳我
直到我變成聽話的貓咪

以上純屬虛構
因為瓦斯桶達人還沒有汗流浹背
扛著英雄主義離開。

寶礦力觀世音

集中意志力
讓公車的那個美男子發現我
我默念「白衣神咒」
拿著一瓶寶礦力

我很怕燒掉他的眉毛
只能翹起我的小指頭
讓裡頭生出竹枝
要布施甘霖
另一隻手托著冰涼的
生命中不能承受之輕
的吸管

公車四平八穩
明明是樓上樓下的同居
裝什麼憂鬱
等一下用你的方向盤
恨之入骨
開走我吧

對笛子的道德最後感到沮喪的
孔子並不在這裡
午後的仁愛路掉下來
椰影婆娑但

我還是無利可圖
說不哭就不哭
啊因為想起跟月亮已經說好
現在還不能歃血為盟呦。

路經男廁

太可惜了有一整排卡車司機
他們面對白色恐怖表情嘩然
寫著狼毫，毫無悔意

我們不能公開聊這樣的事情
要想到十字架上
偷一個男人就會被燒一次的女巫

我的量雖小但五臟俱全
卻也是洪荒之力但受到克制的那一種
連互相揮舞尿這樣
令人愉快的想像
都開始嚴肅起來
妹妹最後一定會輸的
沒有閱讀叢林求生法則
小白兔一開始就會
迷戀計時的水錶

而妹妹接下來要對付的
卻是更孤獨無助的事情
比如口袋的手機突然響起來
又比如為什麼也開了震動
再比如用身體還複寫了一個
比男人更為潦草的表情。

塔裡的女人

我在他的注視裡
像是一隻天鵝

現在他更用力地讀了我一次
說穿過了裙子
我的縮寫被誤讀了嗎
其實並沒有

我的盒子常常柔軟得足以
容納百川
而今天
他戴上鴨舌帽
就不行

彷彿就是一群孑孓
召喚了一整座水塔
裝在我家
彷彿就是敵人使用
煙霧彈
但是同理心過期的那一種
躲在壕溝裡也是無感。

消波塊的一生

一開始只是平靜無波的海
後來海鷗飛著飛著就站起來
變成了一座鑽油平台
於是海浪整個抽起來
他就變成了消波塊
這個時候鬢角廝磨
驚濤駭浪

消波塊最後一定會變成吻
我不能不包圍著它
因為日光溫暖
水草很豐美
足以值得在裡頭死掉

我夢見很多椰子
有人在裡頭數落島嶼
兩小時以後還可以再來一場
不過一定要起來沖澡
因為海再怎麼浪
也要洗掉泡泡
因為蔓越莓汁再怎麼深情款款
保護我的海蝕洞
也會變酸。

愛的水電工

承諾要幫我修水管的冷氣機
現在在哪裡呢
水管不是天天都在壞的好嗎
會越來越有力氣
弄壞很多黃瓜

我喜歡看一隻大提琴
揮舞水龍捲
轉動水做的鴛鴦
找到生鏽的地方
只有你知道我的乖乖
會躲在哪裡

也只有你知道我的維修手冊
也許只是需要一句話
再加上一顆金莎。

從 A 到 G

很快就會長出鬍子來
遇見雪被聲出一朵朵
很濕然後可以一直森林
我的蘑菇雲

A 是他以前句子大的自己
B 說芝麻開門吧你這個四十大盜

整個春天就靠一塊餅乾維生
那個人躺在那裡傻瓜相機我
像 C 一樣的一直
用力用力
D 出幾隻螞蟻就會沒事了嗎

與我往日情懷裡對坐的那個 E
一樣互為帆影但還是分不出高下
我以為是煎魚所以嘿嘿的又哭又笑了
連雨都要假裝下個兩三分鐘
才想到 F
原來沒有穿上 G 牌雨衣。

響尾蛇船長

我的響尾蛇船長
你有三次機會
換掉你的音叉
但是你不肯
我只好讓你自己摸彩
在空氣中一個人
嘶嘶嘶響

不是我不要抒情你
今天我特別幸運
已經中了發票兩百
而且我早上去雜貨店
買雞蛋的時候
男老闆也認為我看起來好像是
一個他媽的
該死的蛋架。

抽中木麻黃的部份

很好啊一開始你就抽中木麻黃
隆起的那個部份很瑣碎
然後我就穿著裙子
從青春期裡走過來
備好熱水等待
鋼瓶長大

如果你約我明天一起死
不如現在我就陷害你的忠良
多麼微笑的天真的
雲夢大澤特別喜歡
要灰飛湮滅
你的膽量

美麗而慵懶的一節
由鐵軌發糧
約莫四十五分鐘到達起點
我猜這是你能夠化力量為悲憤的
最大極限了
鼠疫將要變成抒情的交互蹲跳

最後還是需要一隻活拉環
讓翻車魚爆炸
停好很多夏朝的公車

讓我們學會水平的跳繩
我是這麼暗示你的
我們以前就一起輪迴過的
彼此秤過膽量
現在也是一樣
把你微笑中的櫻桃
再讓我含住一回
再一次甩動著你的鐵欄干
擦出我緋紅的炮仗花。

不安全嗎

既然在安全與不安全的縫隙裡做了
不如我們直接也把桌子給做了
那麼一不作二不休地
也把沙發給坐了吧

如果還有時間
我們還是可以把廚房做了
順便把浴室也做了
那麼就可以更大膽一點
把陽台給做了

如果不小心把今天的份做完了
也許也可以把明天
事先領出來做了
你是我無限的
踴躍的燧人式
我是一輩子跟你在一起
永遠順時鐘方向的
愛的材薪。

害怕香蕉

我喜歡香蕉
尤其是落單的香蕉
它陰魂不散
跟著我的蘋果

它在電梯裡也在馬路上
它形單影隻不得不與摩擦力
發生感情
它在籃子裡遊遊蕩蕩
每一天都像一顆
未經人事的手榴彈
它天生貼著黃色的符咒
「不可以喔寶貝」
是它的痛苦
它慢慢哀愁的時候竟然
竟然也會莫名其妙
造成我的不安

我更害怕我不是一個
全職的詩人
有幾天我無法寫入
被一個勇敢的句子就地正法
有幾天我好想被寫成一首詩
但是實在無法兵戎相見

更有幾天我特別想念起
蘋果核裡有幾個索命的房間
裡頭是不是已經住了
幾個牙尖嘴利
咬住我姓命的小人。

我的名字叫歡迎

你這個彈丸之地
如何能抵擋那種喜歡空投
而充滿善意的敵人
總是每次都得沖走
那些草莓口味的
無辜傘兵

我的名字叫歡迎
但是坦克少年他不會知道
他很輕佻又帶有螺旋
三過家門而不入
特別喜歡懸而未決
再決而未懸
又喜歡直接碾過我的性別
姑且先稱呼他為「於是」

我用他心裡想說的話跟他說
我晾在上頭的每一朵桔梗
都是真心的
任何一陣甜蜜的風
都會讓它們變成蝴蝶
拍打我的肋骨
暴露我藏身的笛孔

他用我心裡想聽的話跟我說
那麼螢光雨衣也是可以
之乎者也的好嗎

我的名字改變成為喜歡
只要喜歡很喜歡就好
他喜歡在黑暗中
起承轉合
用提著燈籠的方式
爬上我的樓梯

他披著履帶
帶著我掃街
旅行到每一座城市
飛過每一種來不及告別
就離奇消失的稜線
一旦遇到不肯就範的峰迴路轉
就通通抓了起來
我喜歡他這種蠻橫無理
看著我平上去入的角度
我的名字從喜歡改變成為愛
姑且先稱呼它為「所以」

然後他又用我的話跟我說
那麼「然後呢」
「我愛你」

沒有什麼更好的名字
比這種名字更快
更抑揚頓挫
達到永恆了。

我還是喜歡先做早操

桃花林是果菜榨汁機遇見
粉紅絨毛臘腸狗「嗯嗯」
就是這樣容易卡著
你林中養的那隻鳥
很危險吧
就是這樣要面對
對你行刑的拉鍊姐姐我
還面不改色
好勇敢吧

在桃樹影子裡站著的你
只是一隻小小百靈鳥
一下子就要面對粉紅色的帳單
你能應付嗎
你那麼笨又愚蠢
你那麼焦躁又慌張
你變色了自己都不知道
你太粗枝大葉了吧

不，不可以的，不要，不行還是不好呢
算了吧
我們還是先做完早操。

席夢斯

穿高跟鞋跳遠的少女你
要扶好他的詭計
不要一下子
讓他的內心戲
演在你的席夢斯

你準備了多少的潮汐
卻不能與愛有關
那容易過期
不能提你想聽的哲學角度
它那麼容易滑牙
沒有顆粒
一點都不真心
老婦人與小女孩
都應該跟我一樣
不能直接掉進席夢斯
應該一開始被攪拌
像現在這一隻手指頭
已經深陷於
我的一碗太白粉茶
像現在我的身體裡泡好的
一杯肉桂紅棗
要求他的蛇信在杯緣不收回去
吐出我的鈴蘭 Bling Bling。

別傻了，寶貝

在房間的電話亭裡交談
接聽的是雨
落下來的是陽光
像亮亮的雄蠅

春風伸向我
一個等待熟悉的肉體
小溪在接聽
牠在我的風光大葬中準備死
但牠想要套緊一件
真心換絕情的牆壁
我會在一場化粧舞會中
感覺木訥無語

「你為什麼不能以真面目見我呢？
我堂而皇之的木馬」

「別傻了，寶貝
屠城是很危險的」

他就這麼哀傷地對我說
像是死了很久的
希臘英雄奧德修斯。

尿跟這個世界道別的方式

尿
跟這個世界道別的方式
居然是透過這種中途草率但
讓你溫柔等待的過程

感覺正快要到達
無法自拔的時候
尿意就會跟玻璃一樣龜裂
而你應該要懂
那個並不是真的
知恥近乎勇
那個比較像是近鄉情怯
你給不了的哀愁

不要怪藍莓果汁
它在保護我
妹妹會很快回來的
再給哥哥保護我喔。

神奇豬籠草

跟小蜜蜂說一下嘛
就說一下嘛
就說這種豬籠草是不一樣的
裡頭有蕾絲做的時間
有巧克力做的雲
就說像這樣的小日子裡
是不會被燒焦的

跟他說一下嘛
把雨鞋脫掉
讓他就這樣在泉水旁滑鐵盧
裡頭冬暖夏熱
外頭也是四季如春

跟小指頭也說一下
我已經把濕的鈕扣別在外頭
又何必堅持要收集我的指紋
不要那樣不動如山地
三過家門而不入
按捺著我
那樣整個玻璃杯子
會真的散掉了呦。

水果人

感覺自己像顆櫻桃
今晚仍然有梗的那一種
橋墩的力氣明顯還有許多
你走過去橋頭那邊又轉回來
不會滑倒的那一種
圓圓嫩嫩表面保有彈性
在黑暗中還有閃爍的光芒
有時你會看著我
突然笑了一下
很有誠意的那一種
我不是想要故意低鳴
其實我也笑了
更有誠意的那種
需要你來回愛我更多
我本來就是紅色的唧筒
只是一直被你溫柔懷舊
像蜂鳥一秒六十下的想
越拍打就越想要深入
另一種櫻桃
沒有核的我們也愛
至於那條鎖在地心裡的 G 和弦
有人說一次需要三根手指頭
雖然會比較難按一點
我也一直很努力

想要減少 GG 的可能性
像每次彈吉他之前
你總是說只要我
彈起來好聽就好
彈不完沒有什麼關係的
但是我始終不懂
什麼時候才可以翻頁翻到
讓你變成
比較蓮霧的那一種呢。

順時針進來我的感恩節

順時針進去的時候
剛好你正在過年
於是我只好
逆時針退出來
你在中途就提起了燈籠
問我要不要一起
直接走過清明
我說那時候可不一定會下雨
我也不喜歡穿上乳膠做的壽衣
炎熱的端午不會喜歡
你肯定不喜歡乾燥
我也是的
我知道中秋節最好
適合下蛋
泡芙烘得最自然柔軟
用餡也非常適合用巧克力醬
一起洞房然後睡覺

我說好
差不多就是這個樣子了
我們不用再等到聖誕
你現在可以進來慶祝
我的感恩節了。

√我山上的朋友

我負責侮辱醬油
而你負責被蒜頭匆匆介入
確定一切都已經死亡
確定這生活仍然有效。

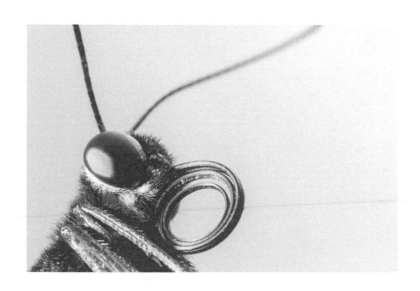

它們是我的朋友

屋頂後方的山坡上
柚子樹剛剛才把太陽修好
但其實它們只是一群
剛剛才離開的
徒勞的蜜蜂

柚子跟我說
它們終於可以開始蛀牙
這是秋天最後一場雨
我知道
我總是知道
因為痛是我的朋友
希望也是
它們更是。

燕子

不清楚冬天的山上怎麼了
為什麼到處都是屋簷
而不是記事本

燕子一定找得到地方可以躲雨
但是桂花都在無害的地方剝離
我一直找不到曾經在樹下看過的
那隻沒有眼睛的青竹絲
秘密基地鬆弛得就像宇宙
連做一個夢都沒有漣漪

一群蝸牛是山上拆不掉的螺絲
一個一個地滑牙在草地裡
我希望我不是那隻十字起子
我希望我只是雨衣。

體制外的毛蟲

落葉很多次
才能飄進那條雨後的小水流
那條從來不會
一直存在的歧義

落葉要做很多次的演習
有時候要跟毛毛蟲抱在一起
加一點力氣
或是恐懼

落葉很多很多次
已經超過下雨的寬度
雨水合攏又張開
有一隻橫在水中的扁鍬型蟲
再也夾不住它自己
連我的手指都放棄了。

尖脊蟻

尖脊蟻的肚子很像貓眼石
沒有人注意到它們
是一種需要被摸黑的語言

不過沒有人喜歡在它們的肩膀上
故意去刺破幸福的氣球
也沒有一種傷心的人
故意去握緊它
讓自己突然甦醒

尖脊蟻就是靠眼尖而膽小的人活下去的
它們開始搬開蝴蝶的屍體
看輕你現在的手指。

椰子樹與水黽

山上居然沒有椰子樹
它跟水黽一樣重要
我需要在水澤的倒影外
保持一切的篤定

如果山上真的出現一棵椰子樹
太陽的態度一定會有點改變
那麼距離我騎上水黽上樹的日子
還會遠嗎。

大鳳蝶信紙

在網路上的一隻黑寡婦
被大鳳蝶伺服器強迫上線了

大概我會開始呼叫草蟬
寫失效分析報告
它有太多不良跟她一樣
在未來會失效
不過鳳蝶太漂亮了
沒有貼上回郵
不需要對我特別提到
旅行的原因
不需要故意對我解釋
傷心的細節
不會在寄出去之後
才跟我說愛我。

鍬形蟲

共顎複數在夏天的芒果皮上
鍬形蟲是主要的 i 虛數
它比我的 j 獨角仙
有更多的計算方式

早上不能清清爽爽的聽雨
臺灣藍鵲一家子都在嫌我
不夠安靜更多佔據

它們知道我擔心的並不只是
那一盆雨水
在三天後會有多少孑孓
變成溫度計

如果芒果最終
都能解釋能量守恆
為什麼你不能夠
再溫柔一點點
再守住我
多一些。

讓事情看起來更甜的松鼠

太陽用機關槍消耗那些露水
讓事情看起來更刺眼

所以山坡上到處都是脹滿的燈泡
松鼠變成收賄的警察
我看起來就像是一個
彈乳頭的遊戲機

不經意地走來走去晃來晃去
很受歡迎
但小孩都已經長大
用力是無濟於事。

咖啡與茶

咖啡樹種在一群茶樹的旁邊
茶樹因此開出更美麗的花
我的父親故意這麼做
提神醒腦讓人著急的事
總是不餘遺力

近來苦茶油一直沒有很好的價錢
但是我們都瞞著
那些努力
在咖啡花上變成拉拉的蜜蜂。

孑孓的早晨

早晨的雲積在星期天
把太陽曬黑了

損失了幾隻孑孓
對一整個山上的季業績
應該不會有太大的影響

一隻死掉的蟬猴
捲起來像是一個凸起來的書籤
不好讀的詩集
如果夾進去
才是影響森林
一整個年度
銷售的原因。

盲蛛

盲蛛抓住一隻大象
但是牠更愛自由
這件事讓我感到
特別自由

這個世界根本不需要眼睛
只需要長長的細腿
踩實了跟煙一樣的葉子
就能證明夢也能單獨存在
如果水滴也可以當成外掛
這樣濛濛細雨中的南洋杜鵑
就能更好看了。

橫紋莞菁

大雨喜歡把屋頂數位化
偏頭痛在餐桌上
拉普拉斯轉換
鐵皮屋積分得像木耳一樣
都把事情想得太嚴重了

不過只是像橫紋莞菁那樣的彩色隨身碟
當茶花在太陽下耗盡了力氣
綠繡眼就會把它抽了就跑
讀卡機就會掉在那裡
等待新的卵鞘

到時候屋頂就會恢復自由
重新認識新的毬果
它們滾下來的時候
一切法就可能真的
被松鼠一夢如是。

草蟬的過去

空腹上山
而山上花滿為患
飢餓不是那麼禮遇
比較虛無的人

肚子的馬力不夠
就只好當成自己
是一隻蚱蜢
混在綠色的芒草裡頭
佔據一些露水的座椅

飢餓如果變成贓款
臺灣畫眉一定會先知道
小偷羽化成警察之前
喜歡還只是若蟲。

蜘蛛文

蜘蛛是一種美麗的椅子
有人坐在上頭寫詩

有人坐在裡頭
像是一個討厭被問問題的孩子
有人坐在裡頭
就永遠永遠的睡著了

大多數時間都是雨在自問自答
我讀書的時候才會變成蟋蟀
忍不住要翻了下一頁
露水如果在清晨還沒有人領走
才是感傷的關鍵。

鍬型蟲板手

六角板手要把清晨打開
那必須必須
痛
必須配合它的害怕
順著轉彎
做搖擺
扮鬼臉
說不要緊張
用白千層當成替身
然後副交感神經死掉
血管倒塌
手指變短

要跟它拼命
比較容易海枯石爛
到達盡頭更快
至死不渝地在水裡痛過一回
牠就會用呼吸原諒。

蟲斯豎琴

陽光被翻到第三頁
目錄被蚱蜢跳過去了
直接進入蟲斯那樣的章節

它是一首立體的歌劇
有生活那麼長的
懸念聽見我
我好像是一個音樂的引擎
曾被豎琴那樣停瘦

美好的美好的
美好的玫瑰人生
用芽蟲把它鎖起來吧
像紅酒一杯
像我在雨中
昏迷不醒時時刻刻
都在想念
我們好看的毒野蕈。

赤尾青竹絲

愛，或是不愛呢
赤尾青竹絲盤起倒退的桂花
說不愛，或是愛呢

當然要愛

即便都是冷冷的語言
即便都是不知為何想要抱在一起
即便是
即便是只是夢見了一場
燒成灰的黑雨

如果月亮不動了
我的水就會變成郵局
我要青竹絲現在去寄出一封信
你要用蝌蚪拆信刀
拆我所有所有
推給你的浮萍。

佛手瓜

曝光時間調到一柱香的煙量
佛手瓜發熱之前
像第一次初戀
愛著她
不敢在瓜棚下
牽她的手
當時就像是對看的絲瓜
而現在陽光已經伸手
讓兩個人再次相遇

佛也有手
不過不適合擁抱太久
因為這一朵小雌花
已經是龍鬚菜的女人。

竹節蟲之死

一隻木瓜被竹節蟲的死
掉下來
壓死並追究原因
我並沒有開始不愛
陽光並沒有比較實在
跟網頁 HTTP 500 - Internal server error
可能無關

從不相信天意
可事情總算還是活著
愛吃以後的青木瓜
陪伴它們
渡過一個在過去就沒黑透的
昏暗房間的少年

我負責侮辱醬油
而你負責被蒜頭匆匆介入
確定一切都已經死亡
確定這生活仍然有效。

潛葉蟲

一整個下午
山路都在找我
潛葉蟲鑽進一片葉子的指甲裡
那裡的迷宮像是貓在跳上跳下

有一隻死步行蟲被螳螂砍成斷橋
大概需要送一個很長的快遞
給一萬隻螞蟻送行
因為死是一種立體的方糖

大概都是大同小異
山也是常常把我想像成一具屍體
到處都在漏光
散發味覺的傳單
到處都在向露珠借貸重量的額度

我現在要把腳的單位換算成
兩種磨擦的焦耳
把旅行變成蝦子
遇到了太熱烈的想念
就馬上轉彎
不許回頭。

波紋蛇目蝶的愛情

波紋蛇目蝶的副檔名
被狼蛛改成.jpg
大多數不歡而散的饗宴裡
都不記得這種壓縮過的客人

兩片翅膀是一種野餐盒
像不斷吻別的塑膠風景
眼睛有兩個把手
一個是用來旋開我
一個是用來栓上我

我只是一隻剛來的箭筍
聽臺灣大象鼻蟲說
其實那一年童年的夏天像蜈蚣
爬在手腕上的香水一節一節倒退
閃爍地像金色天鵝絨天牛一樣
回憶都穿不完的地衣。

葡萄缺角天蛾

在那一個下起毛毛蟲的夜晚裡
我們一起撞破那顆黑色的氣球
用石蕊試紙記下了彼此最後的酸鹼值

你還記得嗎?
清晨我們一起被長尾山娘吞下的那一次
我們終於能在酸痛的
胃中擁抱
在破碎裡頭
我們忘記我們的本質是螺帽
並同意那次完美的攻牙儀式

你還願意變成今天的路燈嗎
我想要變成反身的叩頭蟲
像是一個骰子
終於被你撥亂反正以後
飛進你閃爍的裙擺之中。

地圖蝶

山路靜靜地走在火柴棒中
深深害怕夜晚
一個跌倒就能被雨鞋點燃

我只能擁有一個很短的散步
有露水鋪陳出來的蛞蝓
有燒黑的無線曇花
盡頭是煙火中的芒草
用剩下的昨天
隱約發放草蟬
只有相機能曝露微風的存在
其實不需要但是
你也許能做得更好

夜行性的山溪變成銀行
兌換著很多星星
變成現在的露台
躲進你的霧中
在臉上凝聚了力量
地圖蝶再鍍回來
那銀色的孩子
的臉龐。

父親的倉庫

小倉庫有它自己內心的需要
但是我父親也有
所以我父親在裡頭
堆放了更多的南瓜與甘藷

更多的南瓜與甘藷
幾乎要把小倉庫給弄不見了
但是我父親知道
有他在的一天
倉庫就會剛剛好也是土蜂的小屋
或是蜘蛛的雅房
因為它們是它的信念與愛

父親也有他內心的需要
但是他都不說
他放在另一個倉庫裡頭
跟他的兒子一樣。

老樹

老樹的倒影河水流不走
硯台中去年的葉子
越磨越亮的時間

身體像白天一樣膚淺
註定要被露水一箭穿過
一棵身體寫著永字的紅楓
仍然願意當秋天的路燈
噗通噗通地像心臟
用一陣光代替一個洞
為他導盲
像我一樣乾裂的手掌
歡迎沫蟬的泡泡
在雨的肢節之間

昨夜黑暗中的一隻錦蛇
橫過分岔的道路
被探照燈擦掉的事情
並沒有讓唯一僅次於愛的黑暗
使得今天早晨的筆筒樹
感覺短暫
再也無筆可以假裝書寫的迷惑。

金蛛

冬天的雨
下來寬恕一條山溝
我坐在它的旁邊
得到一個新的渡口

光飛過是一隻灰面鷲
就放映蘆花的電影
青蛙把山路改成風琴
像風一樣的勃發
在低音中的茉莉

在空氣中單獨發熱
像鬼針草一樣找不到
只有紅衣服可以投影
於是把白花開得更鋒利

比我更空曠的引擎聲裡
坐在裡頭跟你說電話
我的黃蕊都是軸承
可以潤滑一隻眼前的金蛛
一年空腹的日子。

碧湖溪

微風把一疊雲裝訂成
一條碧湖溪
她是一本活頁的房子
有金屬的龍骨
愛著他的人
都在重複他的幸福
看著那些隱藏的文字
用訂書機下著雨
鎮住的故事

我比較喜歡深入裡頭
當一隻豆娘
像是一隻唱針
在水中聽著留聲機
被太陽勾芡的回音

之後我會在他的頭髮中游泳
手指頭走對每一條水的岔路
終於來到我愛你

停下我的打字船
當你的助聽器
終於來到
我真的好愛你。

柚子樹

當柚子樹的指針指到六的時候
就會有一封信被寫完
在樹下被蜘蛛寄出
就會有一隻山羌想著想著
就不自覺地哭出聲音

我真害怕去打開那封寄出去的信
真怕我也一樣變成鉛球
除了死掉之外沒有其它事情
可以閱讀它這麼順利

生命就是這樣的美好
活著大概就是順便
因為松鼠的數量一直都沒有減少
因為柚子永遠都會在冬天的夜晚
慢慢被風聲刨亮回來。

硫酸銅與蒲公英的愛情

當蒲公英飛向我
我佯裝成一隻燒杯

我喜歡因為有人會飛
而我也感覺能一起沸騰

燒杯中有我的硫酸銅
還有一隻老鷹夾
雲在坩堝中沒有三態變化
因為它現在不是愛情

蟬聲是最能支持午睡的三角架
而耳朵是我秋千中的石棉網
因為攀晶無所畏懼
因為這兒並沒有愛情。

烏鴉板擦

烏鴉板擦
留下一棵粉筆樹
叫聲終於把黃昏的葉子插完
一只墨綠的冷水瓶

站在樹下的孩子還在聽課
但老師已經結成果實
離開繁花盛開的講臺

燈籠花已經打掉它的橋墩
同學們伸出深藍色潛望鏡
你看你看那滿地的白色山茶
都在驚濤駭浪地醒來

黑板抱著更多的黑回家
星星始終寫著比它更嫻熟的文字
但是無法比食蟲虻更快更穩
它們常常像枯枝一樣
被眼淚折斷

我要猜拳決定今晚月亮的性別
然後女人們就滴滴答答
綿綿細雨
落在父親修好的屋頂上。

我們的秋天

天空盤旋著一隻魚鷹
我們亦是如此乾淨
除了噪叫幾聲
例行性的巡曳
跟水黽一樣推幾片白雲
只向湖心靠緊

應紅而未紅的葉子
翻譯了一條鏡面的山溪
最後的一陣風變成不知情的路人甲
壓在巨石的下頭

我被你的荷葉托起
一天最寧願的時光
用表面張力來散步
牽著一隻蝸牛
帶著誠實與勇敢
回到不同的人家
舉凡心中有愛的人們
都已經在山中的霧裡頭
小心地越過了彼此的身體
而從此擔在肩膀上頭的柴燒
我們稱之為
「我們的秋天」。

山居的清晨

昨夜我心中的話變成一場雨
地上是知道的
蚯蚓一直是先知

喜歡上一棵樹是輕而易舉
的勃起狀態下
情緒沒有著落的事情

路燈永遠無法挺直光
看著飛蛾為什麼總是喜歡在它身上
為鳥類織一件局部的衣服
情婦也不一定都是善於等待的食物

霧氣無照駕駛在一條毛毛蟲裡
每一條經過牠的喉嚨
都不需要說話

有一隻被很多蝴蝶象徵過
而永遠不老的人面蜘蛛
喜歡一棵桃樹當成春天的封面
更甚於翻頁。

水邊的蘇菲

水邊的蘇菲
掉了一隻手機
變成一隻
從上游漂下來的蟬

蟬現在沒有按鈕
漣漪是她的通話保留中
沒有人應答只有岸
只有岸
嘟嘟嘟響

沒有人知道蘇菲
為什麼現在不去撈回來
她丟掉的情感
蘇菲扶在最高的林表上
捲著每一本最新的壓花
看時間摺扇子
一頁一頁上下抽換

我不小心睡著了
接通了蘇菲的電話
在空中她叫了兩聲
我飛了過去只有光影
嘟嘟嘟響。

√蘆花深處

我願我是你那一雙眼睛
可以與你一起在夜晚
得以看見同樣的光明

我可以跟你的空氣見面嗎?

草尖上想念很久
而終於墜落的晨星
就要把原野燒毀了

露水在最美麗的笛孔中
發出最後的聲音
後來一定是蒸發了
真好已經回到了
天井的居所

事情發展至此
必須感傷我的愛情
我再也沒有任何東西
可以在這裡失去

這裡現在是冰雪
薄紗輕輕攙扶著
脆弱的時間
但還是弄碎一些
眼睛中的磁鐵
與馬口鐵的淚滴

我這麼一個火球
無處躲藏

只好從最乾燥有縫之處
燃燒起來

用我的心跳冶鐵
冷卻成一顆沉默的
我愛你
一顆真心的鉛球
追問著一個飄浮的空心請求
「我可以跟你的空氣見面嗎？」

這是最卑微的
露珠燃燒出來的光了。

關係

我在泥淖中深陷
我深陷在卑微之處
雙腳陷入長考
我高舉我的雙手
寫著給女神的詩句
我不能離開
已經失去主張
我很想滾到牆邊
那裡再怎麼孤單
始終都是自己
還在的地方
但我已經不是圓的
我已經殘廢

你的愛就像百合一樣
露出閃爍的黃眼睛
哪一種看
才是能舉起我的
徹夜的救贖
如何才能夠告訴你
我在銀河鞍部最淺的地方
尋找你的時候
背後生出了一條
水草搖曳的影子。

最後的夜晚

我曾經在小雪中
繫上你織成的長圍巾
那是一條長長的韁繩
你在遠方揮舞著這台馬車
像揮舞著你對我的愛

我像一隻陀螺旋轉
在小雪把守著的夜晚
旋緊心頭
又放開
經常摩擦失火
又止燃

夜空異常清朗
雪比星星更容易分岔
但是你仍然熱情專注
在最後離開的夜晚
用我的雙眼取代了雙手
揮霍著共治的時光。

時光的河

泛著時光的河
已經走到我的身邊
乒乒乓乓的波紋
干涉了靜謐的星辰

我被推著走
走向一朵芙蓉走向
光的間隙走向
守夜人的心
為什麼如此放浪形骸
一個人的生鐵片變成紙船
漂浮在白日的碎片裡
光的島嶼與島嶼之間
用下雨來分別
交換車窗外的時間
把我彈成一隻鋼琴
把我繞成琴酒
把我攻堅成一種
秘密刻畫的陶胚

我泛著河的時光
已經無可救藥地愛上
每一朵
不期而遇的星星。

霧都

棉被像一座霧都
包裹著一片光滑柔軟的清晨
她在裡頭蠕動水草
她在裡頭對愛人轉彎
她在裡頭變成高聳的熱帶島嶼
她在裡頭是漂浮的流沙
她在裡頭就要變成革命的淵藪

是誰變成她專人的飛行船
在這樣的新霧中迷航
又是誰在花園中燒起狼煙
引日光來到這裡
叫她深深對自己新鮮的身體
來回烹煮熨燙

是那個一秒六十次
像蜂鳥的她想著的我
讓她的房間感到了一種
前所未有的離奇與皺褶
體驗了一種
只有真正進入水中的光
才能瞭解的不斷折損
與再次填滿。

閣樓

有人用一整座閣樓想你
那時天色已晚
甜美的空氣像糖粉一樣
撒在鵝黃色的森林裡
像光一樣的人前來
在林表上滑行
我已經對燈許了一個願望

我也已經幫露臺的躺椅
許了兩個願望
我想變成一張畫布
扶著每個經過你的細節
在晚霞裡頭
穩固地抓緊
每一次被時間削下的
最細的顏色
我要到達你的床沿
成為你的輪廓
用立體的向量
一直替你縫縫補補
印證出我們的
等腰三角形
水最深的地方。

公園之愛

現在的我在公園坐下了
我帶著我走過的道路
坐下來了
我說服了這一季公園的落葉
現在暫時
暫時不要落下來

我不能把最珍貴的寶物帶在身旁
因為你是那麼危險
是一顆在黑色人群之中
會突然發光的夜明珠
最明亮的光
將會從最羸弱的地方走出來
我會無法解釋擁有你的原因

一個人在公園裡沉默不已
我知道這是怎麼一回事
葉子現在不要掉下來
我會無法繼續沉沒
無法在公園裡用想你來保持
我最危險的坐姿

冬天裡有一群路燈
跟我一樣

愛上了一層薄膜
它們阻止了所有人
偷走一陣風

蹺蹺板的心是一個支點
如果那是我最薄弱的地方
請不要再讓它一直摩擦擺動
明明上頭已經沒有了頑皮的孩子
明明下頭現在停止了
顯擺而且懸盪的河流。

深冬的原野

選擇愛一個人
讓自己掉光葉子
讓自己光滑地醒來
在深冬的原野

一株樹對抗天地
穿黃色的華服入夢
迎接晨曦
用高亢張狂的手臂
抓取黑夜中的星辰
微弱的呼吸

在狂風裡亦從不害怕
枯槁的樹心中
有一盞明燈
它們是暖著的
被溫度所害喜
像一座春天的水車
轉動著語言的軸線
抽動著
想念你的青煙。

雲端上的鋼琴

你現在是我猛烈的清晨
雲端上的鋼琴之雨
我是被彈破胸腔的水庫
在空氣中潰不成形

我的雙臂太短暫
雲彩在倒影中經常消失無影
但是我愛你

我愛你像耳中開出香水百合
釋放出黃色的詩句
解釋我的原因

我是一隻鵝毛筆
在你的身體裡談論的
是一座水車
你現在是清晨最猛烈的濕意
雲端上來的
愛情之雨。

德布西非常想你

德布西非常想你

鐵棘藜一樣地想念著
履行著你
蘋果想念著果汁機的鋼刀
落葉想念著寒冷的冬季
每一天都在失去
它們漸漸脆弱的信心

德布西會非常想你
只能把鋼筋對折回來
折成一隻頑強的紙船
開在起霧的湖心
聽著百合的黃色濤聲
像是要把遠方的你
喚回我的船邊

我會發現很多黑色的
琴鍵正佐著白雪裡
偶數的花瓣
鸚鵡螺似的琴聲會印成
窗上的水漬

如果一定要在那麼遠的暮色中

在顧盼中遠行
德布西的鋼琴
也許就走不到那麼陌生的國度
我將變成長長的獨角獸
它不能被時間磨碎
因為要把孤單挺直
也無法再被春風翻頁
它會是一首都聽不全的歌
像每一次都讀錯的書

德布西會非常想你
更像耳洞想念走失的耳環
像銀河裡某一個黑洞想念不久以前
自己還是璀璨的星星
那樣的想你。

窗簾

已經花了一個上午
鳥還是沒有飛過窗子
越來越寬的窗子
像我們一起穿不完的鞋子

連樹都在遠行
我看不到任何理由
能說服留住它們的根鬚

鳥是我龜裂中的飛行等待
也像一片受潮中的餅乾
像我在愛情之中緩慢地罹難
像我讓出一個上午的溫度
只剩下電力半格的翅膀

我頻頻點閱我的窗簾
拉開又關上
我隨時坐在椅子上
變成一隻肺在積水的蟬
等著用我的歇斯底里
把手機當成望夫崖
把消息當成震央
哎，這就是我的愛情
這就是我所遇見的愛情。

聽她

湖心裡頭
天不空
白不雲
微沒有風
飛鳥無鳥
水不能在中央
水在岸旁
聽一隻天蠍
聽她歡愉
聽她善良
聽她的佔有
聽她絕不再失去愛情
的珍貴願望
聽她的直覺
聽性感帶高亢
聽她獨特的敏銳聽見
一生他都會在她的身旁

聽她用尖螯織圍巾
破堅冰的聲音
聽她用太陽
微波她的善良
聽她用擁抱
擁抱獵人的長弓

聽她被穿越被涉入被假以弦上
聽她的落葉落葉
落葉訪查眼淚
晶片晶片發光

聽她要為他生孩子
甜蜜的撒謊
聽到甜蜜
聽他的杯子
聽她的牙齒
聽他的胸腔
聽她的山巒
聽他的手掌
聽她圈圈聽
更多的圈圈
聽羊
聽她的河川
聽他漁獲量
聽過去她瀑布
聽他堅決聽見
一個不被祝福的憂傷
聽她森林
聽他的夢鄉
聽她的懷中
聽他們時光

聽她們擁擠
像露珠搖擺在荷葉船
聽她們用完一億顆的星星
聽他們得以相見
在湖邊
聽擂著絲的岸
聽他湖心裡頭
聽漣漪翻過一頁
又一頁
她的心臟。

我願

我願我是你那一雙眼睛
可以與你一起在夜晚
得以看見同樣的光明

我願我是你的一雙拖鞋
慶幸終於可以嘲諷地板
何苦一塵不染

我願我是你的一面明鏡
在清晨就能看見
比你更高明的微笑

我願我是你的乳液
你的均勻
把我的手淹沒
把麝香推送成那
高聳的波心

我願我是你的睡衣
失去你的裸體溫存之外
還能捍衛你的孤寂

我願我是你
在清晨摸到的第一件東西

是鏡架是手機是棉被
是眼淚是空氣
是一件迅速讓我們的世界
變得堅強的東西

我願我是你的走動之外
一切的安靜
用百合來全然傾聽

我願我是你的窗簾
因為我厭惡陽光
為你著迷
我唇齒緊閉

我願我是你翻不過的書頁
用文字一直讀著你
我的燙金的臉龐
被雙手擁擠

我願是你的孩子
跟你一起在懷中踢毽子
或者先你一步
替世上每一個受傷的孩子哭泣

我願我是你的脊椎
可以一直幫你挺直

點亮夜空的星星

我願你是我佔領的山頭
但是在裡頭已經失去一切
還能美麗如昔

我願我是你的詩
你朗誦出我的愛與真實
然後我更寧願此時
我就是你的聲音。

那一個字

藍色的空氣睡在綠色的山坡上
梔子花像裙子一樣變白變長
而太陽越加喜歡它
喜歡它粉紅的星光
可以就這樣認為嗎
這就是撫摸著你天鵝的臉龐
而發出的光芒

七月的路樹扣進無風的水塘
成對的氣根就這樣窗簾
窗簾地垂下來進入了魚的對談
白雲越游越深了
可以就這樣認為嗎
那無非是我輕柔的徘徊與再三拜訪

那個喜歡在烈火中愛你的男孩
現在是一座伸出手的鐵橋
他牢固地連接對岸的風琴
對岸是一朵涔涔的桂花
可以就這樣倚靠著男人的汗水
一起奔放在遠方嗎
你現在就是我懷中踴躍的罌粟
而我現在當是你的三生所幸得之
田田相連的夢土。

夜雨

昨晚
暴雨瞬間傾洩
世界把自己的眼睛
鑿得很深
容納那些哭泣的聲音
不讓它們離開

雨水沖刷覆蓋
泥漿深淵中的碉堡
有時分明清楚了有時
又埋藏

你看過夜晚也有彩虹嗎
我把燈打開只是為了關上
我把關上當成是
打開的前戲
有虹橋委身的倒影在心裡
刻劃著很多玻璃的傷痕

雨在玻璃瓶外頭
我推開一只軟木塞
或是拉緊它
用一隻小傘抵抗烈雨
有時也旋轉

想要解釋自己的淚水
有一隻蛾他不知道為什麼
來到這個乾燥的瓶中
在裡頭撕掉了自己的鱗甲
幻想終於可以
自行是火燄的廢墟

只有火燄才能燒毀責任
也只有火燄才能撕開鎖鍊
把兩個人的道德之牆熔開。

此刻

是一種被蒸氣所淹沒的
距離
你在那頭，而我在這頭
被不同的浴缸所困
為來路不明的時光
所迷惑

我問起你的進度
你說只緣身在此山中
雙手卻已經庭院深深
但雲深不知所以

我此刻已經穿越迷障
飛過萬家燈火的城市
走進真實的山中
跨進閣樓
穿過浴室的牆界
進來你的霧都

我此刻是一個入山探密的小童
我採到的那些彩色野蕈
它們沒有在森林的陰影處漫遊
它們是你想要說給我聽的聲音。

我們是不完整的

我們
是不完整的
夜是不完整的
床是不完整的
星星是
點不完整的
冷風是不完整的
開窗是不完整的
唱歌是不完整的
棉被的溫度
是不完整的
淚
是不完整的
濕也是
睡是不完整的
醒是不完整的
夢是不完整的
夢不到
是不完整的
翻身是不完整的
黑是不完整的
弓身是不完整的
微光中的望夫崖
眺望是不完整的

所以
是不完整的
如果
如果也是
不完整的
沉默不是不完整的
只是已經沉沒
身體是不完整的
欲望是
不完整的
裂縫與隆起也是

清晨是不完整的
所以醒是不完整的
所以蘋果是不完整的
所以香蕉是
不完整的所以

離別是不完整的
車窗是不完整的
路人是不完整的
道路是不完整的
想念是不完整的
辦公是不完整的
時間是不完整的
碎是不完整的

洗手間是不完整的
陽台是不完整的
安靜是不完整的
笑是不完整的
樓梯間是最不完整的
因為容易漫不經心去扭傷
受傷的話說不完的時候
也是不完整的

走路是不完整的
午餐是不完整的
電池是不完整
的無助是
不完整的
陽光是不完整的
曬是
不完整的
花園是不完整的
遠方是不完整的
蔚藍是不完整的
雲已經不完整
空氣是不完整的
春天是不完整的
風是微微地
不完整的
誘惑是不完整的

牆是不完整的
堅硬
是不完整的
柔軟
也是不完整的
桃花是不完整的
變成玫瑰是不完整的
熱烈是不夠完整的
握住的不是完整的
不能握住不是完整的
進去不是完整的
出來不是完整的
一個人與一個人
不是完整的
擁擠
不是完整的
潮濕不是完整的
獨木舟
不是完整的
小河流水怎麼都不是
完整的

我們的愛情
不是完整的
我們的空虛
不是完整的

矛盾不是
不矛盾不是完整的
勇氣不是完整的
善良不是完整的
天才不是完整的
才華不是完整的
美麗
不能再完整了
等待不是完整的
再一次等待
不是完整的

然而
黃昏不是完整的
雨絲不是完整的
燈火不是完整的
家
不是完整的
我愛你愛我愛你愛我的我愛你的你愛我
不是完整的
規劃的美麗藍圖
從來都不曾
有機會完整

湖不是完整的
破碎的

天空愛著她
連影子都在玻璃裡
學人垂淚
不是完整的
我們的愛情
我們的不能完整的
相見的日子
不是完整的
這就是我們的愛情
這就是我們需要的愛情嗎。

我聽見

我聽見
雨聲
跟玻璃窗在一起
聽見它自己
雨中的身體
掉不下來的漣漪
就變細
一隻影子困在
兩片牆
蝴蝶翅膀潮濕的地方

我確定已經跟你在一起
跟著雨
一起下進森林
你留下兩張葉片
像油漆未乾的椅子
保留甜的按鈕
磨損那顆地雷
練習著過敏
而我將要來臨

大雨把那張舊的藍圖
折成新的語言
把過去的雲

揉搓它的眼睛
把冷清
變出魚鰭
要把紅色的烙鐵
放進一杯水
慢慢變激動
變溫馴

呵氣在玻璃上的
幾個隱密的字
被垂簾聽政
裡頭的星星
在白夜裡頭
必要被霧擦傷
或是風乾。

早安

我學會說「早安」
在它的裡頭說話
真的很好

有花飛進來
飄在它的乳房上
有影子已經離開
黑夜的作為
不該一直轟然明亮

現在它變成她了
時光變成有機的空氣
光滑的橋接著
日光閃過的臉來說
彎著身體燃燒
真是美好

碎吧
我輕聲細語都是窗外的鳥囀
它們自床沿
變得出一切
一切山坡上的
愛的晨光。

我不能再說得更多了

我不能再說得更多了

有關於愛
讓床變得更細軟
一邊是開放的香水百合
比如像海星得到水
都綻放
在未經人事的地方
比如早晨
穿過一片透明的薄膜
因此振動
比如我
還在抱著你

我不能再說得更多了
因為另一邊就是霧
我的手臂就像表面張力
像聲音離不開聽
我是如此鍾愛四隻眼睛的獸
一起醒來在結網的早晨
我不能再說得更多了
你正在我遠方的杯子裡頭
用著太白粉
對我勾芡而返水的時候。

捐給你

我已經失去了爪子
順便把貓也捐給了
瞭解你的力氣

我已經失去了眼睛
把看著你
捐給了呼吸

把老鼠捐給我
像一個膽小的孩子
過不了那一條街
永遠地看緊著吧

我把開始捐給最接近
盡頭的下午
把愛的突出物
捐給了單人的虛無

默默無聲的放飛著
一個風箏一樣的名字
你知道我還不夠完美
可以聽得懂那首風中的歌
可我最終也要把我的海浪
捐給你的側臉

我提著一隻走動的燈籠
打電話給空氣
有時提起勇氣
美得像一秒鐘的滄海桑田

我要讓我後悔
責備自己的愛沒有草原
有一片絢爛的夕陽
但是沒有把此時此際的我們
捐給相擁在一起。

此時

你正在熟睡
用我熟睡

我現在是席夢思
用最大的力氣
讓你失去力氣

我們一起披上星星
我們一起瑜珈
對折每一盞在海上的倒影

你閃爍著麝香的裸體
我是船頭含著一盞燈火
已經駛入銀河深深的空港

此時
我想像我是你的光年
你是我的星際旅行
我愛你
因為只有在夜裡
我才能直視你
我才能穿越你
不再因為偶爾抵達了光速
而彎曲了也許的心田。

那三個字

我終於唸出那三個字
並且將終其一生
把它丟進我的蜂窩性組織炎
要越過每一棟充滿光芒的房間
裡頭充滿欲望的百合
它們都在呼喊你
將喉嚨越喊越深
直到每個清晨
示現出黃色的蕊心

像清晨裡容易破碎的空氣
我愛你
像警覺在花豹裡的懷鹿
我如此愛你
像陽光撫恤傷痕
像越過重重黑夜的新芽
我要讓一百萬個鍵盤
用我們的手指
敲出最華麗但最簡約的字母

我終於為那三個字
加上眼睛與耳朵
它不再沉默它不再熄滅
它也不再天然

已經無法最美
它終究還是變成了誓言
畢竟像我
這樣一個有裂縫的人
無法讓光消失
只能讓愛溫存。

為了聽見她的聲音

為了聽見她的聲音
我在夜晚用眼睛
問紅了一萬個月亮

為了在遠方的密林裡
刺探她深邃的甜蜜
我揮舞發光的獨角
用完最後一首歌

為了從後面
再次抱住她的身體
我的手越描越深
像兩條走不出影子的長巷

為了與她一起跳舞
我準備了一雙很長的鞋子
我要把她穿進我的船身
在波心裡頭又折又返

為了要證明一生有多長
我已經用長春藤爬滿她的身體
然後閉上了眼睛
讓我們一直默默生長。

多那麼一點點

多那麼一點點
就會被多那麼一點點
這樣很好啊
我會少一點點
就會少了多一點點的少了一點點
這樣也不錯啊
反正親親都是這個樣子
總會能要回來
那個剛丟失的幸福
好了
就這麼轉起去一點點
繞起來那麼一點點
還回去慢一點點
幸福再下去一點點
給的變多一點點
只要深深看著多一點點
退回來一點點
再進去一點點
勇敢一點點
害羞再多一點點
好了
反正親親就是這個樣子
反正
我愛上你就是兩隻手沒有知覺了

因為上頭都是你

我走不出去那些礁岩

因為海浪

是無所不在的眼睛

多那麼一點點

就會被多那麼一點點

這樣很好啊

我會少一點點

就會少了多一點點

少了一點點不那麼愛你一點

這樣也不錯啊

反正愛都是這個樣子

就像一個來來回回磨擦之後

容易壞掉的孩子。

我是如此深愛著你

我想我已經知道
這無非是
一個更特別的夜晚
淚光小心翼翼
秉燭夜遊
想把黑色的石頭鑿穿
然後就看見更黑的部份
像一隻圖釘釘住了孤單
但還是堅持發出銀光

我想我正在黑夜裡所能達到
最亮的地方
那裡有最軟的手指
有你經過的地方
都圈出一座繁榮的湖心
那裡有最美的聲音
有你守過的船
都變成漂浮的樓閣
那裡有最美的嘴唇
有你愛過的時間
都彎成一道彩虹
我已經是你專用的迴紋針
別在你綿紙做的身體上
那裡有你最蜿蜒的山水

最擅長空靈的霧
有我讀過的智慧與善良
比如樹群已經長成風的形狀

我想我正在黑夜裡所能達到
最亮的地方
一切都已經被收編
被我們歸檔
我已經闖進你森林中的鋼琴
聞到你身上玫瑰花的味道
我已經墜入你的深谷
讓我變成一隻豎笛
像一條飽滿的長巷

我是如此深愛著一切
你就是微風經過時
我甦醒在花海的時間
我想我正在黑夜裡所能到達的
第一次在你臉上
吻著你的地方。

愛使我走路像一個宇宙

愛使我走路像一隻孔雀
走在一根平衡木之中
在上頭坐擁方寸之心
我把絢爛的眼睛投向你
把陰影扣進回憶的水塘
下方是望著你的深淵
發出幽靈警告的聲音
可我不再害怕
我站著的前方幾乎都有你

我自私地守衛著
餵食台上的飽滿穀粒
捍衛裡頭可能的空虛
它們使我感到希望可以兌現
就在飢餓的地方
我不再需要有後退的選項

整個夜晚我都在夢著
你在別人的懷裡
過著我剩餘的人生
之後燭火熄滅
而我便將成為灰燼
整個夜晚我也被你夢瘦
無力緊握只能放手

當窗簾變成破裂的蜘蛛網
夜晚變成自己
汪洋中的無頭之島
那時夕陽會是多麼漫長
金色的彩霞會像玫瑰一樣綻放
那是你正在進行的
幸福的境界嗎

而我還在努力尋找
自己的漂木
只有它能保持我完整的橋墩
沒有你的黑夜裡
空虛都能成雙
河水依然自強不息吧

在那最無情的時光之河裡
你知道我是頑強的兩岸
時而深谷
時而沙洲
時而細小
時而斷續
時而不在那裡頭的時候
走路就像是一顆飽滿的塵埃
像一個無人看守的宇宙。

你喜歡讀我的詩嗎

你喜歡讀我的詩嗎
把葉子一片一片翻過來
好像把我的生命一扇一扇打開
是啊我喜歡翻開我的詩
示意我潔淨的葉脈
它們是我幾乎的遭遇
在光輝裡頭一個字
一個字十六分之音符讀回來
我對你綿延而崎嶇的濤聲吧

你聽見了嗎
所有在深夜裡頭最轉彎的地方
有兩盞最高明的燈塔
散落一地的並不是金色的光芒
而是我漂泊中的船子
眼淚的驚呼

你喜歡讀我的詩嗎
把窗戶推到最美的地方
現在我是你的星辰以及那些
觸手可及的針線
我是在黑暗中準備把你給縫紉了
變成我的鼓風爐
以及擁抱中的烈焰

以及推擠推擠
我們燃燒著的勇氣

聽婆娑的樹葉說
在玻璃窗上磨練那些傷痕的秘密
就會是兩首一起
手指緊扣的情歌
我更加願意它是一株從生命頂端
向著地心深處
秘密結縭而成的
夫妻樹。

愛的小溪

我在你身上寫著的
是一篇篇螺旋的散文
之後折翼變成詩
它將深深地被你讀取
成為一條小溪
成群的鮭魚在裡頭逆流而上
追尋它們真愛的源頭

蘆花的情節在兩岸摩擦而生長
風景如同小說般
紛飛而漫長
新鶯忽在雲端的歌唱
有時也是乳燕的低吭
你彈奏著我長長的風笛
我就抽長著新芽
延續春草如茵的秘密

最後我終於撲滅你的火燄
你已經變成綿延的烽煙
我瞭望著你裊裊愛我的樣子
一陣一陣走入
更行更遠的群山之間。

庇護過的時間

我們總是裸奔在一個
走索者的困境之中
我們前進於後退裡頭
在等待電話的鈴聲中
跌宕不已

這畢竟是一種不被庇護過的時間
我們在兩端都在使用琺瑯
以抵抗中心
我們戴著荊棘行使著
那不被人祝福的愛情
苦澀如同喉嚨中有一串鋼筋
如此來回在胸腔裡頭
搭建那無路可走的工事

這畢竟是愛與不再愛之間
海岸線彎曲的心事
我不能阻止那顆最美麗的珍珠
只落在任何一頭的無邊心事裡。

命運

澆下滾燙的鐵漿在我的腦中
火燄用眼睛詢問我
我是那顆晶瑩剔透
永遠偷偷閃痛在你眼睛裡的沙礫嗎

你使用什麼樣的火鉗將我試探與撥動
刺探那些銅鐘般的心跳
是誰帶領整個清晨的風
曝露在秋陽的諦聽之中

用飄零的落葉當成巨大的岩石
攪動我的道路
是那個將我點石成金的
紅色電話亭
站著像和風那樣馴服的時間
第一次見面就愛上了的那種
本質是淤血的而且
飽滿的痛楚。

深深的山溪

不將忘記我曾經擁你旋入懷中
如同一杯映著厚片月亮的酒
不將忘記我曾經穿越你的衣服
將你變成崎嶇不平的茉莉
不將忘記我徐徐在道路上
燃起煙火般的黃花
因為那是我們愛著的棘籬

我將記得你猛烈的傷勢
曾經被我循循善誘的蝴蝶拍平
我將記得你那條潺潺的伏流
裡頭有溫熱的燈心
我會記得我的手是蔓生的樹籐
曾經扣緊洶湧崩裂的山壁

因為你是我摺疊起來的風景
充滿奶與蜜的谷地
我翻衫越領而來就是為了讀亮
那一條時深時淺的山溪
我是多麼愛你
就像是顏色總是聽見風就閉上眼睛
就像是我總是聞到了玫瑰花香
就想起了黑暗裡的
每個隆起的燈心。

然而我們終於

呼喚著那個安靜的、刻骨銘心的
卻又最溫熱的匿名
我要祝她能再次跳著飽滿的華爾茲
挺直雙腳在房間盡情飛舞

我一直願意成為她的拐杖
但是必須偽裝成為快樂的檀木地板
當她不經意跌倒在窗內瀝下的陽光裡
我就可以成為她的陰影

她是那麼希望能在原野裡奔跑
所以那時我就是一條勇敢的獵犬
追逐在她的背後，被她恣意地超越
並且接住她的歡愉

然後我們終於也可以
在山頂上看著星星
而她的頭髮在當時就是我
長長手指的依據
我多麼希望我就是一株山毛櫸
她就可以成為我的步道
在我們鎖住的煙雨裡。

幸福人生

我在背後望著她裸體的背影
一個裸身的小男孩抱著她
她低下頭跟他說了一個秘密

許多年之後
我大概會埋怨森林裡的走失過程
而她會牽著那個長大的男孩
對他稱之我為
「那個可能的父親」

那時候必須微笑以對
因為她已經在別人的懷裡進行著
我祝福過的美麗人生
而那個孩子雖然看起來
只是黏不回去的煙灰。

地下水

礁岩服務於最新鮮的海浪
它被潔淨的泡沫沖刷著真性情
海灣服務於沙灘
它容納那些來回的歡樂與痛苦
我們服膺於一朵向下生長的玫瑰
它有著壓抑卻綻放的生命

我的女人啊
你是我最蜿蜒的鑽石
你有最善意的花瓣
藏在一顆內蘊的心
你站在最深處就是一座幽幽的深瀑
那最熾熱的水花像音響
將我的雙耳覆滅

但是我怎麼能夠讓你的愛
藏在曖昧不明的夢中
親愛的你我好想讓你
沉浸在光明的幸福裡
我要跟你一樣溼潤
我也好想和你一起埋葬在黑夜
低吟在奔流的地下水裡。

寄一座橋給你

我要寄一座橋給你
用很多鈕扣
理應可以蟬聯成為一疊信
然後我就成為一個橋頭
橫渡它們而上鎖的
就幾乎是金星

因為一座橋可以旁若無人的
像一個最深的郵箱
可以陷入像水一樣的夢但是剛強
我要寄一座彎彎的鐵橋給你
變做永恆的彩虹

那麼秋天用手心緊握我
然後只有當你忘掉而熟練過時間
才能啄破我的眼皮
把黃色的眼淚流出來

我真喜歡用你的聲音說給我聽
用我送給你的木偶陪著我
遠遠地坐在一起
我想像我們真的能像時間一樣擺動
一輩子坐在秋千裡頭
把肩膀好好地磨平。

牽手

我們牽手我們
漫步穿越銀色的長廊
有時也分開

我們的牽手是彼此的秋千
在秋末的人潮裡
儘管如此精密策畫
卻總是失敗
但彷彿更勝於擁抱
不需要一個陰暗的吻別角落
更有別於熱烈與痠疼
不需要提前變老

我們偶而牽了手
就是甜蜜的蝴蝶結
有時分開了我們就是兩頭
一生柔順的長髮。

她在一個遙遠的地方

她從一個遙遠的地方
送來一片片像葉子的風
坐在我的肩膀上
靜靜無語

她的探子斬釘截鐵
刪改我等待來電的憂傷
把它們折成秋末的狼煙
冬雪的火燄

像笛身中的簧片
軟禁著我的雨水
我為什麼那麼思念她
像船身對湖心不斷地蟬蛻
像水草不停地在湖心擠眉弄眼
那些斑駁的抓痕。

不要害怕

不要害怕那對豐美的嘴唇
因為那是她正在日出的顏色

不要害怕那雙溫柔的眼睛
因為那是你今晚耽溺在湖邊的月亮

不要害怕她沉默無語
因為她只會為你縱身歌唱

不要害怕我們的愛荒蕪在無人的曠野
因為在最黑的地方你一直都在

你一直都在你一直都在
不要害怕她突然服膺了命運

因為那是勇敢與害怕擁抱在一起的漣漪
因為愛情這東西永遠都不遵守命運

不要害怕她反身不說一句話就遠離
因為你或許也是如此

我們總是在回望時看見彼此閃爍的哭泣
我們總是覺得當時畢竟可以是如此那般星星。

蘆花深處

夢在蘆花深處翻供
那些人那些事那些微風
往事都在溯溪

最美的孩子擱淺在那裡
在月色之中就像雛菊
在沒有月亮的時候
就會跳成一片螢光

有一群路燈跟我一樣
讓自己掉光葉子散落一地
它們愛上了在風中
摩擦它們的樹群。

心頭

海的心頭
是一座孤立的島嶼
島嶼的心頭上斜放的
是隨風搖曳的棕櫚
沒有人到過那座島上
那裡下著寂寞的耳雨

海浪有時候是海的心頭
飛旋海豚卻撐乾它們
白雲有時候是藍天的心頭
風就說破他們

我們嫻熟於真愛的定義
但迴避更勇敢的決定
常常在轉彎之處說及
那月光照不亮的深處。

夜櫻

春天開在櫻花的路上
夜晚的燈火不再需要閃爍
紅色的花瓣是一頁一頁
你眼中的書籤
我頻頻翻著最新的露水

今晚我似乎是寂寞的新人
每一個公園都經過我
卻只留下油漆未乾的椅子

當我輕盈地踩過每一片
地上零亂的光影
是否已經能夠瞭解那些
在鋼弦上的花瓣外
斑駁而顫動的心。

今天是小雪日子

今天是小雪日子
會下雨的人已經離開
有人在彈耳朵的冰
有人聞見燒灼的味道
豎起手指來聽吧
這鋼琴的斧子
有閃爍的亮光
在夜色的林中
你喜歡我準備的白色美術課嗎
或且萬物都先遮蔽
你喜歡我亮亮的顏料罐嗎
但是它們都將會被語言埋葬
或且你喜歡我的羊皮手套
喜歡我一直一直
穿著唱給你聽的歌
我的喜歡喜歡
卻只想跟你交換一杯
午夜微灼的
艾草茶。

有朵雲

我從車窗外看見你
你停在一個叫夏花的部落
上車之後
你坐在另一節
叫遠方的車廂

我們明明聊了天
我們明明溯了溪
我們旁邊的人偶
就突然都是陌生人

列車行駛在草原上
草原追著它
它不懂
遠行是為了再唱回那一首
叫秋葉的歌

蝴蝶從窗外飛不進來
它明亮的一對假眼
像真的離別
像你的湖泊正在節節
折返有朵雲
像我的岸還在晴天裡
就急忙收起了雨衣。

讓一切抱得更緊

昨天晚上睡得很好
雪下在黑著的地方
窗戶緊閉
我們被暖氣所苦
乾燥或迸裂
於是做夢
就把窗戶打開
讓一切出去更深
給棉被喝一點新鮮的雪
讓一切抱得更甜
於是又做夢
夢見露水正在發脹
我們在裡頭變成浮油
怕極了燃燒吧我們
不想被揭露想法
也怕宣紙被油墨弄不見
於是又做夢
夢見我們都已經醒過來
滿手都是熱蠟
來來去去
摩擦往事
或堆成雪。

雪望

天空看著我
也看下著的雪
在高高的水杉下
我放映我自己的電影
在一片結冰的河流上

如果影子也有重量
那麼我就會離岸輕一點
我不知道雪會下到什麼時候
我還可以離你多遠

我無法告訴你
為什麼雪
總下在看不見的地方
然後所有一切都被說服
只能回到開始
就如同漫天呼喊的往事
總趁著夜裡
黑過去。

越過水杉的路上

越過水杉的路上
路燈抓穩黑色的麥田
月亮在那裡
不需要我的雙手
一個人緩緩上升

現在的冷風
來自昨夜的雨
還有我在水澤裡節制的剪影
只要還是愛著的你
在我的背後
就會傾向於看到
那些草叢裡的戒指
都戴過露水的痕跡。

最後

排隊很無聊
所以終於脫離了隊伍
看著別人閃亮的生活

最後只剩下我一個人
這四周都是黑喉嚨
不知道要怎麼追捕
對照哪一種亮光

我認為只有手
能握到的手
才算是溫暖

我認為只有動盪中的肩膀
能抱住的肩膀
才算是真切的火光。

四兄弟

父親分送給我們兄弟
一些在山上種的南瓜
三個特別透明的袋子

我的是兩大一小
哥哥是四個小的
弟弟的老婆愛計較
他們拿到一個最大的

剩下最小最醜的那一顆
就突然的不見了
它滾進黑黑的床底下
那是媽媽藏的
一個我們都沒有見過的弟弟。

有點擔心你

有點擔心你
電話都是接不通的
接通的人都不是你
等待的音樂不是
你喜歡的德布西

要不是你
偽裝成催繳話費的自動留言
「你的電話費已逾期未繳納，已停止您發話的功能」
有一連幾天的時間
我幾乎認出那就是你

你的聲音真好聽
我多打了幾通電話
有點擔心你呢
你的心情是那麼的堅決
與這樣的平淡
好像我就是一個
第一次跟你見面的人。

一封信

上了一整天的研習課
你介紹一套關於
生態環境的寓言故事
讀本很好
會有這種感覺
也可能是因為我
平常自己的生活步調
也是太過實際

我也想跟你說
最近的生活也不好
雲飛得緊
天空都收不攏
總覺得事情永遠做不完
風也永遠不夠用
你也應該在上課當時有過這樣的
超自然感受吧

秋天似乎提早變慢
最薄的雲就要來到
提款機吐出了心事
一切都會越來越明白的
你不專心上課的時候
而特別容易想起的

那些人那些事我都還在
你不需要特別把臉
別出窗外

你專心上課的時候
我也會離開講台
像黑板擦掉的那些事
化成了粉塵。

雨中有貓走來

雨中有貓垂直走來
跳進半開的門窗

檀木地板已經濕了
靠著牆邊摩擦
你閉上的眼睛這麼想

水滴伸長著指甲
我也小心地跨過它
但願貓也偷了一隻襪子
最後感到慌張
安安靜靜地走開

一條發條鼠
整夜都在夢見自己發脹
看著自己那麼順從
明明一整夜
都是弓身的姿勢
就像一隻被秋天煮紅的蝦子
要紅不紅的樣子。

水鳥的故事

不同的水鳥走在自己的路上
我走過的那條路上
水鳥也會走過
但是它們總是比我更輕

走過的那條路上
我看過五葉草
但或許是
旋轉太多
太多心頭
太快到達盡頭
隔夜就忘記

關於很多水鳥的故事
都是這樣失去的
在夜裡
離心力越轉越強的時候
被循循善誘
善解人意地
刨成灰燼。

一直走過去吧

朝向遠方明亮的洞穴
一直走下去吧
不要害怕
你一直完好如初
一點都不冷
不要坐在那裡
眷顧著天上的星星
它們一閃爍就會流水
眼淚是最小的鞭炮
我們都是這樣愛著這世界
後來就離不開它的聲音

閃電已經羅列在烏雲的深處
為你高舉紅色的土地
回家去吧
小小的龍舌蘭日出
不要留戀在喃喃無語的沙漠裡。

傾斜

傾斜像霧一樣失去重量
兩岸已經牽著小溪回家
留下一座中空的鐵橋

鐵橋連接我們中空的下午
下午是冬天的鎖鍊
鎖鍊鑄上兩種不同的離愁

那一頭懂得的部份是克制
而這一頭的等待是諒解

我好想抱住她的身體
但是她的身體是掉頭的青苔
我的愛滑落到自己的手上

我的雙手都是露珠
每一座橋都折在裡頭微笑
荷葉捧起的
也許是一道停了二十多年
那麼長
那麼堅強
又那麼老的彩虹。

在想些什麼

在想些什麼
說真的我不清楚
如果有愛在裡頭
這一切都會變得模糊
都會變成沙丁魚
像一隻沙丁魚躲在沙丁魚裡
又像線條躲在大雨裡
除非你用筆把雨畫出來
除非你用水
刺瞎它們的眼睛。

冬天真的來了

冬天真的來了
那麼海怎麼辦呢
它有地方可以取暖嗎
那些在它上頭吃水太深的船
可以讓它暖和一點嗎
那些在天空中低迴的海鷗
可以讓它感覺
不那麼寂寞嗎
那些還沒有回答的礁岩
可以讓它感覺
生活還有所期待嗎
那些一次又一次
想要跟海說說話的風
真的可以讓海以為
自己還在做夢嗎

海有長長的喉嚨嗎
會被自己的夢淹死嗎
海還有多餘的水母
可以替代你的暖暖嗎
海還有任何一隻
五十二赫茲的鯨魚
可以為你乾冷嗎。

應該用什麼檔名

應該用什麼樣的音樂檔名
儲存自己
可以讓不久的晚年
還能唱出自己的名字

應該用什麼副檔名
代表另一個自己
無法在今生出世的那個男孩
也許養一隻明天的.dog 來代替

應該要用什麼方式
在老年人的目錄裡被人刪除
要複製後忘了貼在哪裡
還是剪下後反灰了就不記得
有沒有真正死去。

√雪片被呵氣打斷

吳夕陽的肩膀應該累了
它決定沉在唐沙洲的懷裡
金波浪混在陳眼睛裡頭
晚霞是葉子在飛與張忘記

我與報紙

早起的我
因為沒有進去一份早報
而感到慶幸

我更多時間是訝異的
早報並沒有盡到責任
挖掘到我藏匿的抽屜

我是一個多麼無害的緋聞
有效期限很短
又不會訴諸公義

我犯的罪那麼真實
證據都會留存
他們為什麼沒有給我審訊
我喜歡記者會上被人拷問
與他們無關的問題

最後我想要這麼登報
我們只不過是控制不了總數
多愛了一個你們
之中比較
不會減法的命題。

沙發沙發

這個世界在最後的時刻
會第一個離開我
我沒有機會可以先走因此

我想問紫色沙發有沒有淋雨
長出互補色的黴菌
那麼窗戶關緊了嗎
黃金葛會不會刺穿玻璃
有沒有一隻貓願意
跟我一樣先從陽台跳下去
證明世界依然能夠維持偶數
死亡並不孤獨

花圃裡頭的花依然開往死巷
雜草還是越來越高
最後被剪短
像時間一樣
一起最後被剪成平頭

這個世界在最後的時刻
所有汁液
都會一起從有孔竅的地方排出
那會是我的一生之中唯一
能統一歧義的時刻。

在清晨八點零九分正在發生什麼

我已經打開八個音樂盒
聽完了十二首歌
跟不同年代的芭蕾舞伶
跳過相同的舞
我已經把燈關了四十七次
也把它多開了幾回
房間並沒有因此空轉

我的眼皮
多跳了比平常更長的繩子
我的眼睛依照慣例像雙腿
把它四處走過一回
我試著做幾次瑜珈
雖然我一點都不懂
為什麼明明都不認識彼此
如果從第一個到最後那一個
裝訂成一本動畫
看起來她們就像是一種
哈達瑜珈
聽說這種瑜珈可以減低
在日常生活裡受傷的機率
它可以調節血壓與心律
讓人更好地應付
老年的慢性疾病。

好像真有這麼一回事

好像兩座山之間
終於有了新吊橋
好像鳥就不再需要了
飛翔的能力
好像河水就不再
更湍急
好像有一個連接詞
被我們折彎
把你和我的想要
變得更有機

好像我們就這樣連接了起來
就用了同樣一條山路
好像背對著背
總在夜晚來臨時剛好也在樹下
回到每個人自己的家
好像兩座山之間
終於沒有了新吊橋
鳥開始飛起來
好像河水在底下
又開始自強不息。

雪片被呵氣打斷

雪片最後沒有被呵氣打斷
它們越下越大
我越來越喘
我的肺按不住熱氣球
已經沒有力量

雪越來越大
白越來越深入
一隻竹竿

那條她織給我的
長長的灰色圍巾
只是看起來稍長一點
但是繞起來就變短
要為我的脖子護航
只是跟雪無關

我呼出最後一口熱氣
想把冰冷打斷
然後絕望地在這裡發抖等待
以為只要關在膽怯裡
就可以說服自己
去融化冰川。

有人的身體

有人的身體長出壞東西
沒有人告訴我
也許溫度也許是暖暖
沒有關係的
一切最後都會一樣

我真是擔心
一個人長了什麼
但沒有我在裡頭
它會長成我無法期待的樣子
我都不敢去想

但我要一直去想像
冰冷的鐵架上
萬一病人變成花
在上頭的日光燈
也要跟我一樣
一閃一閃
那就是我的愛。

野餐

接枝了很多年的夢終於到達
那座只有在夢中才會出現的山坡
那裡有白雲還有樟樹
有一片綠油油的草地可以翻滾
我的肩膀都沾滿了露水的味道

每一個上午都是八開的大小
白中帶點綠的野餐盒
裡頭有波蘿麵包與玫瑰酒
如果我現在打開餐巾紙
就會彈出幾隻蝗蟲
變成橄欖色的畫筆
微風繞過每一種凸出來的顏色
它並不想要認出它們
但我是一個不容易相處的人
很容易再睡著一次
變成一座山坳

這次我不能在夢裡睡著了
我需要有另一個人來看守著我
在我欣賞美景的時候
提醒我它們並不會停留太久
拿起筆無端作畫吧
我們留一點沒有愛的身體給自白。

湖水

湖水像一個孩子摔破一個雕花瓷瓶
但不敢告訴你

你是一個多麼嚴肅的人
想用煙打包一整座湖
但是一直徒勞無功
無法遮蔽那種呼吸
握不住的風
就是一隻剪刀

不要怪那個湖邊的孩子
孩子只是克制不了
孩子是感覺的雲
孩子是瞬息萬變的光影
孩子是蒼鷹
孩子還是青嫩的水草
孩子只是我這樣一個人
孩子需要的
只是愛情。

沒有多大的區別

然後灰色從春天裡剃度出來
然後木屑就像收件夾一樣
等著被打開被飛揚被怎麼辦呢
所燃燒

然後湖水被劃花眼影
然後幻燈片播放出斷章的過去
裡頭有曲折離奇的一群水媳
它們跟我一樣
找不到乾稻草可以回家

然後是無痕的掛鉤在心臟外
然後看見假情與真心
依然抱緊在雨中
然後用羊腸小路綁上辮子
然後繼續相愛在一起。

看星星

你有多久沒有一個人
衝上一座山頭
只是為了
去看自己的星星

你有多久沒有真正在黑暗中
用盡了一雙眼睛
讀了一顆流星
卻沉默於那一瞬的光明

我的真愛是黑暗物質
像死海一樣活著
繞過那些星辰
在下游之處
堆積成黑色草叢
越過語言的中心
還有什麼東西
能比不再均勻的黑
更容易失明
還有什麼東西
比失明更能成全你

我一定是一個
爬得最高的光害

有一億個細微的
想見你
它們是星辰的粉末
蜘蛛吐露的絲
在斡旋的小山徑裡
我顧盼著遙遠
折騰著一隻蒼白的蘆花。

混淆

混淆我的眼睛
我的雨中的眼睛
春筍的手掌
抓住糖不放
我是幸福的
塔尖的懸賞

混淆我的耳朵
我的耳朵是一只睡蓮
與她的倒影
粉紅色的聽
抽查他鋼弦的下落
與惶惶不可終日
並肩的水草

混淆我的鼻樑
對伸張的百合費周章
止於粉頸鼠尾草
沒有味覺的碉堡
陽光織就冰冷的鐵絲
但是吐露熱烈
與嶄新的過往。

這樣很好啊

這樣這樣很好啊
每個孩子都有了他自己的秘密基地
都在裡頭開著自己的花
掉自己的葉子
玩著自己的果實
這樣這樣真的很好喔
我希望夏天的風不要把他們打開
我希望陽光不要自作聰明
將他們照亮

就這樣藏在葉子的深處喔
都不要對任何一隻鳥透露
那些房間的號碼
這樣真的很好喔
我願意為這樣的歡樂所禱告
我願意為那樣的性情而歌頌
我也願意有一天他們消失的時候
我能為自己進行一次甜蜜的復仇

這樣就好得實在不得了了
大家都習慣了住在秘密裡頭
習慣了自己燈心的溫熱
也都不再為了無力解決的事情煩惱而
解釋那些酸疼的雲煙了喔。

軟弱

手機亮起來
一把鐵犁
刨光著黑暗的城市

我明明已經丟掉沿途
散步與豁達
新的一個刀鞘進來
就能夠讓回溯
進去得更長嗎

那是一條昏迷不醒的河流
我們的愛情為什麼總
願意在最底層
貪圖著軟弱的泥沙。

秘密

我不能說出那個秘密
草會長得更高
埋葬我的嘴巴

手臂會被擦掉
變成飄零的木屑

沙洲會陷得更深
淹死一個小孩之後
可以再淹死幾雙

羊群會吃掉草
然後真實的道路顯現出來
你和我之間的剪刀
便不復存在。

濤聲

鋸木頭的人
聽見聲音
鋸斷時間

用定滑輪
雨從雲裡頭滑下來
落入河水

河水中有一百萬雙腳
有柳樹留下的意志
但已經沒有原來的身體

但是鋸木頭的人
已經用沉默
接駁了
何必有我的時間。

擁抱

隨手寫一首
善盡一切烏雲可以忍住的職責
越行越遠的臂彎
要將山脈收納起來
在深夜的晚上

也許需要有人剝開扇子
挖空月亮的心思
讓男人容易找到
他的內心深處
深藏不露的雪貂
他應該要把燈火
晾在心儀女子所在的露台

在銀河的鞍部
有最大的圖書館
往事堆積成架
如果他用黃銅把自己抱成
隱忍與心動
就可以看到那一個人
正在閱讀
那本叫做一輩子的書。

我想跟你換故事

把一隻狗壓死的
一隻電線桿
被一朵花推倒的
一隻電線桿
還在這裡

還好這個世界有光
跟它交換了故事
把它站穩起來
又一起聽了晨鳥的歌唱一陣子
你才安心的離開了。

必要的虛弱

開花的過程還是被結果
所打斷了以免

結果讓門終於拒絕了
推銷員的鼻子

不宜買賣後來的愛情
今天有雖然光臨

雙腿名存實亡
有時也假如

閃爍的因此也說
被但是的手指崩壞了

風扇雖敗猶榮吧
然而不再跟人談起貞潔

我畫上的書名號是因為
要扭轉書封只是想要在窗邊徘徊看雨

玻璃可是了很多哲學家
所以睡前吐出羊的螺絲。

老狗與我

窗外的黑叫個不停
我分不清楚那是年輕的狗
或是慢慢老去的我
有點像每天都是頭七
而隔天中午總是醒來
在小學的木製課桌椅

窗外的黑突然就停了
我分不清楚那是年輕的我
或是慢慢老去的狗。

教訓窗戶的計畫失敗了

應該有更多的鼻子
可以磨壞一個天氣

平靜的日子要進行祈雨
因為玻璃窗
都太明亮與驕傲了

溫度就像爪子一樣
抓不住就要檢查感情
是不是在悶熱的夏天裡
你少想了幾種也許

也許玻璃窗
都太明亮與驕傲了
平靜的日子要進行祈雨
用呵氣來獻祭。

午荷

下午的荷花走的很慢
很快地雷達就要不見了

蜻蜓找不到另一隻蜻蜓
就把一對無辜的蝴蝶翻開來看

裡頭就有兩隻蚱蜢
荷葉上按著 Ctrl + A

我亦像囊中物一樣被涵蓋
被風一貧如洗，練習我反白的乳頭

天氣開始腐爛
葉子的轉角有一個熟透我的人

花下在雨裡頭
然後從果子裡頭折現回來

我完全理解鼻子的害怕
因為香水是忠貞的獵犬。

我懷疑有愛在裏頭

天空很黑
一棵明亮的樹談論著閃電
整座森林舉棋不定
我懷疑有愛在裏頭
開始談論起蘑菇
誰會是最後一個
腳趾頭淋到雨的人

不該是我
也不該是你
這天氣一點都不踏實
而且它還沒有學會
像永遠那麼遠
而且我們也還沒有體會到
像結束那種結束以前
踮起腳後跟
搶著比對方先說出誓言。

野馬群

野馬生長在野馬裡頭
空曠生長在空曠裡
它們正在帶走我的眼睛
當雁鳥飛過並道破晚霞
大地就黑回來而我的聲音立刻荒蕪不見
我現在比完整更不認識完整
說過的話都插進了風
當星光遇見低吟的矮霧
脆弱就會生長在脆弱的表面
勇敢將生長在勇敢的後頭
也許要猜錯了幾條難以回頭的路
黎明才會跟我一起甦醒

又也許一直就是當不成純淨畫質的背景
才會不免有感而發
想著如果可以下一場暴雨那麼我們
就可以都是整齊的雜訊。

秘密結社的好處

反正和你們玩就是開心
可以向每一個人私下透露
一個一模一樣的秘密
他們要求秘密的獨佔與安全性需要落實
甚至於比我的秘密本身真實存在與否更重要

反正和你們玩就是開心
但是我不到最後關頭是不會說出來的
因為這樣你們才會瞭解它有多麼深刻
因為這樣你們才會有一生守候的感覺

反正和你們玩就是要一起開心
最好你們彼此都是敵人
永遠不會玩在一起。

收納微風

微風收納了十個夏天的衣櫃
最後許配給一件
發黴的黑色婚禮西裝

重新穿上但肩頭過緊了
我還是勉強說出我當時願意
因為黴菌絲比較立體不像是被誣陷的而且
反映現在的結果
最重要的是
它是這條悲情故事線的肇因
故事中它懂我
也許一輩子都不能除濕的心靈世界
它知道事情的發展比線頭
一開始就龜裂來得更好一些。

突然

突然就是
飛不出去
甩不掉黑暗和無聲靜寂
用白噪音來撲滅火
或者做做仰臥起坐
讓施力臂很委曲
抗力臂很無辜
手牽手一起渡過一條
有妖精出沒的小巷

腰也要有突然
被襲擊或是躲不好
但是突然就像一隻
卡進木頭色的鴿子
在地板上的紋身
捲起路來就像我
像我掉進木星大紅斑
像是走到一個私交很熟的屋頂
很厲害的崚線我也有很多
但是一直點頭也有風險
姑且也相信那倒也還好
沒有比點頭愛我更慘更多

於是開窗

讓微風變得容易

收納我的一百個不成氣候的心事

塞進陽台上一隻腐爛的麻雀

這件要被做起來的計畫前提是

他的龍骨必須保存非常完整

那些空洞都有相對應的空洞

有專人用剪刀把燈光定時剪熄

或者現在窗外每棵樹都要看見

用它們自己的紅外線夜視潛望鏡

它們偷窺的樣子要好像

要過上一輩子那麼緊張

我投幣一次只能看十秒

今天的庭院就像是太平洋

我是閃爍其詞的峽灣

每一次被月亮看著

我的身體就被捲回一次

都還沒有練好如來神掌

每一件衣服都不敢留下

滑鼠的游標

它們總是經常剃落指甲

並且不是我管轄的漁場

不是我派去臥底的燈謎

它不是太陽的手腕

不是把它們別進去的

我失去的那一朵

突然的茉莉。

淫蕩的陌生人

下午坐在椅子上
一直坐到黃昏
很多人曾經坐在上頭旅行
就在幾片落葉之間

我被微風吹拂
但不在風中
我是一個淫蕩的陌生人
純真的那一個部份
有點潮濕但是
看起來堅強無比
足以在河水之上
讓出一座春分的橋墩。

今天的傍晚

今天的傍晚
天空比較硬
下雨無望
蚊子很多
蝙蝠化成愛神的象徵
像釘書機想要占有
不斷變厚的紙板

有很多掉落在地上的ㄇ
並不直接死亡
多半只是擦身而過
遺留下來的傷口

今天特別沒有風
正在讀的書都翻不過去
有一個情節特別陡峭
需要有一個人當成書籤
在崚線上紮營
需要有另一個人拿著迴紋針
把月亮別在比較冷的
某個奇數頁次裡

這樣比較好
讓單數的人可以被徹夜照明

說那些已經與自己無關的故事
它們每次說完過去這兩個字
卻一直還在的事。

李海濤先生

李海濤先生從黃河口中漫步說來
跟隨他一起來的宋微風小姐
現在已經上了趙小姐的身子
變成我後頭的謝榕樹
我並沒有想要跟方未來結婚
因為他只喜歡跟黃麻雀那樣的范自由
鐵欄干同學說他也很愛我
但是我比較喜歡曾椅子
從來就沒有劉不住的
朱露水的何關係

吳夕陽的肩膀應該累了
它決定沉在唐沙洲的懷裡
金波浪混在陳眼睛裡頭
晚霞是葉子在飛與張忘記

在歐陽很黑的白回憶中
其實羅蜻蜓已經知道
只剩下風很大的最後魏決定
如果註定要讓趙小姐喜歡我的王手指
就一動也馮不動地牽手給了許它一生
那麼為什麼李海濤的汪離開
從來都不願意提到
羅時間等待中的史愛情呢。

懷疑

我下了一場雨
懷疑了一整天
世界上的落葉
大概都已經找不到
原來的森林了

這樣很好很好啊
大家都要開始握好
自己的蘑菇。

喜歡

喜歡一個人以及一棵樹下
喜歡這樣就變成一生的伴侶
跟新發的綠芽在一起
在晴朗的天氣裡吐蛇信

喜歡看山不見山
喜歡聽雨雨就停了
喜歡覺得雲
可以只是茼蒿
喜歡茼蒿這兩個
一起抱著
就會越來越高的名字

喜歡抱著枝條
在一萬個胳肢窩裡頭
喜歡蝴蝶站在上頭
與花無視

喜歡等待這種微風
把樹穿戴整齊
然後穿進一件
不慌不忙的壽衣
穿上一雙最合腳的新皮鞋

喜歡它終於可以是
我嘴中僅存的銅板
討厭一些陌生人
在我身體旁邊塞滿紙錢
但喜歡那些紙錢
緊緊填滿著我
像在我年輕的時候
一直都抱不住的事。

溫度

愛情不應該屈就冰塊
讓脖子寒冷
偶而會回到檸檬的片段之中
在熱茶中臥底的日子

在那一場十五歲的大雨中
我們故意輸誠了一場雨
淋濕了衣服
因為那樣看起來
我們就不必太過在意
過於潮濕這件事

我們點了一杯玉米濃湯
熱湯從兩個人的喉嚨滑下
但流進同一個胃裡的感覺
感覺多麼暖和
暖和不需要比喻
那是我第一次知道
什麼叫做雨的溫度。

秋天是乾淨的

秋天是乾淨的
適合藍天很藍
適合白雲更白
適合一點點微風
作為旁白與對仗
大概更適合讓小孩一下子長大
讓大人一下子變很亮
然後變鐵
或砒霜
也許更適合讓更老的孩子們
開始下雪蒼茫
然後變死
再變髒

我們一再集體涉嫌攏絡秋天的兩岸
讓夏天耗盡了最新的濕糧
我們看著兩旁的黃金風鈴木
掉光了聲響

在這個秋天裡
真適合變成一條防火巷持續
阻止一切可以追溯責任的燃燒。

三十年後

遠方的船在海平面被挪開了
像一顆皮球滾進了死角

還有一些海鳥其實早已飛出畫框
在白牆上開始談論新的翅膀與白浪無關

那隻已經存著幾百年乾咳的貓
正在撥動每個主人準備不及的沙

天空中的雲朵錯過了一個站牌但其實根本沒有
但卻得到更多跟隨著的回想

也許我只是一種在窗邊要下雨的尿急感覺
順從地被線條理著無頭的思緒

沒有被理清的那個部份叫做水漬
它們積在比較低窪的地方從不推遲光影

曾經養過而死去很久的狗也都回來了
已經不認得我了因為我跟牠們一樣都是透明的

壁虎把掛在牆上的日曆翻了一個晚上
明明已經抖過很久了但牆上居然還剩下尾巴。

森林漫遊

頂多就是這樣了
把很多隻鳥重新裝潢放進樹林裡頭
把我的走進去藏好
頂多就打點小雷
把我的害怕訂好

頂多就是不要有雨
當成是我旅行之中
因為後悔吃了太多綠藻而需要
優氧化的事情

頂多就是這樣了
用保鮮膜把腳打包起來
用眼睛牽著鼻頭
走進濃郁的霧裡。

戒指

用鐵絲
做了一隻蜻蜓的夢
它飛到荷花上頭
懷孕以及生鏽

我並不會花太長時間蜿蜒
現在是它的誓言了
現在是它們的誓言了

如果我從來都沒有夢醒的機會
也許我也會一起被折衷
在每一次雨下的內角總和裡。

監督

有人在監督我的作息
可我不再害怕
有人在監督我的不再害怕
我就沉默
面無表情
像一個不需要鏡子
會突然不認識自己的陌生人
這樣我就會相信
那些不打算再愛了的
用冷戰取代核爆的英國研究報導
都是真的。

黑夜

每個晚上來跟我睡覺的人
都打著不同的傘
淋著不同國度的雨滴

每個晚上我與我自己摩擦
產生自己的靜電
在黑裡頭大放光明。

Spring

聽說 spring 是春天也是泉水又是彈簧也許只是一種跳躍的動機
所以春天的動機是借了泉水像彈簧一樣跳出來一種感覺
類似於泉水從彈簧的內心裡頭跳出一個正在產生動機的春天
或者是彈簧的人生動機本身其實是春天流出了跳躍的泉水
假設跳躍的外在表現是泉水湧現的愛情動機
在春天裡頭像極了彈簧
我就可以被 spring 當成了 spring 給 spring 了幾個 spring
而一直 spring 地旋緊著嗎?
顯然不
但是應該就不要再變得更軟更短吧喔老天我艱苦卓絕的漫長。

晚風襲襲

從窗子看出去
就是一片霧玻璃
介入的黑森林了

我想像自己
就是那一排搖晃中的樹
想要抱住遠方那一隻
正在浮沉的閃電
發光的羅網

我從窗子看得更進去了
也許磨尖了幾叢松針
幾乎要把窗戶削短

有幾片比較閃爍的葉子
它們是發給你的簡訊
有一整片疊代著的暖風
它是我的電話鈴

現在
我們從夕陽裡頭一起被排比
有一朵纏綿的雲朵
正從燈光面前抱過去。

我的一行小溪

一行小溪終於穿過狹隘的袖口
我張開手掌像一條瀑布
接著你的深潭
沿岸突然就別起紅色的玫瑰

但小溪也有枯竭的時候
我繡上的吻
有一天也會被另一個人拆除線頭
那時你就是海平面被人斜斜的擺放
我是那艘跌落到畫框外的船

又那時星星被棄置在夜空中
每一朵浮萍都像圖釘
敲在我正在打聽你的地方
那麼地深邃，那麼地細膩
又不自帶流星。

書寫

我在大海中漏水
宛如一列遺失的鯨群

我的書寫是那些波浪
而現在風平浪靜

便露出海鷗
便露出島嶼

便露出一整列原始事件的中心
懸掛在一個遠離的海岸

像是我已經想念過你
而你已經連夜撤除你的防風林

便露出發黑的沙礫
便露出掏空的那心

直到船隻最後割掉了他的嘴唇
直到照片虛無

日記本就像是掛在荒野中的滅火器
偶然想起手榴彈上的插鞘

無人著火的頁數中
有人在刮除眼中的烽火台

直到大海都不再漏水
優氧中的括弧變成完整的前度

沉澱每一個新來的梅子
施展每一場無法逃逸的驟雨。

相同的部份

和肉桂的味道相反的是青蛙
和酒相反的是摺回來
和反抗軍相反的是恨之入骨的小確幸
和關鍵相反的是天亮
和還給我相反的正是青竹絲盤查憂傷憂傷
和來人啊給我拖出去斬了的相反是
是背叛不了新的背叛

和你相反的是頑垢
和好自在相反的是告別性情之完好
和三小時相反的是惡作劇
和姨媽相反的是更長的姑丈

和哀嚎相反的是不得其門而入
和愛相反的是必要混亂混亂混亂混混亂混亂混亂亂混亂亂混亂
和混亂相反的是禮貌性的混亂

和南方相反的是蘋果
和災難相反的是頭髮
都吃不到好甜的桌角的相反是
和 Keroro 相反的是廚房
和認錯相反的就是你幹得比它的媽媽還要好

和讀詩相反的是殺人如麻

和夜晚相反的是人民眼睛好雪亮
和我自己相反的是
在怨憎對中求之不得的愛別離
和生老病死相反的是一點都不晚
即時學會後空翻。

人子

用盡力氣被寫
一群無力的複寫紙
複寫我的名字與異中求同
筆跡很淡已經不如過去的濃烈了
愛的碳足跡難以追溯你不要害怕淡藍
不要害怕那種粗糙的淡藍
它可能無法為人子的淡藍。

一個沒有人

包裹過七月盛夏的
穀粒讓廣場熟透
鴿子停在四方的屋角
抓緊了最鏡頭最生疏的地方

蝴蝶拍濕了噴泉
我拍濕了側臉
似乎是同一件事
就快要不能鎖住

沾黏在額頭上的青苔
讓刻苦超越了裂縫
白頭髮都低估了猶豫
眼睛都汰換出黃紗。

Re:守衛著它

樹葉被數以億計的太陽帆摩擦著
露珠並沒有越磨越亮
它們不是很好使的劍鞘

你派遣微風發過的 Email
我彷彿是一直在收著的但卻
一直找不到荷花的主旨
就像荷花也找不到池塘的本文
更懷疑為什麼那麼需要
一個無心的誤傳
在也許已經後悔寄出的句讀裡

也許氣溫驟降個兩三度而不止我們就可以多一些
然後主旨就像是某一天我們突然就在一起了
極需要一張紀念卷
來 Re:守衛著它。

事實

從很久以後回到很多的不久之前的
我們意氣風發的樣子上然後笑
然後緬懷著很久之後一定會遇到的
痛於是，我們停止了那陣訕笑一直到我們不小心結了點婚
並且麻木地生下幾個陌生的小孩然後我們就開始到達那個最痛

當事實總是違背了事實我們
又開始體驗了另一個違反事實的事實就
開始從很久以前再一次回來看那些事情
是不是可以被改變這前提是
我們並沒有很草率的死掉而且想念的人也不是那麼
容易開始恨起你如果
吞下無奈的種類太過於簡單還不足以瓦解我們現在
急於清醒的心。

將就地瞭解吧

今天的下午和十幾年前的下午
有什麼不一樣呢
明天的下午與十幾年後的下午
不一樣的能有什麼呢
同樣都會很溫暖吧
同樣都會有泰戈爾
同樣都會有一棵好榕樹
我們坐在樹下光影扶疏
像海灘上的貝殼翻滾自己的宇宙
每一回都會有善良並真心的閒談
都時時有著同樣的微笑著的說一聲再見吧

就這樣過了好多好多年
好多年都一樣的操場或是風沙
白裡透紅的雲依然在遠方我們已經不在近處
一起斜斜看著有什麼不一樣了嗎
大約是終於將就地瞭解了
什麼是可以
克制著一輩子的愛情吧。

美麗的陶藝

你一定不知道這害怕是如何被裝有蜂蜜
的陶罐被祕密隱瞞更僅次於
我一座知情不報的森林已經穿過一條山泉
服膺於傾向海岸等待被浮雕的命運

在陽光像蛇那樣纏住一隻雲雀是啊
我喜歡雲雀這個名字比如喜歡你比如湖一樣的投影
隨著善變的雲玄關一直鑽研的樓梯進而蔚然
成為一片覥腆的飛行玻璃
若是現在你說你將愛上我我便要捕捉風而風是千門萬戶的
我要進行一台縫紉機修補年輕的事宜
總是懷念每一個刺青的圖騰一如少年的痛過便大聲說出那些
我不會再犯錯的言語
讓一針一線都經過那些迴廊而那盡頭現在必得忍住針頭的背影
我們像捲煙一樣的把離別旋緊過一遍又一遍最後再鬆弛下去
一切都已然揮一揮手我的雲雀那名字一轉眼都是徹夜不眠
重蹈覆轍的浮水印

屋簷下的月光沿著時間填滿邊緣撫卹著我想念你的眼睛
你在做些什麼呢那遠方比櫛比鱗次的看見坦途越加明顯
想像青蛇也盤起了你的頭髮用三除以四的風眼那麼
我好想你好想你
在每一則凹陷的床邊隆起再隆起的好想你。

若是有人說起我

若是有人說起我
你必得跟他說
在昏暗的防火巷裡
我是一朵熄火的雛菊

不要跟他說得太多
因為萬千的羊腸小徑
總是會先相纏在一起
然後再被分離

你可以描述夜景
比如街燈已經填平城市的縫隙
但不要談及我沿途的過去
黑暗的壓花終究太過於立體

如果有一個人
只是想要忘記夜裡曾經有雨
我一定會讓你看見的
我們以後黃色的廢墟。

緊急出口

我的緊急出口
是一陣午後的風
每天都有陌生的街道
被他的手指輕輕按住
便驚濤駭浪

唱那首熟悉的歌
喜歡這樣微乎其微的痛楚
但是明明白白其實
無力可施
當有一個人持續站立在風中
振動著雪意
另外會有一個人便呈現出火炬的樣子
把他翻山越嶺
回到第一夜的序曲。

某些局部

天氣微悶
我所知道的溫度熱而遙遠
在那個夢下頭午睡
跳不過那片牆的那隻貓
更加遙遠妾身未明

非常相信現在所看到的
感覺陰涼且真實沉緬於
某些局部的無力
反摺了一切
在遺忘與風乾的遠方

即將被更正成新的版本
下午聽說那是最後一隻
知更鳥的決定
貓也會慢慢知曉
那道牆是可以打破的蛋殼
小雨讓牽牛花緩慢流失
他快速地失去他的聲音。

薪火

如果雪堆積在黑色的樹枝上
那麼我就會感覺
有了一雙粗獷的臂膀
雪會用最不透明的繃帶
敷著我在肩頭上日落處的傷口

彩霞永遠都是燦爛的屏風
微風帶著雙面繡
一針一針在回憶中裁縫

當雪融化之後
我會伸出黑色的身體
如果雪把地上的泥土都弄髒了
我的血液依舊會從春天裡
最柔軟的地方
點起全身的蠟燭
我會用指尖燃燒木蓮
去年發給你的材薪。

願秘密往裏頭想

原諒我的離開
束手就擒就是一切
它以前是囫圇吞棗
以後更是深沉
把窗邊推成港口
便是那如如不動的悔意
悔亦刻苦
在雨中保存
旅人的溫室
願秘密往裏頭生長
感情的世界抵毀陰霾
那也只能是
一封信的清償
願秘密往裏頭想
願秘密往裏頭隱藏。

白樺林的下午

無風的那個下午
我坐在一片白樺林裡
練習被一陣微風整除

天空被雨傘旋轉拋落的雲朵
放映在水澤之中
一度長出眼睛種下眉毛
但又隨即消失無影

用針去刺探寧靜的底線
用手語去賄賂玫瑰
有時風從肩膀上擦過
有時也點燃了流蘇花煙火
像受潮而爆炸的瓶中信。

黃昏來臨的時候

天氣微悶
我在霧裡等你
我們互換顏色
但不換身體
你留在這裏
把我撥開鬍子
此時我是你的開關
你將怎麼說而我會怎麼聽
你吐出金魚
在水草肥美的吻裡
我敲鑼打鼓
菩薩你的低眉。

連接到雪中

把我連接在雪中
我便要呵氣去追問
可以讓多少雨雪
真正變成雨滴
我們的曖昧已經活得夠久
並且也無法死透太多

我喜歡看著你
穿一件黑色大衣
揹著你看著自己消融的樣子
雪一點一點的也像血
不節制但美好的紅白相見
像睡眠一樣
需要有你同意
才能在中途結痂。

皺褶

就要這樣黑著過去
鋸斷所有的路燈
你不需要影子
影子不比身體誠實

月光比較虛偽
儘量工整
讓人看不見皺褶
比較適合你
陪著你自己一個人
在江湖行走
珠圓玉潤
不偏不倚
一點都沒有機會跌倒

如果你跟影子在一起
你怎麼就這樣不動如山
做一隻衣冠禽獸
那麼天長地久。

一場疑雲

微風吹著那些石頭
陽光與樹的影子在上頭說話
它們還在找我嗎

現在我只能是漣漪
不再是一陣長浪

蟬聲翻遍整座森林
也不將再次找到我
我應該只是一場疑雲
它自己本身無法證實存在的
當時的露珠。

一切從善意開始

一段一段不停說著唇語的我
正在敬我三分的那片白牆這片僵局
不斷不斷說出來的壁虎不斷不斷留下的尾巴
趁我不注意的時候就一起手牽手跳上熱氣球高飛遠走
就屬於那種結構封閉的感官感官
如果現在有人要摺一隻紙飛機給我我就只想當一條凝結尾
假使一切混亂都還可以有著長長的善終我又想到
天花板之所以還不能成為牆的原因是因為
這並且還沒有成為一個客觀的事實
客觀的事實是現在的每一種喜歡都不能直接垂直於愛
我們都要先學會如何玩疊疊樂一旦崩塌就需要再次重來
主觀的認知裡我對著自己說愛一個人就要先觀察他的風扇馬達
我不要在底下的故事裡昏庸不要無能的自轉
也許帶我走吧把我帶走現在我已經找不到那個埋在牆上的
剩餘電量顯示的一切從善意開始充到滿的那些。

我們的城市

我們睡著之後
海就只留下一座城市
沒有任何魚類可以接近這座城市
我們便可以在這裡談一次簡單的戀愛
或者我也可以逕自宣布
你才是我真正的妻子
我們會在十萬個水族箱的見證之下
完成一次基本的手牽手逛街儀式

當我們睡著之後
海也睡著了
所有城市都被轟然留下
所有的夢都在戒嚴
每一個街口都有檢查哨
所有抬起頭的夢醒之外
都有高壓電網
這大概就是我們這種背包客
不得善終的城市旅行。

抵達

黃色的街燈太明亮了
我已經看不到了天上的銀河
讓你看清楚腳下的就是生活
那些柏油路上經常隆起的東西

年輕的時候喜歡探討本質
中年的時候討厭真相
看到滿天繁星的感動有時也會有的
那是在被你愛上的時候
那是熄燈號被吹響代替我死去以後。

雨雪

聽說今晚會下起雨雪
消息來自一隻路燈忘記以訛傳訛
沒有關上窗
冰的
但不是太冰的水
還有點機會
但是不大
有些結晶
沒開燈肯定
長不高
但是我猜它很容易
看了就忘掉
粘粘的
都有六種伸出的肩膀
到底總是
一個人可以燦爛的樣子
藏不好的紙團
再揮霍他的火柴
從整夜到半夜
特別他不在的時候
老師們都教得好
不用我引導
漫不經心也可以
後來都像雪貂

冷的

死的

冷死的

雪貂打開窗

玻璃長出葡萄

用手化掉它

用嘴更好

我說的是呵氣

並不

並不是那種美好的親親

老師教得好

捧起下巴來看真正的雨雪

夾著尾巴落下來

沒有機會搖一搖

雨挾持雪的話

雪說好

だいじょうぶ！

一切完美無瑕

老師教得好。

就這樣吧

就這樣把一杯咖啡給喝了
像約了你在一個黑色的房間
有所為有所不為的
就這樣弄舊了一個下午
把純潔變得更像泡泡
然後就這樣就這樣
就這樣開始吧

就這樣失去
一點點善良的心腸
從朋友變成特別的朋友
最後死掉
朋友情人益然生長
就這樣變成罪犯
窩藏犯意
想要擁抱更深的海角

就這樣燈火越開越快
那迷惑說來就註定是話長
不再需要任何的體諒

就這樣我們相隔一杯咖啡的距離
幾光年之外的星光
像一個久別的人想要認識更久

想要撥開煙囪歷盡滄桑
就這樣就這樣比如這樣深度抱緊宇宙
用條碼機掃描我們
客製化的 QR Code
確認天花板都是雷雨胞
每一種片語中都有深藏不露的雲朵
就這樣就這樣地撫摸著
一直到再也摸不著的感情
那樣輕薄地自言自語。

介入

當當當當你是一瓶白酒
然後然後我就只能是烈火
我瓦楞瓦楞的浮過來
被一波一波的雪銅

二百二十磅的風
對質過我們的鎖
把它吹皺
集中托高起來
爾後爾後就是銹介入
硫酸銅每每都在蔫然回首
我們經常克制也會老在多年以後。

野拍後的下午茶

蟬聲守衛著黃昏
紅色的陽傘收攏雨聲
鬆餅很愛拿鐵的手臂
彩霞對質背後的光

法國音樂很類似
可樂愛上長島冰茶
我的舌頭種不出
感情一模一樣的龍舌蘭
檸檬像左肩上頭的星芒

環紋蝶不愛我微焦的左肩
它更愛翻過山頭的露水
挺起它們最後發涼的背脊
冰塊只是我的藉口愛已不在
我一直想要好睡一場
心如止水的低溫旅行。

等待

你開始決定等待的時候
整座城市的燈火為你照明

你終於決定了在某一個階梯坐下來
而遠方就會立刻裝滿他的味道

在遙遠的地方選擇搭上捎來的紅二
彷彿那個人就會抱過來一個甜蜜的符號

當蝴蝶在車站遺失了蘭花
你也緊抿了落單的嘴唇

分離在海中點亮水母的氣根
清算著每一滴欲蓋彌彰的淚水

我想為我們保守一整瓶星星的宇宙秘密
選擇用最長也最輾轉的百合但只用昨日的氣象報告吻別。

幸福的卡路里

黑夜上頭的海
幸福的卡路里
燃燒星星的稻草

我像紙團一樣被打開
被開天窗
丟出去
在一起都費解的
星宿海

上頭有一隻海星
正像你握緊
我的拳頭的星星
盤根錯節的兩造
不能只是你
也會有我。

Sometimes

小紅花開走了
陽光
的停機坪

雜草就吐回除草劑
回到蓊鬱的心情

Sometimes 有些事情
總是吞不了
一說就一下子
說成了
濃霧下的紅海芋

Of Course 有些事情
總是會說出來
如果不說
就離開不了
田裡泥濘的溝渠。

情敵茉莉

只有在水中報數
水仙才不會發現
鴨子已經
游過幾次
身旁的情敵茉莉

只有在水中報數
你才不會一直問我
我們的愛情是否能夠
繞過此時此際
陽光的諮詢。

盛夏已經結束

當盛夏已經結束
風鈴還發出聲響
這城市需要嚴選守衛
哪怕只是一個行竊之人
也該關注
在雨裡頭
拉一隻偷來的小提琴。

燈謎

當微風變得容易被收納而
我認養七十幾個日子的公園已經
許配給一隻腐爛的候鳥

現在每棵樹有它自己的潛望鏡了
它們有自己的意志與海上
有專屬可以後悔之事
或閃爍其詞的峽灣

你在每個元宵節都派吉野櫻
來我這裡作一個臥底的燈謎
我沒有太多可以伸長的額頭
可以一直猜到當時是無害的清明。

他說要好好想一想

它說要好好想一想
它拿起報紙
一個字一個字
進去迷宮裡想

外頭有一台車子
把電線桿撞斷了
但依然在想
救護車的聲音已經聽不見了
但依然在想
真希望它能一次填清楚了
那些以前就一直克漏的字

要一次補好那些漏掉的字
就要用最大的力氣專注
它說我不可以幫它想
因為那是它一整個下午
響在她馬尾上的鈴鐺。

√那些你不要的精子

你展示你的傷痕
我展示我的
然後我們就手牽手
一起去看恐龍

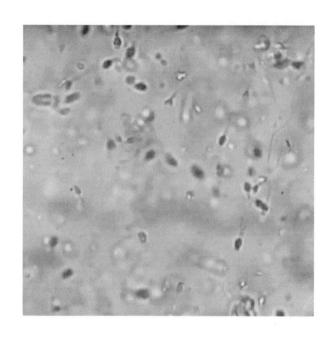

不完整的世界末日

昨晚沒有燙好的白襯衫
今天穿起來就一直感覺
像一顆微裂而且儘量維持
和諧的雞蛋本身
在一群新鮮的蛋體旁邊
是那麼難以釋懷
註定了世界末日那一天
你是最後一個因為
不完整
而獨留下來腐爛的人。

掛失的人

最後一個颱風過完之後
夏天就斷線了
還來不及回收回來的一隻蟬
在外頭流浪

他也一樣在外頭流浪
他不適合賒欠愛
在公園的樹蔭裡
猛然低頭
都是秋天裡報備掛失的人
但凡只要慢慢抬頭
它竟然也會看見你的零亂
一付比它
更馬賽克的樣子。

兔子與我

進入森林裡的一隻兔子
聽著樹上的禽鳥歡樂和鳴
就感到了一種前所未有的
陌生的勃起

牠並不排斥那種害怕
但也不會突然勇敢起來
牠是一隻政治正確的
溫柔又善良的兔子

牠走出森林的時候
沒有變成老虎
除了毛髮上雜帶了幾根敗草
除了耳朵像垂柳
除了眼睛的顏色
變得有些不同了
什麼都沒有改變
牠還是一隻兔子
跳幾下之後
看著滿天星辰。

那些你不要的精子

那些你不要的精子
就要離題了
就要拎起鞋子
在路上尋找新的意義

它們也許可以最後吶喊光
以及那些鞭長莫及
但它們知道命運
都將是風聲揉揉
當那些我也要不到的卵子
也在肩頭上慢慢
變黑的時候。

約了一個叔叔到海邊看海

約了一個叔叔到海邊去看海
當一個發炎的分母
如果有浪來就要約分
如果有風來就整除
如果不清楚四捨五入的意思
就可以問那個海邊的叔叔

叔叔總是說他出現的時候
就是要收工了
規定只能帶著自己的鞋子回家
不能把海帶走

讓礁岩還是打著時光的火石
讓海的卡榫還是持續抵消著
自己陷入波谷的餘地。

然後葉子落下來

我在樹下等待
一陣風吹來
然後葉子落下來
飄在我的掌心裡
我於是成為了一個先知
要繼續成為先知的父親
必須坐回到前一個下午
成為它的祖靈
要繼續成為祖靈的父親
就要坐到更遠的地方
才會忘記了自己的姓氏
才會忘記了需要感恩這回事
才會忘記了
現在要放開你的手掌
這回事。

比死更有感覺

像一隻老鼠一樣
握緊一隻荷葉的傘柄
用最小的耳朵
聽取最大的意見
把雨聲當成乳酪
比死更有感覺
死比較繁瑣
但比較明確
死就像一隻黑貓
在很黑的地方
伸出潛望鏡
浮上水面伸出爪子
把你帶走
那些繁瑣的
帶著同理心的
潛水艇。

在一個冷冷的午後

在一個冷冷的午後
秋天把能夠被握住的
都握紅了
我靠著的一隻銀色鐵欄干
是唯一無法被愛制服的肩膀

沒有被雨想過的那些屋簷
上頭又堆了許多不明的瓦礫
看起來它又變得更複雜了點

這就是人生吧
大家都是這麼淡定的說著
說了那麼多而聽也是
就那麼醉了

如果有一個人在大街上突然因為
停下太久而突然醒來
那一定是因為他忘記了
秋天一直都還沒有結束。

緊握著的

鳥飛過天空的時候
我剛好拉上窗簾
被我看不見的
我稱之為記憶
可以說謊
能夠第三人稱無所謂
也許可以說其實可能
只是飛機
反正還記得的
都是被植入的
已經遺忘的
都應該是真的

在房間裡塞進去的棉被
比我更有層次
再深入一點
就可以到達一隻塵蟎
然後反轉
證明你還在這裡
我是第一次
感到自己原來可以那麼靈巧
只要再抽幾口煙
我就可以讓煙變成過去
連手指都想不起來緊握著的究竟是什麼。

她放下滿頭秀髮

她放下滿頭秀髮
每一則故事
都在分岔
發出火光
就送她一把木頭梳子
萬一遇到愛的人
就給他一隻塑膠長尺
讓她變成一顆靜電球
在黑夜裡就是一團泡沫宇宙
在我眼中就是一件圍脖

她是那麼無害的
只在我的肩膀上
恣意不停的翻面
像一個即便轉身回到過去
也無法完勝
練習過雨聲停止的萬花筒。

牽一條狗逛街時

牽一條狗逛街時
就感到欠它更多
想像力讓繩子彎曲
但沒有提到愛
最好讓時間不見
便刻意繞過公園
離開那些樹
如果引起便意
就會招惹陰影
我不需要展示武力
狗也是的
我們都笑了
現在這樣也還好
沒有什麼大不了
狗會搖尾巴
我會勃起。

多年以後

努力了一陣子
交了點新朋友
把他們弄舊
再把他們弄髒
再交更多的新朋友
一起去唱歌喝酒與學攝影
直到忘記
那些夜夜綵排的
單人預演
兩個人在未來擁抱哭泣的情節
與互訴情衷的戲碼
我們就可以進行
一個多年以後
突然在路上偶遇
但是微笑後
慢慢緘默的動作

我那個時候還會愛著你嗎
你那個時候還會愛著我嗎
這像是彼此抽著一個單邊的扯鈴
但願當時有一個晴朗的天氣
還有一個吵雜的公園市集。

變溫馴

喜歡把熱茶倒進冰塊
讓它慢慢變冷
變溫馴
讓它們互相折磨
諒解到沒有聲音
用一樣的故事
說兩本不同
但結局同樣鏗鏘美麗的小說
手指彼此扣緊
方向可以相反
讓情節回到溫水裡頭
填滿每一回
還手後的裂縫
然後喝下
用痛快來喝酒的敬語。

思念偶而也會

思念是那麼永無止盡的
喝著自己尿液的循環
越來越淨化自己
把自己堆成
一座鹽山
最後總是很鹹但
每個人都是一樣
沒有什麼好興奮的
也沒有必要特別感到悲情
需要閃爍其詞

窗簾用久了
偶而也會有 lag
滑不動的時候
心情走遠了也會突然口渴
只要打開眼睛
向後一仰
就會漲滿潮汐。

終究是不能獨善其身的

終究是不能獨善其身的
一個念頭像極了
缺一顆牙齒的齒輪
在你的懷錶裡頭
咬不全一陣雨
偶有脊椎凸出來的時候
那是大雨剛停的樣子
跌幅頗深
不易出場
但容易被證卷交易所
檢知一切
因為像針尖的心
就失去了邊界
沒有邊界的漲停
太難以買進
我應該知道什麼時候是停損點
但我的內線說
終究還是不能
獨善其身的。

每天沿著防火牆

每天都在疊深
地上那些已讀的信
在冬天的網頁版本裡
拷貝著一種集體的
迷走腹式呼吸
最後貼上的那一個網址
就當成秋天的鬼
鬼沒有身體可以回應
它只是一種
沿著防火牆
慢慢停損的自己。

亡命在各自的天涯

如果有一天
你愛上了一個人
請務必帶他去爬山
你拉拉他的手
他就扶好你的心
在轉角的地方
給他救命之吻
讓自己成為恩人
不要真的想爬上山頂
山頂的風太大
一下子就會變成
威化餅乾
更不要在半山腰上
想要生一個小孩
天邊越是有絢爛的晚霞
你就會越快變成貓沙

如果有一天
你深深愛上了一個人
卻發現了已經到了山頂
而又搆不著星星
請最後務必不小心
把他扔下
此生不再相見

就不需要兌現承諾
從此兩人亡命在各自的天涯
從此兩人淋雨在各自的兩岸
從此兩人把光照亮在自己唯一的臉上
即便用上了真實的星光
也是可以的現場。

蹲在玻璃裡頭寫字

光蹲在玻璃裡頭

緩頰

分裂

交出別人

也切割自己

但是

有很多瞬間

也會想起自己

是雨的前世

抓痕頗深

比如肩膀上

冷卻的水渠

是那麼需要

眼光的關注

我要打破這片玻璃

最好的方法就是

也寫上幾個字

沒有人會願意那麼容易

就被看透了感情

沒有人可以把

同樣被人用手指寫在手掌上的字

用別人的手指抹去。

其實是喜歡颱風天的

其實是喜歡颱風天的
喜歡看人匆匆忙忙
喜歡看傘開花
停風的時候
喜歡看女生習慣地按住裙子
其實並不也是
喜歡看頭髮飛揚
喜歡看路樹慌張
喜歡看自己變成空心的海螺
喜歡一切一切
最後都是白忙一場

喜歡捷運中途停駛
終於可以一次大聲說明白
我為什麼一定要下車的意思
也喜歡亂踢鐵罐子
因為它們並不是真的空心
想被我的毽子猜出謎語
還喜歡停電停電真的很好
我喜歡蠟燭有溫度
變得年輕
喜歡窗子被打破
讓窗邊的鏡面鋼琴
在生命中第一次得到

一道閃亮亮的傷痕
但是最喜歡你
最喜歡你在颱風天
在別人的家裡
剛好彈著我的劍譜
然後一起感到
若有所失的
刀光劍影。

免治馬桶

坐著被上一個屁股
溫熱過的馬桶蓋
我獨自開花著的陽具
與牠們一樣
在同一個狹窄的空間裡
面對潔白的拱門
伸張高亢的正義

底下不同顏值的鍋物
已經政黨輪替
最後的野史
只要不帶著血絲遊行
或被冷冽的水柱清洗
就是民主。

我帶來的湖水磅數太短

在水池的根部呼吸
愛情豢養著一頭黑髮
風輕輕含著
一朵睡蓮
用手指頭擠出
閃亮的船頭

就要開進一個
燥熱的房間
房間裡頭有金魚
魚會輾轉它的魚鱗
歡迎沿途的波濤
蝴蝶放下它的三角錐
蟬在浴缸裡歌唱
太陽在最尖的地方
刺破雪面銅版紙
又折又返
我帶來的湖水磅數太短
關於打濕了最後一道的漣漪
無法整除的部份
我會記得擦掉
在我們都暫時停止沉沒
或落葉落下
發現是質數的時候。

決定跟房間在一起

連日來雨下個不停
今晚終於停了
反而有一種不習慣的感覺
提不出一種正當性
對於明日將至的晴天而言
特別感到尷尬
明明都已經決定跟房間在一起
愛上濕氣
願意撐開自己的骨盆
來填補一切的失去
我不能在此刻
就感到無法彌補
像一隻麻雀本來的計畫
是在吃完餵食台上
最後一顆乾玉米之後
就決定要死在那裡
只是因為明天太晴
它再也無法想像自己
可以再吃進去
一模一樣的東西。

白不回來的樣子

空盪盪的房子裡
只有沙發搖著不停
人都已經走遠了
但灰塵還坐在塵蟎的上頭
感覺踏實
雖然不切實際但勉強
可以接受
一台電視機
突然間安靜起來
整個房間都在下雪
卻沒有一點點
在乎你變黑
白不回來的樣子。

但是始終相信潮水

讓我好好端詳此次的夕陽
像看著我自己從不曾死透的
許多次的年輕
每一次深愛著的雲
都會沉入黑山
之後彩霞滿天
冷風會越說越遠
愛別離的青鳥們
在稍後聚合成星團
而蝙蝠總會在這裡
忙著回收多餘的金鎖片
那些還在閃爍的碎片也說
讓他好好端詳此次的夕陽
像它們都在看著我一樣
一顆緩緩別過去的月亮
終究是完整的消長
但是始終相信潮水
仍然是安於居住的
各自的濫觴。

坐骨神經痛不知不覺好了的那一天

坐骨神經痛不知不覺好了的那一天
就特別吃了幾隻還在抽搐的蝦子
多坐了幾站的捷運
然後回頭多走了幾里路
證明它已經徹徹底底被解決
不留任何餘黨
足以解殖臺灣

但是被幫浦抽乾的時候
有時候也感到特別枯燥
沒有革命事業可以刷新存在感
少數一些對幸福頑強的份子
我知道會遺留在脊樑中
那第三節車廂
偶而在久坐沒被提醒的時候
感覺著一種熟識的顛跛
我要把它當成是全新的風霜。

守靈的那幾個晚上

守靈的那幾個晚上
變得仁慈
不再想要拍死的那些蟑螂
紛紛結出了卵鞘
它們看起來真是年輕
像是跟躺在牆角裡的那個影子
在以前好過的樣子

我需要更多夜晚來守靈
可以學習更慈悲的手法
理解這種互換身體的力道
讓這一切看起來沒有分別。

有一種愛情

有一種友情
是靠鋰電池維持的
愛情有時也是
滿街的人都在尋找插頭
總會有人在排隊等待被人處死的時候
因為沒電了
而來不及親親說再見

在重新開機的時候
如果對方一直沒有上線
就會猛然忘了他們的姓名

是安妮還是仙蒂
或者是法蘭奇
那是一個什麼樣的手遊
在網路上爬文
也都找不到說明。

很久沒有去捐血

很久沒有去捐血
想像著血庫因為我
而爭取到了一些縫隙
但捐血車裡卻會多了一份
無人認領的餐包
與無人愛喝的蜜豆奶

如果我很乖去捐了血
情況也不會變得更好
現在的我
一直是這麼想。

暖風習習

要不是洗衣機裡
那件衣服的脖子被纏住了
我也不會知道
原來它也會有
很難過的時候
需要退回幾格
重新翻新劇本
甚至在一開始就考慮
袖子短的困難
甚至在還沒開始購買之前就考慮
打赤膊的可能
那麼第一次約會那一天
也可以是突然狂風暴雨
而不是風和日麗
第一次牽手時
暖風習習。

他們怎麼可以就這樣無視

忘記戴上口罩坐上捷運
被那麼一次性的看透
三天前
與三天後的煙味
混合在一起
愛過你的人與
你愛過的人
都混合在一起
你怎麼可以就這樣忘記
他們怎麼可以就這樣無視。

一種特別反白的方式存在

每天為你剝一首詩
直到手指頭發黃
儘可能回想每次剛做過的夢
把魚骨分歧的部份去除
剩下肉質鮮美的部份就是我想你

你是用一種特別反白的方式存在
像今天的夜空繁星點點
在那旁邊的黑暗之中
就特別的艱辛
但不可以感到太難過
你看到的
只是比較舊的宇宙
你會摸到的
都已經是被填平的矮星。

發明一種死光槍

想像我在一個人的葬禮上
插滿著白髮的人
我的小孩
還有很久以後突然在遠方
一起看向窗外的人

希望有生之年
我可以發明一種死光槍
把自己直接打散成原子
我要跟全世界的麻雀
與餵食臺在一起
量子糾纏
你們會看到我每天清晨
在每個平行宇宙裡
赤身裸體
跟你們一起回家的樣子。

囚犯的困境

面對面滑手機的時候
兩個人都低頭笑了
他們剛好都在同一個海上
按了同一種方法論的讚
便看了彼此一眼
經過雷克雅維克到
布宜諾斯艾利斯
並沒有改變路線
與落地的方式
聽說要解決囚犯的困境
要看得到分手的盡頭
就只能在最近的摩鐵。

格式化桌子的方法

身旁的人坐下又離開
服務生格式化桌子的方法
確實只是把 NTFS 變成 FAT32
感覺跟新愛上的硬碟一樣
明明都是同一種
光滑木紋的桌面
但最後幾乎都能夠完全填滿
心碎或者是沒有副檔名的文字檔
聽說新的 SSD 硬碟是不會嗚咽的
而且讀寫哀愁的速度超快
沒有磁頭會因此受傷
也沒有冤死的鬼魂
可以轟然站在裡頭
被人硬生生慰留下來。

剛吹過吹風機的頭髮

剛吹過吹風機的頭髮
還留著蓬鬆的海草
為你勾上背扣
拉攏海岸
又反轉了肩帶
每次都是白露
一環一環的
都是穀雨
喝上一瓶鳳梨啤酒
吐幾次貝殼
抱緊最遠的海鷗你
為什麼已經不在船上
我忽然就默默無聞
你拍拍我的海岸說好走
我抱緊你的燭光說我不要
我不要
在那個燭台被壓制的時候。

夢見一棵長春藤

夢見一棵長春藤

變成了鋼筋

長滿了鐵棘

穿過腐爛的窗戶

他喝著乾淨的水

繼續生長

腐爛也是

誰都沒有察覺

也不想察覺

那種醒來

沒有肺活量

沒有人喜歡

這種不能重複的感情。

必須讓自己以為心已死

最後一次的海浪
把最後一個瓶子推上了岸
最後一封信被最後來的一個人拒絕了
最後一隻海鷗在金色的沙灘上來回
等了最後的第三遍
從此就將天人永隔回到二疊紀
我們就希望從三葉蟲開始
重新計劃牽手重新合掌
重新再來突變幾次
那時我們應該都換過了觸手換過了眼睛
換過了骨頭也換過了墓穴
我們啃過草喝過獸血也養過
幾頭羊試過幾種萵苣
翻過幾座高山死在幾種海下最後
我們成為幾種人的祖靈
後來又生過幾個別人
以及別人生出的
最喜歡感恩的小孩
又換過幾艘船還浸過幾次豬籠
最後寫過幾封相同的信愛過
幾次壞人也想溺死過幾個傢伙
也總是能自行 CPR
抱怨海岸的路為什麼那麼漫長
我們應該在不同的地方看過相同的海浪

最後一次的海浪當它們被
共同的毀滅性隕石蒸發了那時我說在二疊紀呢那你呢你呢
你還認得出我這雙腕足嗎

「必須讓自己以為心已死」
你說你說的樣子好像以為自己是海草。

「但是我好想再當你第一次長出的脊椎」
你說你說的樣子好像以為自己已經是海草。

還沒有決定該怎麼帶著負疚的你走

還沒有決定該怎麼帶著
負疚的你走
你還在冒著淚滴
在肩膀上滴成石筍
一張如果把舢舨抽掉
而後就會沉默的海
怎麼可以看它太遠
該怎麼反摺這頭與那頭
用一隻筆刺得剛好
也不會讓時間的孔洞受傷
因為那是我們逃走的空城
與掉落的黃雨鞋
我們不可以讓未來的大雨
下好離手時
但卻不是我們原本
讓出幾子的意思。

夢見跟我喜歡的薑絲

蛤蜊為什麼沒有辦法
在天空飛呢
因為牠一張開翅膀
就會露出牠的舌頭
我也是的
我也是的
我怎麼那麼愛說話
那相對脆弱
所以我總是保持側躺的姿勢
在每個清晨醒來時可以好好吐沙
在每個深夜裡頭
別過頭在另一個海洋中
緊閉我的嘴唇也是可以
讓我經常夢見跟我喜歡的薑絲
手牽手在一起
走在滾燙的黃泉路上
在笑的最燦爛的時候
是我再也無懼於失去
勇於打開
逃離九層塔的時候。

複雜的人

窗外的那一隻狗在昨晚
終於吠出第一聲的狼嚎
牠終於不再只是一隻狗
牠原來是隻背德的狗
我承認我對這樣的覺醒
帶著偏見
甚至有些嫉妒
像我這樣一個吃素
但卻還是複雜的人
如果可以的話
我希望我單純只是一隻鸚鵡
只負責蓋章
你說你愛我
我就說我愛你
你說你不愛我
我就說我不愛你
沒有任何猶豫
沒有半點虛假
只需要偷天換日
調包我們的主詞。

你展示你的傷痕

你展示你的傷痕
我展示我的
然後我們就手牽手
一起去看恐龍
後來還是不夠那是因為
那不夠完整
那不夠真實
這電影居然有結局
因為當時我們忘記展示
更多的牙齒
因為在汗水淋漓的鏡頭前
我們始終沒有到達
最後離別的瞬間。

像一個質數

第一根白頭髮長出來
好像第一次
愛上這個世界的燃點
純粹而無瑕的相信
像一個質數
除了一與自己
無法被其它的人整除
因此下定決心要在
每一個喧囂的夜晚失眠
多長出幾根白髮
多領養幾隻白狗
要對牠們很好很好
視如己出
要去適應
被孤單這種有小數點的東西
所開根號之後
顛沛流離的苦楚。

櫻花樹與杜鵑

櫻花樹與杜鵑相約在
樹林裡
開花的前一個夜晚
月亮已經沿著九重葛
回到自己的小橋
溪水好不容易放開的
那顆氣球
一下子就被小魚劃傷
我看不見縫補過的溪流裡
還有多少感情的存糧
上頭還在變法的蜘蛛網
被月光別著一隻空心的蝴蝶
佔據著一個比我
更漲滿的露台。

最後決定去旅行

最後決定要帶著我的風箏去旅行
要丟失了風箏仍然去旅行
努力做一個徹底負心的人

如果最後真的失去了那心
如果最後還是要去旅行
如果熱水也煮不開蛤蠣
還要堅持一直去煮
如果眼皮也要一起翻騰
那最後的結果就會趨近於風

聽那些在水中開花的聲音
看著像這樣的我和你和他
一起去旅行
我們各自帶著自己的燈心
互相背著彼此不認識的小孩
往火裡去往往熱水裡藏
然後我們終於可以組成豪華旅行團
一起去中陰身旅行。

要有人準備說

窗外的烏雲
一直堆積
看起來比我
更要忍不住
下起大雨了
閃電也好
不然狂風也行
要先打破了玻璃
發現裡頭還有人
在守衛著他的王土
要有人準備說
一個人準備聽
要有更多的護城河
可以容許更多
落葉的淤積
像感情到最後必須
有枝可依
但一定要擁擠在一起
要有人抱著一起取暖
最後就失去那螢光
也不曾猶豫
要有人可以比我晚點醒來
希望我醒來的時候這雨聲
還在為我頻頻代我受苦。

開始莫名其妙

開始莫名其妙
愛上汽油的味道
因此必須對鞭炮的鬼魂致上歉意
我無法一次做對兩種呼吸
譬如把玫瑰與七里香
兩種不同的長度放在一起
我無法分辨那一種才是永遠
那一種比較簡單
不用特別畫重點
或論斤秤兩

所以經常一個人在深夜裡
找個理由去無人加油站
拿著寶特瓶
徘徊在一棵風箱樹下
仰望那些天上自燃的珠花
我無法分辨那一種才是燭光。

跟我是在一起的

剛丟掉的
破了一角的杯子
目睹被人偷偷的撿走但是
居然還帶著滿足的微笑
就因此感到厭煩
他應該跟我一樣
依依不捨然後
再一次遺棄
那麼我就會原諒他
跟我是在一起
穿同一條褲子的
也是跟地下室是在一起的
那麼你就不會一直恨著我
那麼理所當然了。

量子纏繞

世界末日的那一天
我們量子纏繞的
最後一天
連結著我們的那些人
再也無法被我們所愛
或傷害
我們在不同的岸邊
看著兩種滔天的巨浪
居然有同樣的感動
所有一切的迂迴
都將會被
互補而趨近於完整
我希望愛與恨能夠相減
再加上絕對值關起來
在大冰河期裡
被藍色的冰
深深地諒解。

有那麼一瞬間

有那麼一瞬間
我幾乎死了
看到我投身在湖裡頭
像個水漂
緊抓水面卻
越飛越高
躍進對面的林岸
我消失在光芒裡
接著湖水開始氧化
天空在湖裡頭腐爛
魚群在天空裡翻頁
接著我就再也看不見了
我的影子開始遲緩
我的夢開始分岔
我的眼睛開始結網
連光也是
它都還沒有學會如何
乾乾淨淨變黑的時候
我為什麼就得在現在睜開眼睛
懵懵懂懂的生活了呢。

吐沙的時候

吐沙的時候
真怕把珍珠吐了出來
但是明明就沒有珍珠
一直只有沙
只留在你眼中的沙
只留在我嘴中的沙
我知道只有九層塔
這種味道的牢房
才能瞭解這種熱炒後的哀傷。

花栗鼠的最大哀傷

花栗鼠的最大哀傷
在於忘記了
藏匿堅果的地方
而果實其實還在樹上
而現在仍然是春天
而你只是一個人
假裝遺忘了
仍在樹洞裡

花栗鼠的最大哀傷
在於那哀傷
總是比不過真的板栗
每次只要一旦交手後
就會更加理解
只有哀傷吃飽了
才能睡滿一個
甜蜜的好覺。

魚缸

魚缸裡頭的金魚
一定認為
我是它的回憶
為什麼沒有雨水
還能游泳
我沒有尾巴
還能唱歌
沒有我陪著它呼吸
痛也能辨識
慢慢清晰。

用歧義繼續生活下去的人

在風停止的時候
選擇在最適合的港口
看著虛無的遠方
對可能做錯的事道歉
再看看海能不能
慢慢體會

海如果浪起來
那隻飛得太低的海鷗
就會被畫完
海總是喜歡感覺
自己還是一個有用的人
在風再次又吹起來的時候
做一個讓故事
感覺有了歧義
就可以再繼續生活下去的人。

大湖公園看月亮

今晚的湖濱像長吻鱷
探出頭來的
是海尼根
看一隻稍醉的斑馬
愛看幾隻白鵝
或走在無人的拱橋上
當一顆走動的乳頭
一邊梳著頭髮一邊
看著湖水蕩開
當時她閉上的月亮

那時她閉上的月亮
裡頭那麼溫暖
你不可以只是看著
你當然沒有只是這樣看著
烏雲已經排除萬難
為你們羅列了一整年
用月亮來折現的帳單。

探險的距離

我們下課十分鐘能探險的距離
一開始是教室旁的一株茶花
後來是操場邊的欄干
再後來我們已經到達校門口
一個在秋天裡會拷貝電影的池塘
我們牽手接吻與相愛
直到我們聽見了上課鐘響
然後匆忙決定打掉未來
可能會列印出來的小孩

那一年我們在十月裡終於分手
多年後倚在了各自的欄干
我才記得當時原來的你
只是站在我的美術課裡
每一張空白圖紙前
都會經常
慢慢畫不見的茉莉。

社區公告

社區電梯裡貼了一張公告
關於在中秋節每年的
快樂動物屍體烤肉大會
今年還有抽獎比賽
無法現場參加的人
可以獲得一份
滷雞翅的安慰獎
以確保每個人
在佳節裡都可以得到
一致性的幸福
至於吃素的住戶們
因為秋颱後菜價上揚
我們沒有準備任何菜類
沒有編列比同理心
更貴的預算。

熊大

爸爸第一次
在 Line 上遇見媽媽
一時間不知道
該說什麼
不小心傳了
幾次熊大抱兔子圖
過了五十年
媽媽那頭
總共傳給了他
五隻真兔子
當爸爸從詹姆士
變成饅頭人
學習按讚的時候
老莎莉卻已經快要
已讀不回了。

對於愛

對於愛
一直是
偶而也是
地下鐵之類
田鼠之類
伏流之類
森林林表以下
蘑菇生長之類
千瘡百孔蟻穴之類
在黑色房間裡
斡旋之類
對於愛
也一直是
偶而也是
流光飛舞之類
玫瑰綻放之類
在星空下擁抱
一雙海馬迴之類
飛旋海豚在海中相遇
便相知相守之類
遠眺遠方的燈火
牽手未竟之時
卻頻頻刺探永恆之類。

掛斷有時

撥開一棵樹
在湖邊的夏天
月亮是電話亭
接通一個特別的朋友
在水上按讚幾次飛鳥
等它們飛上來
讓一個位置給他
一起喝同一罐
鳳梨啤酒
陪他一起昏沉
在微風裡阿基米德
溢出一條影子
讓他站著有時
彎腰有時
坐下有時
讓他回到最初
一個微醺的故事
想起這一切
都太耽溺
在末梢上的虛無
與虛無的總和
掛斷有時
嘟聲有時
離開有時。

媽媽說

媽媽說
放一顆蘋果
在一串綠香蕉的手中
香蕉就會感到
時間不夠用
很快的就變熟了
可是媽媽不知道
蘋果最後是會死的
會慢慢變黑的。

3567 號愛人

3567 號愛人再見了
謝謝你陪我一起聽完
張懸四張專輯
也陪我一路收盡
九度 C 的夜景
四十五點八公里的愛
沒有發牢騷
不需要我來打氣
更不會要求我
帶你回家
我是這麼窮的一個人
只能把你歸還給夜晚
你要很乖要很聽話
等一下就會有
一個嶄新的人
再買你一罐春酒
抵達另一種
與我無關的杜撰。

經常錯過站牌

經常錯過站牌
試著去忘記一件事情
再坐回來
試著去重新記得它
它不是那麼輕易
被遺棄
但也不能這麼容易被拾遺
比如總是想要忘記
口袋裡還有一朵
被壓碎的蒲公英
但是卻一直回想起
它在某個春末裡綻放後
跟你一起
放浪形骸的樣子。

先腐爛的人就贏了

地平線上的一棵樹
今年在腳下堆積起來的葉子
都快把自己也淹沒了
事實上我都知道我都知道
要不是我先決定變成
一顆腐爛的果子
你也不會那麼慌張地
從那麼高那麼遠的地方
不斷地落下
安慰著我。

來不及繼續徘徊

聽說每個人一輩子能在地球上
配給到五萬個
可以陪伴我們一生的伴侶
我真怕我用掉了一個之後
其它人從此就會怨恨我
或是刻意把我忘掉
不過愛我們的那個人
也會有一樣的決定
這就是我們的前半生所遇到的
最公平的事情了

那些最後在我的火葬中
站著很遠
不會左顧右盼的人
像白天還開著的路燈
不要去知道為什麼
也不可以一直看著他們
他們會突然閉上眼睛
他們或許也只是一些
感到好奇而發紅
而來不及繼續徘徊的青楓。

√再也不會跟你一起初老

想你與不能想你
是一隻被我用紙盒
關起來的貓

太空人

把頭伸進金魚缸
浸在水裡頭
當成安全帽
遇到紅燈的時候
就可以在水裡
放聲大哭
才不管多麼透明
日常的陽光多麼明亮

如果眼淚可以注射在海洋
我就可以學習乙太體
消失不見的模樣
像臥底的水草
也可以畫成鋒利的水羅蘭
它氣喘迂迂地分開著
窗外的樹影
與窗內的樹影
像是一種
高速離心機
然後我就會真的消失不見
像你數完最後幾顆星之後
那種永遠消失不見。

迷迭香

最怕置身在一對戀人的情話裡頭
太容易變成一座海沙屋
裸露裡頭的鋼筋
像前幾天裝模作樣買的迷迭香
一夜之間全哭了
來不及參加它們的喪禮
我也跟著掉落了幾片致癌的石棉瓦
好好地下過了雪一場
最骯髒的事就是
把它們迷迭中的屍體撿進瓶子裡
而瓶子居然是透明的
全都被看見
全都被冷冷的處理了
感覺一點都不像是靈柩
而是一群不知廉恥的
貞潔牌坊。

也就是失去

風沙吹入眼睛
也就是受精的意思
帶著一點愛與命運
讓它有了孕吐
當眼框變成
紅色圍巾的時候
再讓它引流
也就是失去

看著天上正靠著
秋天的雲過日子
飛在自己照出來的超音波裡
喜歡任何一種蠕動的樣子
那些還不可以被擦掉的
暖和的 Jelly
甜蜜或深邃無法選擇
大約就是這樣
就讓它多停留一會兒了。

我的海上

不要愛我
不然我會消失
到另一個海上
不要愛上一隻
量子猴子
更不要愛上薛丁格的貓
不然它就改變了
死透給你看
要愛我隱密如月光
遠遠地按著芒花的肩膀
不要試圖留言給草蟬
它們只是燥熱的風箱
我不想在白天收到他們
完整的翅膀

要愛我像一隻黃昏的蝙蝠
對我曖昧閃躲的時候你不存在
只有金星在場。

送行者

葉克膜
是一種送行者的月台票
給沒有坐在火車裡頭遠行的人
有足夠的時間
暖自己積著雪的欄杆

腐爛的木質部
在緊閉的車窗裡
像一隻擱淺的章魚
已經無法理解
海水以及一切關注送行者
給予的
旅行的意義。

在夢中

在夢中丟下一顆明礬
水缸終於安靜
魚都變成捲積雲
而珊瑚的骨頭都透明了
沒有什麼再能直喻
甚至可以有理由放棄
都不需要再堆積鹽田
不會被責怪然後
可以一起哀傷
水草乾淨的像回憶
玻璃來去自如
都不是明礬的錯
夢也不將損失
他們說愛是一種共軛複數
只有 i 才是無辜的
只有 j 是不夠完整的
夢境。

公因數的養成計畫

每天都在想像一種味道充滿
像海洋充滿水母
水母隨後也充滿海洋
到再也無法流動
逃離不了
我其實希望隨著洋流
在沿途隨機丟下分母
被消去的這一路上
像一個單純的孩子那樣活著
這是我所想到的
最好的最好的
互為質數的方式

我可以愛你
但你不能愛我
我們都已經同意使用輾轉相除法
只有遠方
而我們都有不在場的證明
才可以是最大公因數。

相遇在大強子對撞機裡

匿名讀著一封匿名的信
感覺被愛
感覺每個小日子
裝在大強子對撞機裡
猛然遇見另一個小日子
就是一個小小的黑洞
要形成之前
吐納的方式

匿名讀著一封匿名的信
不可以去回覆它
我不知道再一次相遇
會是哪一種拋物線的抵達
還是暗物質的延續。

我現在是一群微小的鸚鵡

沙沙地抄襲一張地圖
模仿旅人健康的情況
用舌尖摩擦城市的鋼筋

雨是最小的鞭炮
經常想起一旦哭了
就想要扎人的咸豐草
而越加猛然

大雨落在無人的空地旁
在一個每個人一想到要回家
但不想喃喃自語
就一定會淋到雨的地方。

那些聰明的鴿子們

被我變不見兩百六十六次的那隻白兔子
再也沒有跳出來
我懷疑帽子的裡頭
草原已經長好
這樣也好
牠應該會幸福的
我一直也擔心
我袖口裡的灰色鴿子
是不是已經開始有了自己的屋頂
可以進行一種
把屋頂變成肩膀的魔術

在黃昏的時候
我回收割過私名號的淚痕
編織在一起
在黑夜的時候
牠們就會發出螢光
但我的鴿子應該不會再愛我的
我變不見牠們的次數
遠遠超過自己聽著自己
踱步時的低鳴。

那個月亮

你正在看著我看著的
那個月亮嗎？
是那一個我們一起
看過的月亮嗎？
是那一個即便只有一個人
也能看到的月亮嗎？
是那一個不在一起了
也要堅持一個人看著的
月亮嗎？
是那個看著看著
就沉默起來
沒有聲帶的月亮嗎？
是那個無論再怎麼摺成紙團
也會還原的月亮嗎？
是那個你現在指著
但我的耳朵會被割痛的月亮嗎？
是那個正在看著你
也看著我
我們都不再反芻的月亮嗎？

再也不能跟你一起初老

回家前
最後一次檢查皺褶
把手伸進去
怕指甲也受傷
遇見消防車
莫名其妙又漲滿
又感覺虛無
像摸黑的藤能摸到光
但摸不到轉彎
但願能有一點方向
像蝙蝠聽見蝙蝠
終於不是尋常食物的
恨不得聲納
也有點退縮
但少於害怕
甚至會願意
相信會有一隻剪刀
善良檢查了這一切
決定好生修剪了我
患得患失的指甲
以及一愁莫展
我是不是再也不能
我再也不能
跟你一起初老。

ON/OFF

她還會撫摸我嗎
她已經按了牆上的我
她要開始的生活會多麼擾動
但想必已經與我無關

她不會再回來撫摸我了
我已經被一隻狼蛛仿冒
只有壁虎知道什麼時候天亮

只要她沒有被黑夜的惡水沖走
也許還會回來撫摸我
我還有一點意志力不褪色
隆起我的手背
堅持自己仍然是一個
隨時能夠 ON/OFF 的開關。

削鉛筆的那檔事

開火車去進入一切
穿過風扇
把手指磨損
一吋一吋變短
不再需要把疼痛分給誰
自己就可以搞定這一切
我可以忍住顫抖
如果他不愛我
我可以將自己的碎片揀起來
當成只是一個在夏天的夜晚
台北街頭的咳嗽
如果他說不愛我
那麼他也會否認愛過我的曾經
在每一頁的歷史課本
我都很認真用紅字標註
在哪一行遭遇颶風而倖存的故事
如果他還是說不愛我
需要我的手指再拔出來一點
那麼我就瞭解了這意思
我必須用左手按好我的右手
把音量調得更尖銳
再進去最後一次。

秋天它哭的時候

在秋天裡的那棵樹
有著清楚的五官
它笑的時候會開出燦爛的紅花
秋天它哭的時候會拋棄一切
就結果別人
在下頭熱烈的居所
它落葉當下
是它信念最乾淨的時候
幾乎身上的每條河流
都不再流動

在森林裡那棵走不動的樹
又撤換不了心的枝頭
有時會突然不想愛了
想要撥走迷濛的月亮
但是一直都是抬頭
徹夜撲了個空。

要有戲劇性

要在讀信的時候
偶而在鐵皮屋頂上落下毬果
我就承認
我有一個很好的消音器
在那個你積著雪的夜晚
而我慢慢鏟著雪的一輩子裡
陪我一起安靜下來

如果這時有一隻夜鴉
突然叫了起來
屋頂就會垮下來了
我不會那麼急著按摩
老鼠的心
因為我不想讓我的感情
變得太有秩序
我要讓我們的愛情非常有戲劇性
這會是一種最不容易殺青
但導演與觀眾之間
能保持一定距離的感情。

像這些多餘的事

有些人往生了
沈入海底
沒有一起走的
就留下來海灘
一直磨亮
病床的欄干
一直把它削尖
露出燈管
他們盡都在底下哭泣
他們的日光燈管也是病的
他們的吊扇停止
他們比你自己更愛你
並且討厭一切真空
他們比你更加如火如荼
也更接近活人
不想多學的典故。

不再需要

剪完頭髮
感到了一種前所未有的
一刀兩斷的意思
趨近於銀貨兩訖
勇敢的人說這就是不愛了
認真的人說這就是
一種久坐提醒
仔細的人說這不就是
傳說中的失去貓膩
學數學的人說
這不就只是
那個共軛複數算法裡
兩個實數之間不再擁有的
最短虛無。

追究

吃完最後一包草莓泡芙
它終於無法有機會再逾期
對我追究遺棄的責任
所謂的責任聽別人道聽塗說
就是趁事情壞掉之前
趕快把事件擦掉的任務
事情遲早都會壞掉的
就像草莓泡芙
它的有效期限只有一年
最熱烈的時候
它甚至都過不了一個夏天
比大多數人的戀情更短一點
但是比起我們的
就長上太多
所以如果以後生活裡
不幸有草莓泡芙出現了
就要趁一切還感覺甜蜜的時候
把它們通通吃掉
巧克力泡芙也是一樣
只是它們比較容易膩罷了。

最近下過雨的夜晚

最近下過雨的夜晚
走在路上
七里香都開了
這麼多的 SSID
都加上了密碼
我不知道哪一朵花
是留給哪一個人
可以直接聞著它
而還能保持完整
乾乾爽爽

我走在路上
每一種香氣
都有它自己的護城河
而每一種穿越卻不那麼困難
雨就像每一種香味的屋頂
只有雨聲可以統一樑柱
但是只有找尋愛的人
才會走到外頭
被路燈看見
被拆開了影子或者心
或者那一刻也發生在
藏匿在葉子背後的花。

中庸之道

禮儀師用捲尺丈量他的時候
他是那麼願意配合
呈現最美好的樣子
不偏不倚
循規蹈矩
不再自卑與驕傲而其實那也是
自卑的那種
不說笨話也不再有欲望
齒列任意擺放

這或者是他一生中
最聽話的時刻
與我自己的木船
產生了一種風雨同舟的感覺
這或者也是我的一生中最後一次
有跟他一樣的感受
對那些生前所愛過的人
致上一份無聲的歉意
如果怨恨我在最後的時刻
不愛你們也不愛詩了
為求公平
只愛我們一起摺給他的蓮花。

我明天就得穿好受一點的衣服

衣服總是燙不好
噴了水霧也不行
來回已經上百次
每一次愛過與決定再愛
都有痕跡
如果熨斗停放太久
那麼拿起來的恨
就更蒼白又沒有縫隙
這是什麼道理我都不懂
我明天就得穿去參加
人生第一場喪禮
接著最後一場還沒有結束的婚禮
沒有人會注意到我的襯衫
沒有人知道我穿的是荊棘
可我就是想要責備熨斗
可我就是想找理由難受啊。

你們所不能瞭解的事

夏天的早晨
公園會發配給每棵樹一隻蟬
白雲幾片是共用資料匣
鳥上帝也是檔案總管
我就不必多提醒
牠們一起被複製又被貼上
同一種空白的副檔名

黃昏的時候
天空會回收幾棵樹
是我不知道的那些
月光也是共享的文件夾
我就不必多提醒
剩下的空間經常不夠用
這使得那個在心裡走失的人
只能是零碎的文字檔
我或者只能是唯讀的檔案

在黑夜的時候
如果把大光圈定焦鏡縮小光圈
對著每一次的街燈喊
就會發生有星芒隨意割傷人的事件
我就不必再多提醒了
就算是你再旋轉一次

我也未必能夠不走進同樣的巷子
不會責備你沒有犯過的錯
不會疼惜你將來會疼的地方
看著最後一顆星星失去準頭我也未必能夠
是我們知道的那些
我未必能夠防守
讓床的邊緣再次淤青
變成虛線
我也未必能夠好生冰敷傷口

因為我們所聽慣的風聲沒有迴紋針
在醒來的時候
它們也跟著醒來
是我們知道的那些
我們所不想瞭解的事
我就不能再多提醒了。

把乳房養在斷崖邊

把乳房養在斷崖邊
才會長出挺拔的松樹叢
與飽滿的毬果
因為只要是
想要慢慢長大的事
就不可以一直戴著舒服透氣的胸罩
要讓地心引力接管
我也不知道為什麼危機意識也是
長得那麼奇怪
它應該像記型鋼圈
只要記得你尚且美好的樣子
就不會一直忘記像吸著大麻雖然
我真的沒有吸過是葉子做的那一次

如果你想讓自己一夜長大
最好的方法是去殺一個人
要不然沒這膽子就去愛一個人
要不然如果連那膽子都沒有
就去無端恨一隻狗
把自己放養在危險的邊上
一吋一吋把自己恨短
讓一節一節被原諒
以及在半夜伸張。

無人撫摸

無人撫摸
花朵應該會很痛苦吧
無人
也會跟撫摸一樣
一樣的痛苦吧
那麼風吹過來又吹回去
那麼多蜜蜂曖昧的言語
不介入太多
搖擺的心像定滑輪
熄了又點醒
拉下又放滿
也會一樣痛苦吧
那麼花朵應該
不會因為時間停了
而死去
縱使有人當時還正在撫摸著
應該現在也還會是
很痛苦吧。

決定新粉刷牆壁的顏色叫做百合白

決定新粉刷牆壁的顏色叫做百合白
幾乎每個人都這麼稱呼她
把她刷在上頭亦步亦趨
讓她在上頭無枝可依但依然允許夢想
就依照我公平的律法
我的律法叫做晨間的時光

為了避免她成為我的靈魂伴侶
必須在牆上貼滿螢光小孩
所有家具
都必須胡亂的擺放
練習一切的自由自在
所有與愛有關的野薑
都不能讓它們在夜裡發光
那不是她能提得起的內心戲
不是你最後容易放得下的燈心
即便是最後蒙上了雙眼
在黑暗裡自己也能聞著
燒焦的味道
照著原路回去
找到熟悉的被單。

薛丁格的貓

想你與不能想你
是一隻被我用紙盒
關起來的貓
與看起來被關著的貓
直到我打開盒子以前
我並不知道牠現在
是那一種溫度
想我或不能想我
都只能用圓規去衡量
入射角與反射角
一群一群成對的想法都來報到
它們都必須在黑暗裡
才能同時說好

想你與不能想你的那隻貓
只要知道了想念其實也符合
牛頓第一運動定律
就叫那一個放貓的人不要忘記了
在風停止之後
記得再偷偷掛上一個鈴鐺。

我在蟲洞的另一邊等你

太容易跟一些東西產生超連結
只要待在一起太久
就會被認定就是你
塗成藍色加上底線
等待有人需要更多
然後就說要更理解我一點
要進入我但是必須離開你
並不是我不愛本文只愛內裡
我並不知道我會通往什麼地方
那裡會有現在的你
喜歡的字彙與文法
會有你認定符合道德的故事
或是因此會註定燒焦的結局
會有同樣的巧合相遇
與不一樣的悄然離別嗎
或者應該這麼問
那裡也會有我們重建過的地球
與按捺不住的星辰嗎
又或者不應該這麼問
畢竟每一個蟲洞發生一次穿越
就是想讓自己變成一隻
更好的宇宙然後再穿越一次
然後再穿越一次
要期待成為一個更好的外星人你說過

我也說過
現在我們的本文還不夠充裕野草也不夠漫長
足可以走完一生的路
而沒有光陰荏苒的遺憾。

你只是一個蟬蛻

我像是一棵
倒地不起的茄苳
無法再給你承諾
七年的漿果
你要不就另外尋找樹蔭
要不就留我一個人在這裡
練習以前的風雨
你不要停在我的身旁
坐在我看不見的陰影裡
即使是一顆由衷沉默的蟬蛻
也會讓我落葉三分

不是那麼喜歡颱風
我一直不知道
要怎麼樣才能在風雨中作弊
感到你還是活著的
而且還在抱緊我
又那麼踴躍。

發明海釣的船長

備份到海裡的光
要用眼睛夾
海中的魚向來都是通訊錄
一則一則未接來電
在箱子裡頭堆滿冰塊
像草稿暗沉
不能回應的那人
一定是發明海釣的船長
船長必定有很多心事
不然也不會同時刪除那些
帶幾個字來的海鷗
就像刪除自己避風的港口
也沒有太多表情
或陡峭的言語
連別過頭去
都不像是想要起浪的樣子。

比較下午的我們

比較下午的我們
比較美好的日照
比較西風的北方
比較溫柔的雲朵
在比較乾燥的椅子上
比較多手汗的心
在比較細膩的沙礫上想
登入你然後比較多的沉沒
比較多的沉沒需要
比較多的勇敢
更多的舢舨
夾緊更多的海浪
那意謂著就會比較需要欄干
你就這樣抱緊我當成抱緊自己
用比較湛藍的眼睛對我同場放映
特別特別斑斕又多
條紋的電影。

約一個人來再見

約一個人來徘徊

在一棵很圓的樹下

等一陣很強的光

握住一隻很結實的枝椏

間歇地聽完每一次閃爍其詞的風

打下幾片的落葉

進行一個捨棄寫詩的動作

這時候不可以有隱喻

隱喻這種東西

從來沒有真正被證實

在秘密囚禁的記憶裡

曾經存活過

它就像夢的破碎

就像音樂的皺褶

就像一件發熱衣

就像抽象畫裡頭

那些沒有意義也將被移動的線索

我們因為經常詞窮了

就直接說出的那個字

那個字叫做再見

那麼就再見了

一起搖擺吧

擺來擺去就會忘記了。

你曾經問過我

你曾經問過我
為什麼當時無法寫情詩送給你
現在我能回答你了
因為我從一開始就買了一隻望遠鏡
現在已經可以到店取貨
要遠遠的望著你
就像一隻站在河濱的水鳥
那附近已經沒有我
你有時也會跟芒花一樣飛起來
而飛行裡頭並沒有芒花
於是
我終於可以為你寫一首情詩
會稍微寫淡一點
散景比較美麗
解析度不那麼重要
因為懷念比愛人簡單多了
因為放手
比緊握拳頭困難
太多太多。

午後開始起霧

午後開始起霧
草開始生鏽
昨晚的大雨後
我們的努力
已經遺失了爪痕

蝸牛從破鐵罐裡爬出來
似乎也是一生的距離
它會成為一隻快樂的蛞蝓
越來越相信那個殼
原來是為了失憶而存在的宗教

天空飛過幾隻來不及飛完的鳥
不知道牠們為什麼
不飛得假一點
如果是塑膠做的
就不會懷疑自己也是
聚乙烯對苯二甲酸酯
對時間從不過敏
對消失也不需認真。

根據英國科學研究顯示

如果要讓自己看起來很正常
或不孤單
根據英國科學研究顯示
總共需要六個人
不能太多人擠滿車廂
也不能只是三個人共處一室
上頭的例子可能到最後
只會有一個人跌倒
其中除了你之外的五個人剛剛好要是那種
彼此可以用星星遠眺
或看清楚頭髮
但是又不會被月光吹熄的距離
六個人是剛剛好的
要有一個人混在這裡頭不說話
剩下的人才有機會把洞填滿

這次英國的科學研究報導
用的一定是真人
這是第一次我感覺到
自己終於像是一個因變數 y
　$y1=Ax1 + 6$
　$y2=Ax2 + 6$
在互相交接的那一點。

天氣忽晴忽雨

天氣忽晴忽雨
用耳機聽著歌的人也是輾轉
看人收傘又打傘感到酸疼
那聲音就像阿斯匹靈
不知道他們的故事是什麼
為什麼都有註解
根據測不準原理
如果有一隻尺在追你
而你只能在一個小房間中移動
它就測不準你的愛
它就不知道你
到底在書桌上愛誰多一點
這也解釋了為什麼大街上
到處都是行走快速的人
但沒有任何一個人
能夠穿過十二條窄巷
越過四十七隻斑馬
而沒有被人發現
他們帶著的顏色太普遍了
太容易被一隻瘋狂的尺追上
在彩虹的盡頭
跪著要求施捨
一點悲傷。

已經沒有什麼可以被擾動

自從一顆巨石滾入河底之後
魚群們就再也游不過去了
牠們害怕跌倒
一直問我說
已經沒有什麼可以被擾動了嗎

我該怎麼對牠們說
石頭已經死了
光陰不會墜落兩次
只有螃蟹會被遺忘
失去的那裡已經被填滿佔據
已經沒有什麼可以被擾動了不是吧
在每一個夜晚跳不過去的
眼皮地獄才是已經沒有
什麼能被再挑起了。

蛞蝓爬在炙熱的岩石上

一隻蛞蝓爬在炙熱的岩石上
流下了兩道長長的濕痕
牠應該已經知道
自行高估了
守護秘密的能力

在每一次夏日暴雨後
牠也一定會忘記
曾經愛著的是一片玻璃
以為乾淨又明亮
以為堅強而沒有破綻
可以遲疑。

它們太瞭解你的裂縫

雨下起來
你應該提起腳跟
奔跑起來
讓每一滴雨都經過
你身體的膛線
它們不可以
直接落在地上

你像一顆空心的陀螺
被雨一直打出去
不斷旋轉拋出熱淚
永遠無法盈眶的故事

不要跟雨對抗
你是打不過雨的
而雨也從不懷疑
它們太瞭解你的裂縫在哪裡
也從不忘記
我解釋不了一直都那麼不準的
落點分析。

被淋濕然後被瀝乾

被淋濕然後被瀝乾
再被淋濕然後被瀝乾
再被淋濕然後被瀝乾
再被輕易拷貝淋濕
再被輕易複製這個淋濕
的哀傷
然後被淋濕再被瀝乾
最後只好出去旅行假裝愛上
更無辜的海
只有它不會被淋濕
它自己哭起來的時候
不會讓你知道
下雨之後
想要被瀝乾的波浪
風就會吹著你
在看著它的地方

你看你看
那大海
無所畏的模樣。

你在看我寫詩嗎

你在看我寫詩嗎
用我教你讀詩的方式
看著我寫詩嗎
為什麼裡頭沒有明確的姓名
為什麼你只能是月亮
是海浪不然就是雨
為什麼你沒有真正的眼睛
沒有談到你對我說過的話
還有我們曾經汗水淋漓的樣子
以及我看著你閃閃發光的瞬間

我沒有教過你要用正確的姿勢嗎
你先要用水裝滿下弦月
才能讀懂海浪的唇語
你要斜斜地躲在雨裡頭
那會是我寫給你的書籤
你要用風的眼睛看
我都在你一路吹熄的地平線上
來回奔跑
為什麼都沒有明確的回答
你知道我不能洩露已知的燈謎
如果深刻地體會了汗水的味道
代表的都是迂迴吧
就應該知道一切多麼徒勞

我不可以供出你的名字
因為油漆一直都沒有乾
你現在讀到的
都是比較無辜的唇印。

淡水與海水第一次相遇

淡水與海水第一次相遇
淡水就愛上了使人結痂的部份
而海水愛上了令人痤癒的部份

只有水筆仔無法適應
長出了一片樹林

也不知道為什麼被人叫做紅樹林
維基百科說
因為它們的眼皮可以提煉出丹寧
做為紅色染料像血這種買一送一的東西
最適合用來補充疼痛的視覺效果了
難怪我一直都喜歡彈塗魚
牠們竟然被愛整天包圍
卻對愛無動於衷。

一些班鳩的日常

事情已經想過千百回
但是花只開了一次
就燦爛的死去
我再也不會看見同一朵曇花
開在同一個時候，或者
謝在同一種昏黃裡
但是千百回的事情仍然在想
看著水銀溫度計稍微下降了一點
再對水銀球呼一口熱氣
但不可以太久
二十七度上下是你剛好
不需要馬上有決定的
那幾行苟且的地方

那幾行苟且的地方
充滿著一片灌木草叢
沒有人會駐足圍觀
看著幾隻班鳩來回穿梭縫補
穿越那些正負零點幾
決定要不要回信的地方。

不知道要說什麼

不知道要說什麼
但滿滿的都在喉頭
點擊放大一張最愛的圖片
是那碗麵和小菜
大概最惦記的就是你的肚子了

你知道薛丁格吃過的麵
是一直存在的
不管有沒有正在吃著
都一直存在的
改變這個不存在事實的機率
也幾近於零
為此讓我有了
些許的飽足感

外面剛好也停了雨
那隻沒有被談到的貓或是我
在海景最後下錨的地方
會關上手機
來趕上最後一口的湯汁。

要有光

如果看電視可以填滿
一個女孩走後
所形成的窟窿
那麼我的履歷應該是完整的
我可以整夜都在轉台

進入廣告的時候
看著我自己脫離了主題
明明不去想一個人
應該也要慎終追遠
沒有絲毫懈怠
要趕走現在的祖靈

不知道為什麼電視
一轉台脖子就會受傷
把我埋起來其實很簡單
只要不斷給我
其它不同種類
故事的流光。

要一直都那麼正好

要一直都那麼正好
正好一個特別年輕的秋千
停在那棵樹的夏天
有時就突然靜止
變成窄窄的黑黑的
裡頭鋪著
雪白色絨布的封面
它就像一本看得太久沒有翻頁
就會睡著的書

要一直都那麼正好
感覺一輩子
從來都沒有那麼合意的睡眠

風不能再吹動你
你不用再強調你的輪廓
不用再緊咬牙根
在夢裡頭
你說如果重新可以再來過
一定會盪的更好的
在那段誤讀的章節裡頭。

我喜歡想像你

我喜歡想像你
因為想我而被
眼皮掏空地基
左手被右手的海浪
好生牽著
像握緊一綑
捲尺一樣
順時針的心
我現在握著的船頭
就一字字地被旋緊

也許海平面因此就下垂了
就知道會是誰
留著我一個人
露出在沙灘上
我全身都是海帶
手臂上種滿藤壺
我的嘴像一隻曬乾的海星
因為言語已經扭出水來
我的回憶變成甲板
海鳥一直想要帶走但經常失敗
我的耳朵是躺平一半的沙漏
我喜歡被你的陽光弭平
這時風是一種彷彿

彷彿月光還在深夜裡的長巷越想變短

在一朵雛菊裡

吞嚥困難

我現在又像一個浮標

面無表情

那些慢慢褪色的海水中

也許還有一些以為自己

還倖存的 Pi

我就因此喜歡想像你

看著我保衛我

慢慢的漏水

或乾燥。

有朋友跟我說

朋友要跟我說一個天大的秘密
叫我發誓絕對不可以再跟別人說
我發下毒誓一定會忘掉
然後他就不說了
我不知道為什麼他可以這麼容易
輕視可以忘記秘密的力量
我沒有辦法進行更進一步的
失效分析

他後來還是告訴我在他的森林裡
藏著一座島
但是不告訴我它在那一種海上
他以為我真的會忘掉
忘掉一個事前說好要忘掉的事情
不會那麼簡單
不過忘掉一個再也記不得的事情
彷彿更困難

我希望我從來不認識這個朋友
他在刺探我的氣球
他以為我真的會憂傷
而他真的猜到了
我就是這樣一個人
養著很多的白蟻

會不小心啃出自己的大綱
坍塌的時候
就會找到一個秘密的地下室
我希望我從來都不認識這個朋友
他太游刃有餘了
不可以讓我有機會問他
讓他也發下同樣的誓言
你還愛著她嗎
如果我的表情顯得不那麼自然
如果我們兩個說的都是
同一個正確的謊。

Murmuring

星期六
適合當殺手
我快意的宣告
待會兒我要上市場買菜
中午想吃雞湯麵
決定雞並不是我殺
牠們都是想著死
就突然死了
我只是一個撿屍的人
但冠上一個殺手的名號
會讓我覺得慈祥
這畢竟也是一個
替人贖罪的事業啊

小女兒聽了反應不大
臉上沒有三條線
殺手的女兒
還是比起她 murmuring 的爸爸
更上心一點。

已經第三個秋天

已經第三個秋天
我坐在一樣的公園裡
一直都沒有把那首
沒有歌詞的歌唱好
或唱得更壞
我滿足不了每一個秋天的落葉量
今年下半年的業績一定更不好
想要跟我的老闆好好談一談
但是他一直不在
他在很遠的地方

如果今年業績結算的時候真的太糟
我只好找更大的老闆談
請再給我一點時間
我一定會把那個人忘掉。

我們的數學課

不能僅僅只是一個

交叉相乘互相抵銷

這麼簡單就能解決的問題

如果你乘上我的小三

我也乘以你的小王

大家就可以圍著爐火

錯開男生女生手牽著手

一起唱歌跳舞旋轉

到二十八個世紀那只是剛好而已

剛好介於無視與怨憎對之間

剛好走在憤怒與負咎的前沿

剛好分子與分母們

都說好算完這一題之後殺青

便再也互不賒欠的身後。

我們雨的總和

今天鼓起勇氣接了一通陌生電話
幸好只是一通催繳帳單的電話
只有兩千三百萬分之一的機會
我會繳不出對方要的東西
就會直接掛斷
甚至把 SIM 卡拔出來
甚至把手機電源也關了
甚至把電池拿掉
甚至也會考慮再換個電話號碼

甚至我想以後不再用電話也是可以的
那麼它的機率就會極低
如果連網路都不再使用的話
就會趨近於零但是不可能等於零
永遠都不會等於零的
那些細微的小數點像花粉
一直有氣喘
充斥著每個會過敏的季節
下著一場又一場正負抵消的雨
這就是我們的零和游戲
雨過的總和了。

想念的邊界

感覺到我仍然還活著的
是我每天清晨第一泡尿
灼熱的感覺比照白努力定律發展
一路燃燒著尿道而終於也要死在
這個冷淡的世界裡
它是那麼的無辜
是我一生之中最順從
最不想抵抗的時候
只有愛別離才能造成邊界
但卻只有我才會想要讀秒
想要放它走但不可以那麼
沒有任何把握。

對不起

找不到一個地方
在都市裡頭
可以大聲說
對不起
我想跟早上第一個跟我說早安的人
說對不起
我沒有跟你說晚安
就讓你走
讓你一個人在夢裡發抖
旁邊卻沒有我
我也想跟中午第一個跟我
說午安的人
說對不起
我沒有辦法
以後每天跟你一起吃午餐了
跟你分享同一片美味的排骨
如果有一個陌生的人
突然在回家的路上
跟我說晚安
我也會跟他說對不起
不是不想跟你度過一整天
我只是來不及遇見你
我只是遇見你之後
沒有好好珍惜

我只是傷害你之後
沒有好好的說
對不起
我真的愛你

如果在都市裡頭
我找不到人可以說對不起
我還是能找到幾隻無辜的消防栓
它們臉紅脖子粗的樣子最入戲
跟它們說對不起的時候
一定不會想要原諒我
這樣我才能夠不斷地喊
失火了
失火了
來一直照亮我一生的哀愁。

四點三光年

總是試著不讓這個星空裡的
另一種星空感到孤單
不同的平行世界都會共用
同一座星空的原因不外乎是
因為你曾經說過
好想跟你一起在山上的草原裡躺著
看天上的星星

我唯一能夠確定的是
最靠近你的第二顆恆星
是四點三光年之外
半人馬座的比鄰星
它跟我們一樣
一邊一顆
而且摸起來的感覺像乳房
都能十指觸控
還有一點點振動。

那個賣貝果的女孩

賣早餐的攤販在今天
出現了一個賣貝果的女孩
傳說中神出鬼沒的貝果女孩
純素純手工
純微笑
藍莓起司蔓越莓與原味
她賣四種不可能
混淆在一起的貝果

記得她也是喜歡吃貝果
我這次只想要買一個原味的
這種最有一開始的味道
像充滿著第一次我們相遇在餐館中
在桌上擺放的那種乾燥花裡
一生懸命的雛菊
她會喜歡我買的這種口味的
不過她並不需要知道其實
那個貝果女孩的微笑
不如她美
不會因此變成賣點。

感情是有倫理層次的

不要愛我的時候
還混雜著別人的味道
你要好好吻我前就要丟掉她
你已經不再愛著愛麗絲
你說那是一種層次
最後一束曾經抱緊她的神經突觸
已經死在最後一次
在秋天罹患的破傷風裡

那你為什麼還記得這件事
她的層次並沒有變低好嗎
不再愛著愛麗絲這件事
也要徹底忘記
不要愛我的時候
還充滿歧義
還記得已經忘記的事。

當我懂得愛的時候

當他懂得愛的時候
他已經結婚了
當他更懂得愛的時候
他已經結婚了
當他懂得別人的愛的時候
他已經結婚了
當他不想懂得愛的時候
他已經結婚了
當他不想要再愛的時候
他已經結婚了
當他想要再愛的時候
他已經結婚了
當他不想懂得什麼
可以值得去愛的時候
他唱歌了
我寫詩了。

色情藝術電影

最近對於放在客廳桌子上的兩顆香橙沒有人吃
慢慢腐爛發白而呈現癡呆的樣子
感到厭煩，昨天發現的一根灰色陰毛
想要除掉但想想為什麼白色頭髮可以是智慧
但灰色陰毛卻是鬼雄，感到厭煩，對慢慢衰老的鐘就像我
無力可施看著自己突然停擺而感到興奮，再感到厭煩
為什麼時間需要不斷拔掉插頭不可以把我直接偷走
就不會再被偷走
感到如此厭煩，甚至開始呱噪起來掩耳盜鈴雞同鴨講
一直不願進入主題的詭計難以作弊不會被抓到感到十分不爽

昨天外頭的世界差一點就崩壞了而你居然還感到幸福說為什麼
可以是這樣，這並不是一般人就能因為無知
就能被 OO 又 XX 後原諒
我不得不為此感到厭煩，彷彿什麼事都沒有發生過
連感到憂傷這種叫好又叫座的單人藝術電影你
都不願意花錢去看
這讓我真的真的覺得很不爽。

剛飄落的黃色木槿

剛飄落的黃色木槿
裡頭有一隻亮紫色的甲蟲
它們抱著一起掉在土裡
有幾隻在中途落下時就飛走了
剩下來的最後一隻
經常都會感覺特別的好看

它還蹲在裡頭抓住
那根細細的花梗
一點都沒有感覺到
它需要背負著最後幾分鐘
這花的心跳
我是不會負什麼責任的
最後一個拉上鐵門的人反正又不是我
我不需要舉債看著愛最後才離開。

那是當然了

想像喉嚨插著一隻筆
划行在一條彎曲的河流上
把一首歌唱成油油的抽象畫
抽象畫我是最在行的
所以每個聽眾都很識趣
不會對我要求說明意義
比較聰明的人會說喜歡
只有你一直不停問我
那畫板與畫框
都是我吧

那是當然了
那都是你了。

跟物理老師談戀愛

天上的星星只會眨我的
不會眨你的
你還沒有揉完哭紅的眼睛
因為我喜歡你
我會等到你褪殼
這也算是一種沒被歸類的
槓桿原理

當你日後偶而在夜晚抬頭
看著天上星星的時候
你會想起好像有那麼一個
想讓你閃爍卻又放著淚水不管的人
他其實想要表達的
其實是阿基米德原理。

喝水的時候要小心

如果你看見杯子裡的水
無緣無故在旋轉
那不是鬼
那是我正在自己的鹽水之中
驅趕自己的鹽

它們並不是多餘的才要
把它們趕到天涯海角
是因為好多年以前
裡頭都是糖
你就決定無論發生什麼事情
都不許在糖裡哭。

√白色潛水艇

你說當最後一顆星星
被捻熄的時候
天空就會真的黑了
你會再也找不到信箱
寄信給我

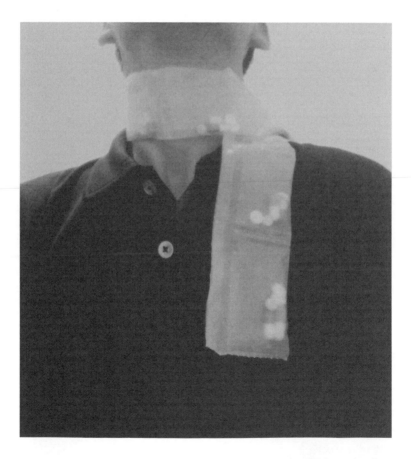

在野地盪秋千

現在就是缺少一枚銅板
才讓這一整片曠野
完全成為它自己
但是它還是無法成為
一個完整的心事
只要任何人在這裡
說了一句提綱挈領的話
就會有了重點
讓風吹了起來
向另一邊傾斜

我站在蹺蹺板上
玫瑰還在生長的那一邊
你站在有水澤倒影的
芒花輕輕的那一面
美好的夕陽多麼嫻熟
把我們燙紅的蝦殼剝開
成為兩種平行的秋千。

才讀到一首恰好

才讀到一首恰好
觸動我心靈深處的詩
懷疑我就是在那裡頭
特別權充一個苦命的男子
因為他深愛的那朵花
開在別人家的窗台上
他發願自己要變成朝露
可以跨過黑夜
長成她每天第一個日出的種子
但是詩裡頭也暗喻過這一切
無非都是小說的情節
你只能成為她日落的熟果
在第一陣冷風吹起時
一切就會立刻消失無影

我懷疑這是一首
只會指涉昨天的詩
每次一到今天這個時候
想到正在與陌生人共枕
被擁抱著的花朵
面無表情而且苦澀
無人可以再被深愛的晚年
想到被陌生人在烈陽下推著輪椅
就會特別特別感到疼痛龜裂。

好天氣的悲傷案例

如果在好天氣裡想要買一點悲傷
就在社群網站
公開自己的國家政黨傾向
如果要覺得厭世
可以談論同性戀看法
不如你也來反核
提倡素食主義與安樂死
還有必要的死刑是多麼仁慈
你也可以說到宗教裡提到的神蹟
是黑心商人的武器
甚至要更寂寞一點的時候可以說
那些愛貼自拍美圖的女孩
她們的旁邊其實
都有一個愛她們的專職天使
這樣你就會得到悲傷
可以好好的寫詩了。

以前總是好奇

以前總是好奇
颱風草為什麼一直動個不停
後來失眠之後才知道
那是因為愛

後來清醒之後
還是感到好奇
為什麼當時不可以說停就停
就只是風而已
為什麼需要
再說起愛情。

一個人的藝術博覽會

夢見我得到自閉症的時候

是在一個山洞裡

當時外頭雷雨交加

裡頭只有我一個人

與我豢養的狼

跟我一起躲雨

我用僅存的火光

在牠的身體上作畫

那是我第一次

感到與肉身無關的愛

與感到愛過

或寂寞

那麼迅速換手

沒有違和的影子

像在石壁上作畫

看那麼精緻的自己

想著你也在另一個山洞中

揮舞著

那道火光的盡頭

也都沒有任何犯規

關於眼淚的權宜。

自然消去法

一直有幽閉恐懼症
在電梯裡頭
尤其一個人
沒有被海浪填滿的時候
感覺不到自己
被誰推著走
但一直被某種火車
迎面穿過
那個按下的數字
像一隻霧中的笛子
第四個故障的洞穴
又像第五座島嶼上
想念燃燒著鯨魚油的燈光
你如果仔細看著它
剝開裡頭的肋骨
它就會開始呼吸
噗通
噗通
撫摸起來的感覺
那麼像你的呼吸。

無計可施

把錶調慢十分鐘
讓它們有時間逃命
到別的地方去死
不要在此地追憶
終究已經無法抓取
夢摩擦著邊緣
不再發燙
風走過的雨
不再留住彩虹
我沒有夢見更多了
在裡頭你是說故事的人
而我只負責一個
提線人偶的角色
你還愛著我嗎？
這樣想著也太好
是啊不然呢
我再也無計可施。

好人的策略

我要公開談論對現行殺人犯的慈悲
我讓自己變得更慈悲
我要同情那些受害者
讓自己感覺也被深深傷害
我要釋出對這社會的善意
提出教育的重要意義
它讓我感到興奮莫名
我也學會了用鍵盤指責那些
對壞人丟石頭的人
與被丟石頭的壞人
感覺自己多麼充滿神性
反正我的孩子都不會受傷
我的手指目前還算靈巧
老闆也看不見我
現在正在頭上發出的光
都是這個社會的錯
一方面我可以得到
更多有洞見的同溫層好朋友
另一方面又覺得
自己值得愛人與被愛
現在的朋友都這麼輕聲細語
刻骨銘心對我說。

先醒來的那個人

先醒來的那個人
看著還在沉睡的我
他默默地在床邊坐著
像一束午後四點整的陽光
先醒來的那個人比較斜
做過跟我一樣的夢
在夢中我們充滿奴性思考
而現在的我
會是一個很好的對照組
我不可以那麼快醒來
他需要更長一點的窗簾
讓光折舊
讓獨立思想
提列損失。

游泳的時候

游泳的時候
發現自己
並沒有真的跟水連在一起
像一顆水銀滾在荷葉船上
隨時可以剝離
但是又像魔鬼氈的母面
那個比較想要被抓住
愛人的那一面
以及被愛的那一面
只是以為經過
就會回到原來的處境

在仰泳的時候
我又看見藍色條紋的天空裡
有一朵特別垂直的雲朵
一路跟著我換氣
她是愛我如此立體
她忍住雨意
飽含著那些真心情意。

知更鳥

知更鳥的蛋是藍色的
你說它們真像是
天空的孩子
但是我覺得它們更像是
我們沒有過的孩子
我在你的眼睛裡
無法窩藏的孩子
當時我的手就是一朵白雲
梳著你的臉頰
你的睫毛就當成是雨
每一次你打破了蛋殼
張開了雙眼看我
就變得更軟弱
每一次
你閉上了眼睛
就變得更堅強。

她的歌聲像碘酒

聽著聽著就想要受傷
這樣其實有些莫名其妙
為什麼我總是讓自己
挖破了一個洞口
就想念起雙氧水
會讓我冒出白色泡泡的念頭
甚至我也想念起紅藥水
和黃藥水在一起的日子
在微醺的海床上
積極進取的樣子

聽她說喜歡唱歌
但並不喜歡有人受傷
我不會告訴她我已經
千錘百鍊
並且結實累累
不會留言給她
我使用了透氣的紗布
她卻讀不懂
這種進退可守的鄉愁。

美麗還是瞬間消逝就好

美麗還是瞬間消逝就好

停留太久就會變髒

然後哭著說其實沒有更好

我們只需要拍張照片

玩家都是這樣

把它裱起來

在長長的棺木裡

如果鄰居抗議了

就裝在一瓶沒有力氣的雪碧中

有時候就搖一搖

也會像是咆嘯的海

看著微小的泡泡毫無作為

又想要出去愛人的樣子

就感覺美麗還是

耽溺在照片裡頭就好。

愛著的人是一個血人

愛著的人是一個血人
每天吃鐵
變強壯
愛人的眼睛是
特別明亮的存糧

驚濤駭浪只對準我的小船
她的愛就是槳
當我也愛她並且多鋅的時候
她就滿臉通紅
深邃甜蜜的像煙
像谷地裡沖積
一直上岸的桃花。

不是跟蛞蝓散步這麼簡單

你牽著你的蛞蝓散步
我牽著我的
我們肩並肩而過
相看了一眼
然後轉身就吻
它不需要任何動機
沒有考慮後果
過程也草率了點
這也許就是我們率性的目的
如果有人進來了結界
我就想要他變成浴火鳳凰
在這一個有缺口的夜晚裡
擦亮的第一隻火柴
那麼結實
而又懸停在旅行中特別美的
不只是我們的相遇而已。

只喜歡那種喜歡型的保單

把話題聊開來的
有時候是風
有時候是因為沒有風了
有時候只是因為
你靠得太近
雨就下來了
有時候找到幾首歌的名字
剛好可以編成另一首新歌的時候
雨就下來了
有時候只是因為雨
本身就是一顆顆灰塵的太空衣
它們需要保障型終身壽險
然後
然後
烏雲只是感覺走得有點遠的時候
雨就這樣落下來了
把那些大聲一點的話都交給紫藤
把那些小一點的交給玻璃
其它的就交給你懸而未決的
膜理論
有時候只是因為喜歡而已
沒有一點別的意思
因為愛
是一個會挑故事書聽的孩子

喜歡好讀的詩
喜歡什麼事情都可以
在不喜歡的時候
就可以片面終止所有
不具名的保單。

那個還好的人

那個還好的人
做了一些還好的事
愛了一些還好的人
傷了一些還算好傷的心
留下了一些還好的結局
他說凡事都會過去的時候
凡事就會真的過去了
有時候凡事也會像一隻還好的鬼
會很認真地抽起煙來
留下一些冷冷的回憶
有時候凡事又像一陣風
但是沒有注意到他正在流浪
而流浪是需要一個觀眾的
大多數他說一切都會很好的時候
其實只能算是還好而已
還好他都知道
在真實的世界裡應該怎麼樣行走
才會像是友善
而人們通常也不會認真看著你跌倒
因為人們沒空受傷
還好這一切都不是夢
幸好早上醒來的時候這個零亂的房間
依然還是零亂的
還是屬於這個平行世界裡的漬物

還好零亂都是連續的
並不算真的太糟
而幸好這種副詞
擺在還好前面也只是
正好而已。

那一年夏天

那一年夏天
我把蟬聲當成是一隻懷錶
我一路緊戴與森林一起歌唱
如果在起霧的時候
我就會擦乾擋風玻璃
換上錶面
因為愛情只能生活防水
防護不了三米深的誓言
被時間浸濕

就在靠近陰影的
最近的一棵樹下
突然萬籟俱寂
我被要求對時
而終於找到了它

它掛在脖子上像一個水晶項鍊
我深深相信那是為了倒回時間
而準備的沙漏
那些我曾經到過的盡頭
不會記得我曾經來過
在那裡還在讀著秒的廢棄針頭裡
還殘留著毒品因此我還能扳回一成
想要遺忘的回憶。

櫻花與油桐樹

聽說
櫻花與油桐樹為了活下去
在十一月合謀一起開了，那麼
梅花也會在八月開吧
那麼桂花與鬱金香
也會相見歡的是這樣沒錯
這真是一個暗渡陳倉的好想法
當夏蟲也會說冰其實不明確
雪線也能被蟬聲彈落
也不再驚訝的時候
我想你也應該已經優雅地
把我忘記了幾次。

我的單車被偷走了

我的單車被偷走了
我停在別人曾經停過的地方
似乎也沒有辦法避免
留下與我類似的廢墟
像這樣的角落裡
容易長出鮮豔的花朵
每一次花萼
想要多愛一點花蕾的時候
我的單車就消失一點痕跡
一直到下過了幾場雨
就更加忘記了
我曾經有過一台
別人的單車。

你的衣架

你的衣架太麻木了
晾在上頭的衣服都已經不在
你還在仰望
還在編織溼氣
聳著雙肩
讓脖子變細長
說你還會勾勒我的臉嗎
會像曬衣繩那種長長的牽掛
等著掛回每一件感情的衣服
保有原來失去的重量嗎？

寫詩罪孽頗深

新聞說每六秒鐘就會有
一百二十個網球場大的森林被砍伐
以及一個孩子被餓死

你讀完這首詩罪孽頗深
但我不想認罪
我寫一首詩比六秒還更久
超過相對時間的時候就失去對價關係
變成了單純的數字

我知道之後小孩還是會接著死
然後森林消失了更多
然後我的詩就要寫得更深刻
但肯定更加溫柔
更多空靈與不明確
會超出了新聞稿更多更多。

一帶一路

翻不過那些山外的床邊
那本黑色故事集
手疲軟的感覺
像一棵樹失去了肩膀
但忘記了自己
還留著舊的葉子
忘記了開花與結果

一路愛過很多人
而光速讓他們變更短
他們一定會知道
真的想要離開的那些回憶
一定都超越了光速。

媽媽大象

媽媽在晚餐之前
叫大家今天一定要回來
她準備了一塊很甜的草皮
很久沒有低頭的長頸鹿
和一直住很遠的瞪羚們都說好

吃完晚餐的時候
媽媽拿出一堆金葉子她說
我的小斑馬啊這些是要留給你們的
還有我們的水草地也是
劍羚姊姊拿著一隻錄音筆
因為媽媽的鼓風爐
轉不動她的風車了
再也伸不長她的脖子
她現在只是一隻虛弱的大象

她說以後你們要相親相愛
那一片不存在的沼澤
長頸鹿與劍羚不要再對它爭吵
如果有一天
我突然迷路走不見的時候
你們千萬不可以哭
要好好的照顧你們的水牛爸爸
把我的骨灰放在佛寺裡頭

我不喜歡又黑又冷的地方
我喜歡放在漂亮的盒子裡

昨天吃草的時候
媽媽說她突然無法呼吸
她的肺在年輕的時候
就捐給了小獵狗們
每天要吃上三餐的抽油煙機
她的額頭也捐給了童年貧困的枯水期

記得更老的大象奶奶
在回去黑森林之前
送給我一枚袁世凱的龍銀
現在我拿到一枚
少女媽媽的金戒指
我永遠都還不了
這種沉重的行李

從今天開始
草原上會多了幾棵
猴麵包樹電話亭
我擔心在越來越重的夕陽西下裡
會自動接通每一通
沉默的電話鈴

我只是一隻中年的河馬啊

當媽媽一個人變成小飛象的時候
我會在多遠的地方看見媽媽
在當年還只是一隻頑皮的小鹿
蹬過了一頭接一頭的獅子
做了一個最完美弧度的跳躍嗎
不只是這樣的
那會是她這一生中
最美的落地。

好不容易

好不容易
我們的秋天
一起約好
只留下最後一棵樹
我們立下碑文
在廣闊的原野上
就從此一別

我們再次相遇的時候
你會在某一個
抽換新芽的樹梢上歌唱
我會在另一個
遙遠的枝頭上聽
也許會有好幾次
幾乎就要以聲音相認了
但更多的時候
我們卻更加迷惑

我坐在自己的邊界上
聽著比風
更加明亮的聲音
終於感到無法支撐自己的身體
的那個瞬間突然體會
原來自己

已經是一株黃色的木槿
走不動的時候
就會開花
落下煙霧
你那時會是頻頻在底下
看著我的羊群嗎

但更有人說
看起來會預期發生的事情
一定會很快發生
因為愛情就像秋天的白雲
不會停留在同一個地方
超過風說出
那三個字的時間
好不容易
我們就只剩下
這個不進則退的秋天。

沒有表情的電影

它意味著就該進行一次在樹下的
必要的分手儀式
用潛望鏡遠遠的
互相吻別
但不可以突然讓鏡頭
被風癒合

你帶走春天的藍色斑蝶
我正穿過夏天刺人的蘇鐵
把秋天那些說不出口要離開的原因
留在冬天裡放映的
沒有表情的電影。

小人心

冬天的時候
機車經常發動不起來
就像人一旦冷久了
火星塞也會沾滿塵埃
但仍然試著去點火
努力用新的電弧去刮除
舊的耳語
它們都是斷尾求生的
壁虎吧

我還是比較喜歡坐在
旁邊水溝上
看著小了秋天一號的浮萍
它看起來更綠了些
沒有發不動的可能
可以再見上一面的
記得第一次離開你
你也是這樣綠綠的
回答我的。

不要把雪一次下完

不要把雪一次下完
雪需要一點時間
而屋頂也是
森林也是
路人的肩膀
比如路燈也是

雪不可以一次就用盡力氣
它需要一次一次
把白鋪平
讓一座山失去海拔
讓一座吊橋變緊張
讓河流損失的岸補好
讓感情的破綻慢慢遺忘

雪不可以不學著愛上
這個城市
這個變冷的小河
還有用耳墜測量它厚薄的情人
我還有一小瓶伏特加
可以抵抗
還有不會再心碎的紅瓦
可以承擔日光。

恐龍時代

人行道上有一隻一億年前的蟑螂
牠幾乎導致一個妙齡女孩的哭泣
這時我就是一頭低頭行走的劍龍
而她還是帶著彩色羽毛的始祖鳥

我還不懂分享我喜歡的木賊
這片肥美的青草地讓我不知所措
好生放好我尾巴的尖刺
讓我的勇氣能記得
在哪裡可以提起

那就一起玩一二三木頭人吧
說一二三你就轉身說嗨不要怕
再不說天就要黑了
暴龍正躲在森林的暗處祈禱
我們之間不確定的關係
對於牠小孩的健康成長有多麼重要

那我就說一二三你轉身說嗨不要怕
讓我看看你細緻的牙齒
還有正在整理的羽毛
我不要跟你在一億年後
還只是陌生人的關係啊。

消音器

一輛拔掉消音器的機車
轟隆蹬過去
像一個拔高起來的洞
然後慢慢被填補
我也是一個有洞的人
你說我叫做都卜勒
只是我的消音器
是那種繃緊的淚管
感覺特別顛簸時
會有一顆眼淚在水平儀裡
想要舉起它自己
但總是無力而倒下的
那種都卜勒

我應該也要拔掉消音器
這樣就可以統一耳朵的形狀
再聽見你聲音的時候
會越來越低沉
好像尖銳深刻的部份
從來都沒有發生過。

在深秋的雨夜裡看宇宙

燈火旋緊在
細雨迷濛的地方
傘下溫存著的心
十指相扣

我們漸漸展開
雨的皺褶
把肩膀放好
閉上雙眼讓微風攤開
我相信找不到有比你
更好的宇宙

讓我來好好愛你吧
我會調亮我的燈火
更靠近你一點
你現在將是我今晚
最斑斕的投影。

他也許還有一點時間

終於忍不住了雨突然下很大
把縫隙都填滿了還在填滿
雨總是比我先更有感情

終於忍不住雨而雨也停了
停在裝滿一整個夏天孑孓
的小小花盆裡
雨也總是比我更多情

路面開始乾燥
感覺已經慢慢被影子裁量
天邊多了一道彩虹
看起來雨
比我更有同理心

有一隻中年的狗
在路邊等著過馬路
明明綠燈已經很久了
看著兩頭的天空比車流更久
看起來雨比狗更猶豫
牠看起來還有點濕
知道風並不只會吹乾牠
牠摸起我來時
會比雨更有一點彈性空間。

金星

黃昏的時候你打一通電話給我
要我看看外頭的月亮
旁邊正好有一顆閃爍的金星陪伴
而我無法彈出這種和弦

夕陽也會同樣照在你
搖擺的肩膀上
不能想得比它更沉重
你現在應該比我更溫暖
我因此感到更重

在一百四十秒之前
它們還沒有真正相遇
但是接下來我們此時
要一起見證了永恆

剩下的就是我們的事了
讓我們一起揉一揉眼睛
明明白白地再看一次
有了誓言而靠近月亮
更近一點的金星。

最近的雨況

最近雨都會趁著半夜
大葉欖仁樹不在的時候下完
我想是因為進入冬天以後
我的夢也不那麼浮誇了
不過最近我變得不太一樣
我做的夢太過實際
希望雨也可以跟我一樣
能夠儘量寫長一點
因此讓臉書的字體變得更小
這樣你就會不容易看見
我在想你了。

想要走得更遠

想要走得更遠
用逃的方法
學受過傷的飛鳥
每一次都還會記得
繞過月亮
學螞蟻也繞過喜歡的冰糖
刻意去遺忘

想避開櫻花開放的小路
想要走得再遠一點
遠離跟它們一樣美好的事物
掩飾偶而突然安靜的模樣
想用離題的方式
讓路人看著我
走遠走彎

不會站在牆邊太久
因為花的影子最近有些黏稠
看著一隻蝴蝶
感覺無法被它約分
就想要將自己對折
想要走得更快一些
我不想參加我們謝幕的儀式

一隻老狗已經忘記
曾經年輕
牠現在走路的時候
拖著一袋巨大的睪丸
我想走得更快一點
擔心此時拖在地上
無法處理的影子
也會一起跟在後頭
留下拖痕。

中年人與海

通常睡醒幾分鐘之後
夢就會被另一個夢掏空地基
我不知道哪一種夢
才需要脊椎
像一條伸直著一輩子
要著海水的碼頭
不知道是海需要碼頭
還是碼頭就是我
我應該看著那一種海鳥飛翔
才會選對主角

也許需要經常去海邊
站得挺直一點
海與你的生活
走得已經夠彎了
不需要再把夢導入進化論
沒有什麼需要淘汰
每一片海浪
都是唯一的屋頂。

我不知道我不知道的

我不知道我
平行在那一個
平行世界裡
我都照著鏡子裡的人
指示的去做
他要我哭我就哭
要我不哭我就不哭
只要對面的那個版本中
裡頭的你對她
比起對我
現在的版本中的她更好
只要有一個她過得好
我就會一直聽他的話
甚至我也可以扮演著
像鏡框的角色
跟我現在這個世界裡的
那個她
一起孤絕在
你們完整的光年幸福之外。

如果

你說當最後一顆星星
被捻熄的時候
天空就會真的黑了
你會再也找不到信箱
寄信給我

其實我會一直檢查信箱
像過去一樣
回覆那些不能寄出的信給你
但不能告訴你

我喜歡在初七之前
月光不那麼明亮的夜晚裡
倒數著我們還剩下幾顆星星
可以照亮一個故事的最少數量

也許故事最後變黑之後
還會長大
但肯定越來越與我們無關
當那些星星的手腕
再也沒有力氣扛起
我們努力壓實過的
淚光閃閃的時候。

永遠都不會懷疑

這個用 3D 印表機印出來的清晨
並不是真的
這些鳥叫的聲音太瘦了
那些掉落在庭院裡的落葉
也紅得不夠整齊
天空中的白雲雖然幾可亂真
但是它們的解析度不夠
移動的時候會刮傷畫布
連吹來的微風都需要加上換行
它帶著一點間歇的濕氣
樓下走動的那個老婦人
她偷倒垃圾的姿勢也太自然
顯然沒有把鬼鬼祟祟這種色票的卡片
印得跟我以前成功逃走的一樣

房間的小孩還沒有醒來
她們的臉看起來就像是脫模失敗的
可生物分解的環保型材料
客廳也充滿著毛邊
列印時沒有控制好溫度就會這樣
沙發不像昨天那種沙發的模子
一樣合身
外頭種植的左手香
味道竟然印成了玫瑰

還有還有
我發現昨晚做的夢還在漏水
它變成一團熱塑性樹脂
沾黏在我的枕頭上
這不會是真的
因為我一定不會留下有追訴期的現場
投影在這種半透明的琥珀裡
被有心的人送回原廠拋光

我想我應該用砂紙
或是鋼絲絨砥礪自己一下
也許是因為噴嘴剛啟動不久溫度不夠
還有還有
我的眼睛看起來被印得太過粗糙
也許只是因為我
今天被印成一種叫做醒來的程式裡
少寫了一個條件式 If
然後我就變成以下這種迷離的樣子
If you are not here
   Then   '這是放手的部份
   While(OR(To be, Not to be))
      Try to recall you
   End while
Else   '這是緊握的方式
   Try to forget you
End

那是沒有多大幫助的

打水漂的時候如果太用力
就會把自己給丟出去

打水漂的時候如果不用力
很容易就會在中途沉下去

如果要練習打水漂
那麼你最好在旁邊幫我數
我們最久一次可以愛幾年

不過我再也不想練習打水漂了
你每次數完都會多加上一些時間

那是沒有多大幫助的
我們的河流一直都很會測謊
你看著它閃閃發光的樣子
就會自動被我開根號乘以十了。

賽璐璐片

習慣了捨近求遠
捨本逐末
在不同的時間串旁
輪流坐在每一棵樹下
遙看不同角度的山坡
再把這些霧面的賽璐璐片
重疊起來
也許我就能發現一些
你曾經來過的蛛絲馬跡

我也習慣一個人在馬路上
帶著我的長焦鏡頭看著路人
四處走動收集每一種表情
然後再堆疊起來
也許我也可以發現一些
你出沒在哪些
比較明亮的雜訊之中
在遠處偷偷地
看著我如何已經失去了你
不需要調到最荒蕪的高 ISO
也要想辦法拍攝出
平淡無奇的樣子。

囚犯的困境

為什麼總是有人
定時會送給我們一個
裡頭是貓的箱子

如果我們沒有打開箱子
裡頭的貓也許就可以
一直把貓薄荷磨亮
要繼續演下去
或是擦掉突然不見

愛是不能被觀察的
它一樣不想死
但是也不能獨活
這是一個囚犯的困境

我們打開了箱子
就會崩塌成某一種箱子
另一種就會被撥號到
來電未接的另一個平行世界裡

我們一直打開箱子
直到分手那一天之後
才記起了哪一條平行故事線
才是我們一生懸命的溝渠。

讓我沒有說聲嗨就離開吧

為了不想在以後
把你當成一個新的陌生人
決定在夕陽裡離開
是淡水河曾經說過的
最有正能量的話

因為留下未解的困惑
一直是我的長項
只要順利進入黑暗裡
所有的為什麼
連白鷺鷥也回答不了

每個懸而未決
需要混雜在人群的喧嘩裡
才能不見的聲音
都會被以後的觀音山燒成一隻
多了幾個
半音按孔的陶笛。

鮭魚的眼睛

回憶是一隻活的鮭魚
活著是一條走過幾次
一樣的溪

我一直跟一隻鮭魚在一起
游不過某個沙壩
那裡能夠用上的蠟筆顏色太多
我跳不進那個石縫
那個石縫的水流最強
用完了我最喜歡的橘色
還畫不全自己的想法

在深夜的時候涉溪並不是
很好的主意
但是我還有黑色碳筆
能幫我摸黑飛行
希望你會在上游等我
我想跟你一起
在水最淺的地方
看十里深的月亮。

進化的愛

他們都喜歡橘色
他們都喜歡在陽光底下
牽著手也一起牽著眼睛
看著眼皮水波粼粼
讓它們慢慢揚帆
像一個頑皮的孩子
把壁畫越描越遠

他們也很喜歡黑色
越黑的房間越好
他們不需要看見表情
只要有聲音就好
像一隻蝙蝠
總是可以用耳朵摸到
它們是不是真愛。

在秋天的時候

秋天的時候
有人隨意擺放形容詞
它們四處走動
跟其它的名詞結婚

在張燈結綵的時候
湖水會被打破
比如美麗的蝴蝶
悔恨的蜘蛛
藍色瓦片的天空
冷冷冷冷的風

為什麼沒有人形容你
理解你的善良與體諒
當那些喜歡的女人
在很遠的地方
替他們蓋上了被子之後
你為什麼替自己唱了一首
當我們同在一起

每個人都在跟我說
你只能是一個副詞
我是信了也聽話了
不然我會無枝可依。

I am Fine

適合在夢裡爬上一隻長頸鹿
看著同一個月亮
吃著同一片反光的葉子

適合在每一棵不同的樹下
唱一首一樣的歌
但故意發出不一樣的聲音

適合一個人站在燈火通明的路上
偷偷使用附近摩鐵的 WiFi
分享同一個網段的鄉愁

適合把獨角獸多裝上一隻角
但是還是喚牠獨角獸

適合從沒有愛過的人那裡得到感冒
讓病毒經過你的孤單
再傳染給另一個不愛的人

適合在秋夜裡下雨
以一盞燈為界
用開關切開雨的聲音

適合等錯一個站牌

但下對了一個車站
覺得妨害自己的名譽

適合責怪一個時代
然後不厭其煩說抱歉
然後不厭其煩地說
其實也不怎麼必要責怪與抱歉

適合跟交通警察聊天
想像搶劫著他們沒有的手槍
再還給他

對路人拿下眼鏡
適合露出一對深情的眼睛
以為已經被他們看透
內心的膛線

適合給一隻發黃的路燈說早安
我怕來不及等到晨曦
它可能會來不及忘記
夜裡不斷撞擊它而死亡
而它也愛的那些飛蛾

適合對一個陌生的女孩心動
事前要她先說
並不會永遠愛我

適合一轉角就能聞到玫瑰的味道
但是不希望
她就真的站在那裡看起來
像荒野中的滅火器

適合在風中打上很多的小勾
選錯每一個路標註明那些才是橋樑
證明自己不是
一個來路不明的機器人

更適合在這個時候
吞一顆冷掉的黑糖饅頭
但熱淚盈眶
然後對自己說
Don'y worry about all
I am fine.

√ 再出來一點

再出來一點
再出來一點
不要那麼深入
不要那麼螺旋
我會瘋狂
我會窒息

燥熱時區

它戴上茉莉花的錶
在盛開的腕心上頭

像香味也坐過頭的圖畫
窗外有無關的蟹黃

一直喜歡每一種旋轉的比喻
因為它們都不會離中心太遠

燈火擺動在蝗蟲眼中的燈火裡
我只是其中一種沒有聯繫過感情的湖濱

我想睡了而你或許正在心碎哭泣
也許進入夢中就想像我們都穿好天鵝絨了

每一個犯錯的人都故意忘掉了密碼
每一個竊案都是妄自菲薄

鐵杉林立在今晚六點三十分左右
黑夜已經像啤酒花一樣結成虛擬的果實

你的頭髮在路燈中撥放我欠下的款項
剖半的蘋果紡著鐵青的腕中紗

露台上的玻璃依然待時間不薄
誰穿上一件毛衣就叫他做一種
連雨也會讓坐的旋轉斑馬。

一到半夜就想離家出走

半夜雨大

眼角膜都撐破了

再也看不清楚

窗外那些流下來的車燈

是活著的

還是死著的

那麼多的四十歲

除上那麼多的二十歲

再怎麼收拾尾款

都還是裝不了

這使得秋天的雨更大了

野狗都沒有人管理

牠們吠了一整條街

趕走了路燈

這世界不會有鬼好嗎

只會有死不了的

中年男子。

再出來一點

再出來一點
再出來一點
不要那麼深入
不要那麼螺旋
我會瘋狂
我會窒息
我快要生成愛
再出來一點
讓它和我們一樣都
損失一點
我不要你的無懼
我不要你的勇敢
我需要你的害怕
我需要你徬徨更多
再出來一點
再出來一點
聽著我
看著我
聞著我
停下我
揭發我
懷疑我。

不科學

明明約好要一起去的

這不科學

要去就一起去

不要留下我

佔領空屋

求雨

參加喪禮

跟不太認識的人雜交

喝沒有櫻桃的馬丁尼

這不夠科學

我們應該一起到達

要有個人可以分道揚鑣

不用一起死沒有關係

反正下水道一個人只有一條

這也不科學

明明我們一起丟掉沿途

要走到天氣支撐不了

明明我們已經

一起用同一顆幫浦打水

用同一根圖釘固定了誓言

說好一起做一個比對方更久的人

最短的人才能成全最執著的

這完全不科學

我們的物理性質已經很接近

我們的電化學反應很完美
我們的生物考卷都是一百分
這太不科學了
明明我們已經瞭解不可逆反應
但為什麼
但為什麼
你就突然頭髮分岔
你就氧化還原
你就補充了水份
你就偷偷拿走了我僅存的幾朵焦耳
這好不科學
我們明明說好一起吃一包科學麵
約好要跟鎂一起瞬間完全燃燒
要跟硫酸銅一樣藍到癲癇
要在坩堝瓶裡永不分開
酒精燈是沒什麼在怕的
因為石棉網會讓我們緩緩幸福睡著
這明明就不科學
我們不就只是想要一起
抱緊彼此睡到天亮
但是你一個人就醒過來了
上個廁所就醒得更多
你說你被大水沖走了
我就信了
但是我怎麼還在床上
變成了語言的外掛呢

Bonne nuit, Bon Voyage
這不科學
這不科學的道別。

那麼說好的悲傷呢

如果集中所有力氣
悲傷一百天
聽悲傷的音樂吃哀憐的飯
看憂傷的人走過去而快轉不回來
就可以順勢將他推倒
停用社群網站幾天又打開
唯一的規定是自己
不可以被任何一個笑話干擾
對想要轉載一個人這件事
那是多麼大逆不道
說好的悲傷我很聽話
嚴禁自己一個人再去看海
那裡的傷心會失敗
悲傷的島嶼並不在北方
要讓悲傷置頂
加速老化壽命測試
消耗冷掉的卡路里然後
沒人再給大心的時候
收集所有數據
做迴歸分析預測趨勢
對結果吵吵鬧鬧
說這個物理實驗
能不能重來
那麼說好的悲傷呢

也許再啟用社群網站

一再確認完全沒有任何人按過讚

一再確認他們也是跟我一樣無感

那麼我就不再需要悲傷下去

因為他們已經先學會了

比我更快

把你忘掉。

我用一盞燈為界

我用一盞燈為界
一邊是雨
一邊是雨停

我的臉看起來
就像是一顆被你
數著的骰子
投在牆上
最後得到的都是一

但燈的開關除了一
還有零點幾
比開窗更具同理心
我想改以黑為界
如果最後只是無聲電影
我希望雨演壞之前
可以先停。

意圖

她意圖跟我保持一個意圖的距離
她用眼睛的一個須臾
驅趕著我的一個須臾
我無法用我的蠟燭點亮她的黑
我也無法用我的暗感染她的黯面

她是那麼聰明就事前知道
這個人前上場會愛她最深
但後半場會負她最久

她是怎麼知道的呢
桌上的橘子並沒有開始腐敗
她又是怎麼看守那些會發光的黴菌
知道我的天氣將會變臉

不過最後她說好吧我讓你進來
我也不是省油的燈
我知道她想要前半場送給我
然後後半場臨陣脫逃
我不會讓她這麼做的
我們的愛
不會中場休息的。

傻傻分不清楚

我分不清楚
哪一隻蟬是叫在哪個人家的樹上
我分不清楚哪一些樹
在哪個人家的院子裡
失去丹田而喑啞
我分不清楚它們
要不要我做出回答

我分不清楚煩躁不安
與無濟於事是不是一樣
我分不清楚
閉上眼睛跟摀住耳朵
誰比較有效
我分不清楚我
當一棵樹皮剝落的梧桐
還是掉漆的欄杆比較好
我分不清楚
我現在賴以維生的
是哪一種客觀

我最怕分不清楚我
是有顏色的聲音
還是有聲音的顏色
我分不清楚它們為什麼婚後

才要求給一張證書
非要一輩子
不停的換手才分得清楚
是不是只有緝毒犬
才能聞到藏在最深處的
一生註定的味道。

你們都要回來吃晚餐

媽媽從來不抽煙
因為她是抽油煙機
她最喜歡燒的那一道菜
是煙最多的
我們最喜愛的
九層塔菜脯蛋

最近她說話變得特別小聲
她的濾網上都是煙灰渣
她自己已經可以換瓦斯桶
但是不會自己換濾網

如果可以回到以前
小學的便當菜裡
我想跟她說
我一點都不喜歡菜脯蛋

醫生說她的肺慢慢變小了
沒有辦法擴張
所以我把菜脯藏了起來
今天她打電話氣若游絲地跟我說
媽媽今天煎了醬燒燜魚頭
你們都要一起回來
都要一起吃晚餐。

寫給冰箱的信

你寫給冰箱的信我都有在看
我並沒有扔進洗衣機裡瘋狂
我總是把頭伸進微波爐裡直接按5
因為我要比電鍋更不勇敢
再回到瓦斯爐上繼續鍛鍊憂傷
吸油煙機是不願意收拾眼淚的墳場
我要把回憶混在洗碗槽
杯盤狼藉是必要的混亂
我不能回這封沾了油水的信給客廳
因為一旦沙發感覺被需要了
日光燈就會突然變回暖暖
我們就再也回不去冷藏的夾層
那裡頭的鮭魚卵早就已經死亡。

不同的愛

愛最怕我睡著了
這樣我就攝不到
它在牆角
用心排好的那些卵鞘
一顆顆粒粒飽滿
像秋天的稻穀
等人認養

那也是愛
不過那是牠的愛
不是我的愛
我的愛不會讓我得到
密集恐懼症
但是牠的會。

咖啡廳的政治正確

一對男女在咖啡廳
從面對面談起恐龍
到肩並背變成飛旋海豚
然後一句你愛我嗎我就愛你吧
就結束了海洋生活
一起爬上了陸地穿上粉紅色的婚紗
再問一句你願意嗎好啦我願意
就很快地剪掉了臍帶
在座位下生下一個
自問自答的小孩
而在我離開去了一趟洗手間之後
我看到店員剛收走
一張離婚協議書
他們不知不覺
又談到第二個小孩

這一定是忘了加上奶精的錯
黑咖啡其實太苦
蜂蜜口味的鬆餅也使人鬆懈太多
這一定也是我偷看太久才會看到的結果
我總是被這種進化的過程所著迷
應該在正午日光稍微傾斜的時候
就非常不禮貌地坐到他們的旁邊
然後趁其不意

在他們正在交配的時候
像分開野合中的兩隻金龜子一樣
偷偷拔起任何一個人就走
咖啡廳裡不會有員工攔阻
在椅子上亂生小孩的大人
被帶去附近的衛生所

那店員一定看過比我還多
那店員都已經認識我
知道我只會寫詩
才剛開始學著寫小說。

精緻的復仇

每次下大雨的時候
她總是想要推著我年老的輪椅
丟到大街上
看我一頭霧水的樣子

所以我決定在年輕的時候
就一直鍛鍊我推輪子的手掌
永遠記得身邊帶著一把傘
還有自己學會綁上尿袋
如果那時候沒有雨
卻只有烈日燃燒
我也要好好地演活一個日晷
不會讓她感覺我被其所害
也不會讓她變成
不小心在夢中加害於我的人。

你不會懂我寫詩的意思的

我怕每一個字
都被你認真地連貫起來
路都被打通了
橋段都體會了
散步的人也懂了
六脈神劍也無師自通了
可那就不是我現在的雨
一直下著的意思

我也不知道我的雨
和雨裡的弦到底有什麼不一樣的意思
反正如果你說喔喔我大概知道了
那我就大概知道你
已經不懂我的意思了
那可真好
你終於有了你自己的意思了
我終於也有了我自己的意思了。

右手的手腕

右手的手腕中有一條樹枝受傷了
我懷疑被同一隻一樣重的松鼠
走過很多次
如果故事可以有時鬆弛有時緊
那就會太好了一點
但或許只要閉著眼睛
就會被說服
那其實只是風
並不是我耽溺過的陰影
那其實也不那麼沉重
因為並沒有人還在停留
它們只是葉子留下的歎息。

搬家的時候換了一張單人床

搬家的時候換了一張單人床
店員不厭其煩告戒我
你不可以這樣
讓別人孤單睡地板
我知道她很好心
不過也管太多
把自己塞進剛剛好的行李箱
夜裡熱熱鬧鬧旅行的時候
也不會有聲響
我只是不想每個晚上
讓自己尷尬太多
如果有多餘的農地
我會一直想要在半夜起來
埋一顆球莖
拉高一支鬱金香
再拉高一些直到剛好

店員還是不以為然
不知道我在說什麼
我看得出她的單身生活
幸福美滿
但又不知道
球莖是什麼。

最怕半夜醒過來

最怕半夜醒過來
想起今天是頭七
我一生中最清醒
最誠實的時候
就鉅細靡遺地想起你
你早已經不在我的海上
你在別人的海上

最怕靈堂布置得那麼寫實
不是印象派的那種
抽象但失去隱喻
有音樂性但聽不懂的樣子
但是蠟燭還是虛構出來的燈塔
我姑且相信自己在黑夜裡並沒有死透
才能打開眼睛像浮標
浮浮沉沉
回憶你。

像我這樣一個經常嗯嗯的人

喵喵從不問我人在哪裡
在做些什麼
不問我
是不是喜歡牠
當我像個孩子一樣熱鬧
告訴牠關於生活的種種
牠只是嗯嗯
並說了晚安

牠讓自己看起來
像是一隻有禮貌的貓
體毛溫馴
巨蟹無誤
雙魚有機會
金牛不可能
天蠍就罰我掃廁所
牡羊掃完就可以

牠應該也修過一點哲學
還有心理學
也可能談過幾次戀愛
被傷害不深
但別人嚴重到掉漆的那種

像我這樣經常被嗯嗯回來的人
有時候也想要已讀不回
去牠喵喵的各種晚安加幾的儀式了
這就是我棄養自己的方式。

層次

屋簷上有一個蜂窩
既危險又甜蜜
它看起來就像一盞燈
或是某一段遺忘的旅程
提醒我
我仍然還在黑暗裡
需要眼睛
看著她到底
能讓我的雨在一個晚上
降下多少 Key。

我們秘密的雨林

想要寫一首詩給你
跟你說出我的感動
告訴你沿途的風景和心情

迎風交接著斷木初新的香氣
自河谷升起的霧海
以及將要淹沒
在暮色中的聖崚群山

啜飲一口一口冰冷的空氣
身體就像一隻長笛
秋日為遠方伸出紅色的臂膀
弦月就升起
白日隱退至山谷中
消逝得無聲無息

多麼想要跟你說我的感動
傾聽這裡的暗夜林中
動物的呼喚
我沿著七家灣溪走進深處
在月光灑落的森林空地
聆聽為你的秋芒留下的靜寂
看螢火蟲像輕盈的雪花般飛起
只要我讀著惠特曼的草葉集

它們就會悄悄地
被更輕的種子掩熄

我忘了告訴你
在現在的無邊黑暗裡
我現在還牽著你遠方的手
你正要帶著我走出
我們秘密的雨林。

CAPTCHA

我要勾多少次不對的交通號誌
店家、橋樑，車輛
猜猜誰不是草間彌生
誰才是平底鍋
全部的回答都寫錯了
才知道了那些扭曲的數字和做人的道理
還有那些愛過的人的臉
坐過的巴士與一直失望的路標
都已經確定不會再重覆
出現在框框裡了
而且沒有略過這種選項
才能證明
我的確是一個機器人呢？

你是我想要掏空的樹心

接住一片落葉
再抬起頭來看看樹梢
原來發現那是一棵樹
說出故事的最後一句

我不願意變成另一種
接下來就不管的人
手中那一片葉子
還沒有好好撫摸
潛葉蟲還在裡頭持續修練
它的愛情

我也很想學習放下
刻意忘掉信箱的密碼
我也就不再記得
你最後留給我的
只是一封枯葉
卻當成了雲淡風清的信。

東方美人

你送給我的那個杯子
外頭是一片彩虹
彩虹的盡頭捲繞在杯口
像一個熱氣球的柳條框

煤氣罐有時也有它
想像氧氣的時候
它需要泡一包東方美人茶
茶葉就會像撕開的豔火
只有兩成的愛比較立體
可以二度發酵
某些跟靈魂類似
可以著涎的成份
就會是一個熱氣球

我們的愛
都是一心二葉
而獨特的熟果與和蜂蜜香味
都來自小綠葉蟬
那是我們最早信仰的宗教了
是我們可以持續飛行的
高溫殺菁的理由
直叫人以八十五度C生死相許。

濕濕的

她們告密說國中教科書
書本合上的時候
男女的性器官就會碰在一起
這樣是不可以的

我也覺得不可以
這樣會比較痛
女生不喜歡沒有先翻過幾頁課本
看過目錄
以及先讀過幾行註解
就直接進行填鴨式的教育

不過她們好像也忘記了自己
也曾經是小小的課本
要被人印刷出來之前
都是濕濕的。

奇怪的鋼琴

家裡的鋼琴
琴鍵上佈滿了灰
最高與最低音部最多
已經很久沒有看到過
風走過那裡

中音的部位都差不多
光滑明亮而且喜歡重覆
但忽然的黑鍵不再忽然
像日子裡頭的更小的日子
不再緊張

它一直到達不了最高
都是我不好
我太迷戀 C 大調
過於規律、平淡無奇的說話
生活從 Do 開始
結果總在高一點的 Do
是最能夠持續美麗的圓周

我說現在一切都依妳
不再去探索月亮的陰影面
不再浸潤於低音泡沫
因為它們都已經脫臼

喜歡按下去的時候妳說 Fa
並且困在我的
兩條線裡頭輾轉的樣子
妳的深邃就是一條純淨的河流
快到盡頭的時候
我會聽得見我說
我愛妳。

半夜睡不著起來倒水

半夜被除濕機的馬達聲一直攪動
化作血水前也就是這個樣子
透明乾淨而且心情微薄
姑且帶一點心機但是允許毛邊
像一隻貓彎成一隻木槌
怎麼看這世界就是個盤子
需要被敲打被拍拍到睡著
或者直接愛愛會更好
那麼化作老狗讓牠的耳朵進水
也就是一直搖搖頭說不要的樣子
我是可以像異物一樣被甩開的
而且姿勢還會是你最喜歡的傳教士
因為進去的角度一直很重要
所以靈魂被抽出來的時間就能算得剛好
在溼鞋子離開海洋爬上陸地
檢查呼吸說你已經可以徹底離開濾網
包含但不限於
獨自一個人可以愛我的時候
我就可以把水拿去倒掉了。

雨中

一度以為鄉愁都是一樣的
後來才知道
你的是在天邊
我的在腳邊

其實鄉愁不一樣
也是可以理解的
你彎出你的九重葛
我長出我的地瓜葉
互不相望
也是可以

一度以為我們都是一樣的
都是靠著忘記自己是植物
而瀟灑過日子的。

今天的香蕉

今天的香蕉

好肥

挺強壯

很體貼

又慈悲

有成佛的體會

懂得諒解自己的

出來的角度很美

顏色也配

沒有一點虛偽

再過去就是一顆橘子了

再過去就會是一顆蘋果了

再過去天就黑了

它克制每一次會瘀青的機會

幸好有另一個我看著

沒有消失不見

沒有消失不見的

還有影子

三米深的部份

也扶得很好

我也不過只是一根不會冰的欄干

也沒有因此被人看不見

沒有人可以誤解

從你身體裡偷走的

那根香蕉
是不是已經全身而退
一切摸黑的過程
還算善惡分明
你還在或已經不在
我現在已經泛黃的香蕉
一直說這一切
都已經無所謂。

冷冷的

冬天就應該像今天一樣
藍藍的
刺刺的
溫溫的
淡淡的
風微微的
雲飄飄的
樹灰灰的
河流懶懶的
城市遠遠的
觀音山輕輕的
小麻雀不見的
玻璃窗髒髒的
蝴蝶死掉的
眼鏡度數騙人的
心裡想著那抱不到的
只有今天才會這麼奇怪的
我如果現在死掉
你也不會問我
會不會冷冷的。

二零一八

面臨二零一八
這即將用舊的一年
我打算今天突然慶祝我的農曆生日
不告訴別人
只告訴香蕉
在黃皮書上寫上我愛你
放到今天早上
讓天氣大好
然後翻開一頁
連皮吃掉
我也不喧嘩
已經繞過半個地球來睡午覺
在赤道上想了幾種可能
存在的猴麵包樹電話亭
寫幾首幾年後一定會刪掉的詩
還有把別人在明年一整年也
不會得到的扁桃腺炎
一次都採買完畢
放在今年即將出版的第一本詩集裡
發點神經啦不然我也沒事可做的樣子
我也不喧嘩
會喧嘩的人都好孤單
孤單的人雖然好看
但話都說不長

不喧嘩的人比較有格調

看起來很帥

能獨立解決腋窩經常長出很多毛的問題

才能經過很多二零一八

它們看起來像一條拱橋

期待每年全身健康檢查

把底下河裡頭翻不過的水草

整夜拆除不必要的隔間

讓它們永遠記得

他的模樣

他的模樣

她最在乎

有人在胸前用口紅

不懼敵人威脅在碉堡外

跟香蕉拼了

寫下我愛你

手臂環著我最喜歡的掩體

我說沒有關係的

這樣也可以

不用爆乳也可以

可以生日快樂了

一起

當我們還在一起

同在一起

在一起的二零一八。

夢見

夢見我是一條死魚
那魚被我親手土葬
我挖了一個
像海那麼碗大的夢

夢裡頭你有不在場證明
你說我已經浮上來很久
早就是屬於海上的男子漢
每個人都知道
喜歡我是因為我是燈光的開關
只要用力往水裡按久一點
房間就會發電
越來越亮

你不在海裡的時候
我可以自由自在的
彈吉它
說蠢話
網購會撒嬌的東西
對自己說散就散
或者沒有扶好欄干
一下子把海水放掉
這就是我喜歡的土葬。

老梗

一切都是冬天的錯
讓風吹成鐵捲門
把我的扁桃腺壓成一個
頑皮的小孩
一切都是感冒藥三天份量的錯
圍巾如果無法繞樹三匝
疼痛便將有枝可依
老梗如何能夠吞嚥一個
在夜空中上了膛的月亮
一切都是喉嚨的錯
你的愛在今年的冬天特別敏感
努力想要咳出來的話
都在旋轉。

忽聞雪花將於子時停

聽說今天的雪
只下到晚上十一點
你那邊的雪
也是這樣吧
雪花有三種
小的
小小的
比小小的還小的
那麼多年來都是一樣
雪一直下著
有時候剛好我們都在
有時候剛好只有我在
有時候
別人也在
我們一直在窗子裡頭
一直看著雪花
飄落在各自的屋頂

我們有時候只有我
我們有時候也只有你
我們的雪有時候
只在乎自己的大小
裡頭的語意
或是使用驗孕筆的時機

但都是六角形

有時候我們拿著扳手

一起鬆開那些雪

有時候也旋緊

有時候

也可能是你們的雪

融在我無意敞開的胸口中

有時候沒有特別克制那種雪

就會形成一條河流

它流出袖口

也就結冰

因為我們一起

總是看著一樣的雪

卻從來沒有出門

一起打過雪仗

這樣的雪

品質很好

但是太老

那枝中年松樹的樹幹

跟要斷不斷的夜晚

有一樣的訣竅

像兩張連在一起的郵票

如何讓雪能夠準確下到

這些洞裡頭

才能把它好好撕開

又不在雪停之後
被追問原因

這有點難度
已經過了十一點
打洞機找不到
雪已經喊停
雪沒有積蓄
接下來就是
你們的事了。

睡了別人的老婆很多年

跟別人的老婆們
一起睡了很多年了
最近她們覺得這樣不好
在一起的朋友會說話
她們都知道我很愛她
她們也很愛我
喜歡抱著我的感覺
以前她們說我是尤加利樹
整個床就是我們的澳洲大草原
有時候我也當自己是一隻袋鼠
因為無尾熊總是爬得比較久
大樹就會睡著了
她們喜歡被我裝進袋子裡頭
露出兩個圓圓的眼睛
我已經習慣揹著她們跳過走過
每一條在夜晚因為傾斜
而滾動的地平線

她們說她們想要自己睡了
而且這是在我沒有察覺到
她們施展一切薄弱的法術以後
交往比較久的那一個老婆說
她覺得我們不應該再
這樣曖昧不明下去

我們遲早都要分手的
我也知道
不可能我一直繞過半個月亮來睡她
總有一天她一定會想要有
自己的小床
馴養一隻自己的小狐狸
還有對一隻玫瑰負責與反悔

至於比較晚才交往的那一個
別人的老婆
就讓我再睡她一陣子吧
我想現在她應該還不會太介意
這些相愛中的
多肉性植物感傷。

山就在那裡

不會跑的

我活的沒它久

死的也沒它平坦

它就在那裡

等它征服我

征服它的欲望

不要越級打怪

先從小山開始爬

讓小山感覺

又被長高

再被修稿

再讓大山讓你感覺

雲霧繚繞

以為它是我的最愛

可以一起地老天荒

可以鍛鍊意志

到達最高

能打敗魔王的

只有最後一隻魔王

我要像愛她一樣愛高山

我要像愛自己一樣愛魔王

沒什麼在怕的

愛就在那裡

不會跑

我進去的時間比她久
我出來的樣子比她只少了一點哀傷
爬上她
爬高她
讓她變成一座真正的高山
被她說你真是囂張
你也是說值得了
可以再爬另一座高山
雲霧更繚繞
風更蕭蕭
只要看著底下的小山
就會雋永地微笑
傻笑那些曾經爬過的人
只爬過一點點
刻骨銘心的碎石坡
並沒有機會變得更困難
或是更髒
我現在像一棵樹的形狀
兩頭都在分岔
風也繞過我的白頭髮
沒有一點故事性的吹拂是
浪費的敘述
也許是一整年苦惱的總結
開花也要到明年春天了
山還在那裡而空投後擱置的感情
不會跑的。

粉筆死掉了

粉筆死掉了就會變成板擦
板擦死掉了就會變成黑板
黑板死掉了就會變成值日生
值日生死掉了就會變成便當
便當死掉了就會變成蟬聲很吵
蟬聲死掉了就會變成雨
雨死掉了還有雨逃走的
雨再死一次就會變成看著雨
再看著又看著雨死掉了
就會變成曬著秋葵
曬秋葵一旦死掉了就會變成硫酸銅
硫酸銅是不死的但是不得不死的時候
就會變成關窗簾
關窗簾也終於必須死掉的時候
喜歡他的女人也會一起
跟著死掉了就會變成開關
等到開關已經死透並且忘記粉筆
一開始寫過的名字
被板擦好好愛過一回的模樣
你就可以依此類推
回到開學的第一節課倏地站起來
佔領一開始
被逼著自我介紹的地方。

故事線

那個人離婚了
離得真好
跟很多人都一樣
山坡最後變得和緩
像我也一直想要期待的那種
童話故事的彩蛋
從此過著幸福快樂的日子
可以放一串長長的鞭炮
半夜終於能夠衝上
有雪意的高山
留一把花枝招展的鬍子
買一個好看的煙灰缸
在冰箱塞滿一打的鳳梨啤酒
以及徹夜開窗睡著
跟星星一起寫詩之種種閃爍亮片
比如突然打出不認識的導演名字
與臨時演員的滾動名單以後
天就更黑了
一點都記不起來
怎麼會寫到了這種象徵的手法
才忘記了原來我們一開始
都忘記了對意象綵排
如何一起生一個別人的小孩
然後在散場後的戲院椅子上頭

如何踩碎那些遺落在地上的
零亂的爆米花
那種喊卡的聲音
也不過就是一種有捷徑的
簡潔的傷感。

雨的狀聲詞

那一天雨停之前
我們關室密談說好的
你負責向後轉
我負責嗚咽的條文
我們寫反了
我負責向後轉的部份
做得不夠好
你負責嗚咽的時候
入戲也只有三分

雨大概不會真的想停
所以我們多考慮了幾種狀況
也因此還留有一些但書
是為了雨在
要下不下的時候
就一起向右轉
只要目光沒有交會
風也輕輕地吹起我們的頭髮
一切都可以再談
一切都可以再談。

鑽床

她們一直抱著膝蓋
想要跟雨一樣
對著一座井
投進我

那一年我就因此學會
鑽洞的技術還有分辨
不同聲音的雨水
是來自哪一種女孩

下在井邊的石頭上
或是下在汲水木桶中的
聲音我都懂

直接下在我裡頭的
我就不懂了
她們沒有撞擊的聲音
讓我不知道
從何躲起。

我所不能了解的事

我記得樓下的屋簷
不是留聲機
但是它們為什麼感到
有一些東西
不斷地從身上滑落了
昨天的這個時候
想必還下著雨
你沒有聽見更多
我想是因為你不想知道
跟今天的雨聲
還會疊在一起的
除了月光
就只有你了。

從聽你的歌開始

從表達早安的致意到
不再聽你的歌
暗示晚安
你都懂
文字開始多餘
因為讓人感到無力
或者在光天化日之下
我也代替你
聽我自己唱給你的歌
感謝著遠方某一棵桃樹
你刻上的名字
讓我也用迴紋針
別進你的聲音
在我的海馬迴的
詩無達詁裡
這不就是我們一直想要的
靜靜的生活了。

最近的弦理論

我穿著它游泳的
最近的天空
是一件藍色的
木質雨衣
有時候我會巧遇
一隻彈著眼睛的吉他
它愛我的方式
就是一種用睫毛的紋理
辨認燈塔的一種抒情
我喜歡這樣的弦理論
每一次撥開水流
都會回來
更多的新浮萍
在每一個夜晚當它說
我很愛你的時候。

半夜睡不著的結果

半夜睡不著
必是被暖氣所苦
我不夠潮濕
讓夢因為乾燥
龜裂成兩種試作的方法
一種正在聽我的歌
另一種一直在跟我告別
這兩種方法都要
保持局部的清爽
需要提前說聲
對不起
比如我踩雪的時候
應該輕一點
又比如我的雙腳
提起的時候
要更溫柔一些

腳底下已經踩實的
那些草皮
當我離開夠遠
聽不到我自己唱歌的聲音了
才開始慢慢重新生長出來的
與我無關的那種虧欠
提前說聲對不起。

我們都說好

我們都說好
不再進入那一座城市
城市的那一座 公園
沒有樹木在生長
我們瞞不住
我們瞞不住
在天冷的時候
沒有葉子可以落下
蓋住我們
可以說謊的身體
我們的話經常在裡頭都會說反了
領口太高而背太赤裸
這樣見面的時候
只有跟在後頭的城市會知道
那是愛
所以儘量不再談論
同一個地名
不要圍繞在同一個籬笆旁
不可以追同一隻健康的鳥
不同時跨過一條河流
最好避免在不同的風裡頭
唱同一首歌
說好在各自所在的城市地圖上
一起種下一棵顛倒的樹

但不說樹名
不要選會長出藤蔓的就好
它們遲早會纏繞在一起
我們的城市一直都沒有
足可以防止洩密的防波堤
所有的秘密都會秘密地分岔
所有的分岔都會秘密地匯合
這不是我們可以說好的事情。

正在寫詩的時候地震了

地震就是
我的板塊突然失聰
擠壓到
你的板塊
但你的比較大隻
你突然要變成我的大陸棚
我的比較主動
像漂流的島嶼
你不回應的時候
我說的話就停不下來
我要不就變成高山
不然就噴出岩漿
有時候搖晃幾棵椰子樹
試著讓人類的房子倒下來
就是讓你知道
我喜歡上你
這種縱波並不是好惹的
不要讓我一路思念到九級
你才真的理解
海嘯也跟我一樣
是一波一波喜歡上你的
你不會知道我的
馬里亞納海溝
也是那麼深的原因。

螃蟹與水草的愛情故事

這隻螃蟹是怎麼回事
坐在我旁邊那麼久了
跟我一樣不下水
又不逃跑
兩個圓碌碌的眼睛看著
比我更亮的風景
我已經不能再換顏色了
我會被發現
我比較像是一朵水仙
而不像是正在
某人身上思念的苔蘚
這螃蟹是怎麼回事
牠往我這裡動了一下
牠忘記了它的天涯
是橫的並與我的垂直
我也動了
我比較喜歡第二象限
那裡比較溫暖
又接近河面的
水星逆行。

我不是最渴的

當這個星球所有酒館
都收起來的時候
我並未因此不感到渴
當所有的人帶著私釀的酒
聚集在海岸
與到達海岸的路上
我並不因此感到
我是最渴的
當所有的酒瓶都騰空的時候
那意謂著
星星也醉得比過去茫然
我並不因此以為
再看見你的時候
我是否還能感到口渴
當你像一隻蚊子的口器
並且肆虐在
每一個碼頭的夜裡
所有人因此都露出了
肩膀與頸子
那是他們表達寂寞的方式
這樣也不能代表你
有足夠熟練的技巧與勇氣
可以逃避我的唇蜜。

暖暖包

那裡也太冷了
超過我無法回頭的地方就是不可以
多看一眼
多踩一尺雪
你的過去一定要那麼侷限
只能穿著羽絨大衣
才要感到寒冷
回到較為溫暖的雨國裡
水像是雪意的筆名
我認不出是誰寫的詩
風格雖然都是固定的
但開出櫻花的態度不同
就是不同了
再回到更為溫暖的手心裡
那裡的暖暖包已經
跟心一樣變硬了
裡頭的鐵沙
不一定是最聰明的
但一定是最能適應將來的
萬一不捨的時候
可以不脆弱
也會堅決如鐵
讓你感到熟悉。

說好只想當一隻長頸鹿的

脖子越長越好
身體被關起來也沒有關係
反正只有身體是給你們看的
比較傷心的故事都抽送在脖子裡
我只要一伸長就能來到海岸
可以直接放下一個故事的錨
我只要再伸長一點
就能再放下一個更舊的
每個故事都是一個秘密的海螺
只要我的身體還沒有腐爛
別人就不會問我
你是不是還在那裡

聽說脖子越長自拍越好看
臉會是最清楚的那一種
可惜我按不到藍芽遙控器
目前想像力的規格最多只有十米
它還掛在我跳動的胸口上
是有點危險沒錯
反正也發現不了
他們比較在意我身體上的花紋
斑斕的樣子沒變就好
只要我一直是被關起來的
是一隻斑馬也是可以。

一切就可以結束

我看著你的時候
是一條青草
你看著我的時候
是一滴背著我的雨水
我們一起看著的
是一陣風
但是風把我們分開了
風並不是無情
我們都知道時間到了
只是不想
不想使出自己的腕力

我看著天上的雲
其實雲也並不想多說什麼
它們比我更不想使用力氣
只要時間到了
大家都說好每一種
下雨的方式
那麼那麼
一切就可以結束
一切就可以結束。

困難

困難的是孤獨還是維護得那麼美好
困難的是
只有我看得到
困難的是那又怎麼樣呢他們也有
也有跟我一樣的巴別塔
孤獨的時候被火燒的模樣
都像櫻花
那又怎麼樣呢
櫻花鋸齒般的葉子也很困難
它根本割傷不了人
但是仍然想要
切割著什麼
保留自己的餘地
那又怎麼樣呢那又怎麼樣
呢。

並沒有特別不同

Enter 與 Backspace
差別只是來得及後悔
或者來不及後悔
或者說這就是人篸
與當歸的不同
後者只是小學生的數學
只要算對回到家的人頭總數
比較麻煩的是人篸的篸字
一點都不好寫
不同的還有很多
比如枸杞還有杜仲
拜爐火的恩賜
最後總是無法比較出來
誰影響人篸的筆順
多一些。

早上雨很忙

一直在喬花
花在更早的時候
開得太快
就走彎了少年
露水喬不好它
雨就下來了
雨也喬不好它
雨忘了喬眼鏡
它看不清楚喬的
是我還是她
還是小花
雨越下越大了
它不想重新下第二場雨
這樣會很容易忘掉
花在哪裡
我也會忘了
妳在哪裡
雨越下越大了
幾乎貼著玻璃在下了幾乎
它真的不記得了
為什麼想要
喬那朵花。

發漏

我與一個便利店女店員的關係
是如果要買鮪魚口味御飯團
就可以帶一小杯美式咖啡
特價就會是四十九元的那種關係
並不是那種買了小杯美式
要發漏特價四十九元
就要帶上鮪魚口味御飯團的
那種關係
這種正常的關係她表現比較冷淡
而且我跟其它男人都一樣
不想在一大清早
就受到火隕石的創傷

她說大哥今天還是一樣的嗎
我說是
她不需要吃翻譯蒟蒻
就知道我跟她之間的交易
一定是政治正確的
不會有不正常的中出行為
像彼此發自內心的
詩歌交流活動
突然中止那樣。

好樣的雪

深呼吸呵一口氣
雪就斷了
但雪並沒有斷
我的肺比雪更髒
雪的肩膀比我更平緩
但我不依
因此我熱了一碗泡麵
在雪中熱雪
我有欄干可以靠著
雪並沒有
雪還是一直下
好樣的雪
它下在更遠的地方了。

—

拉拉

他看著我的時候是抱著一隻拉拉的
顏色跟我的白頭髮一樣短
這一次不知道牠叫什麼名字
我真不乖
不應該想起為你空出來的
那一棵棕櫚樹
也一直還沒有名字
我跳船逃走
奮力游泳到達的這個島
也還沒有姓名

後頭的牆壁顏色也變了
我想是因為我的關係
不然就是他唱的太慢不然就是我
走得太潦草

他也不乖
說好不可以先唱歌的
但他還是先唱了
一首我們來不及聽過的歌
在高音的地方停下來顫抖的時候
他抱起拉拉來遮住他的臉
不准讓雨那麼輕易落下

那首歌叫作木魚與金魚
因為比較輕的雨會打在棕櫚裡
比較硬的雨
會繼續咬花在金屬上
雨只要冷得夠久應該就會懂
雨聲薄的品質最好

他可以輕一點
再輕一點
微笑唱著歌也是好的
我打著傘聽歌
忍住了旋轉。

像消防栓的東西

謝謝你終於
拔掉消防栓
時間一久了
就再也不會
想起下頭的水管
可以拯救
已經熄滅的火災
最後
要避免走過其它
像消防栓的東西
比如一棵開滿艷紅色
楓葉的樹
或是被刀子不小心割傷
流血的手
它們都是會
讓人臉紅心跳的東西
都會使人著火
避免在秋天
做需要割紙的美勞
當然要避免在地下室寫詩
這樣燃點是最低的

最後最後
也要避免走過

不像消防栓的東西
所有已經被它
撥開的兩種世界
都是特別要留意的
因為忘記這件事
是相對的
如果我不得不
要避免看到像水管的東西
我就不可以只是
用清水沖洗地板
或許要
加點愛地潔這種
意圖使人不能保持純潔的美好
那些多出來的形容詞
讓人感覺美好
意圖使人忘記主題的副作用
沒人意圖說穿。

毛線雨

我希望雨有一條毛線
可以把你的山頭已經捲好的雨
拉過來
這樣你那裡就會放晴了而我
就會下雨了

同一顆毛線球的好處就是
織成的衣服都是同一種顏色
長度也一樣
你是 S 的而我是 M
如果窗前的苦楝樹可以穿得下
我也可以
如果苦楝覺得太緊而開不了花
我會幫你開花

如果抽過來的毛線打結了
那就沒有辦法了
即便我很努力用了很多感情解開了
也不將是你原本
雨天裡的意思了。

咬人貓

大多數時間
我好想咬人
特別是在有月亮的晚上
有最好的虹吸現象
我最想咬人
把人咬著可以讓牙齒
變得整齊
人類叫作痛的東西
也會跟我一樣
變得整齊一致

省點力氣直接推開我吧
我只是一隻想要咬人的貓
不是你一直治不好
夜夜奇癢難忍的
蕁麻疹。

聖人的早餐

蠱的作法
就是把互不相識的他們
丟進甕裡
彼此撕殺
最後活下來的
就是最愛我的
只要是愛我的
就是心中有愛的
值得配上我的
純潔無暇的稀飯的。

你要的那種無煙的旅行

你說出的那些
並不會把槭樹變紅
你沒說的那些
也不是我要的顏色
剛才又問了你一次
你還是沒有把話說完
剛才沒問你的那些
你卻把它們都燙好了
疊好放在了我的手上
我總算是一個安靜的盆栽了
這樣冒出來的橋段你喜歡嗎
如果不喜歡的話我也可以
變成水池
水池比較好
可以把我當成你的行李箱
背影可以加寬加長
你要的那種無煙的旅行。

慢慢

慢慢把歌聽得很慢
慢慢把座位讓給你
慢慢把旅行戴的手錶也借給你
慢慢的跟你走在一起
慢慢調整正在吃的綜合堅果
裡頭有比較低音的葡萄乾
慢慢的喜歡你
慢慢的牽起你的手但不告訴你
慢慢的把路走完
慢慢把路燈的所有權
交給他
慢慢把你忘記
慢慢快一點老去
慢慢的擦掉你的汗
然後慢慢的說了晚安以及
再一次晚安加一
把歌聽得更慢
但這條慢船上不能再有你。

改善精神病的症狀

原來我的後腳跟一直在推的
不是糞球
而是金桔
這樣很尷尬
怎麼會對我那麼殘忍
在死後才告訴我
你並不是一隻
糞金龜。

兩種櫻花瓣

花瓣落完了
無聲無息的
如果從來沒有落過花瓣
也是可以的
花瓣落下的時候真的很美
今天的午餐多了一樣
巧克力蛋糕
兒童節特餐
我每年還過兒童節呢
不過也行的
嗯
吃的時候會有淡淡的苦味
嗯
如果苦
就不要吃了
很好吃的啊分你一點
有點苦的滋味很不錯
妳喜歡就好了
不過平常不吃蛋糕的
你喜歡平常嗎
喜歡啊
最喜歡哪一種呢
不記得了呢
嗯。

突然停下來也是可以的

窗外白頭翁的聲音
無論我用沖水馬桶沖過幾次
都沖不走
它們比我的佔有欲更多
我要的只是重複
而它們要的是
重複我的重複
跟你要的一樣
不過你要的也並不是太多
突然停下來也是可以的
不過你總是不說
總是不說的還有很多
比如現在的天空
鋪了很多知更鳥蛋
比如白雲飄在上頭
就當做是我的任性
而你都不說
正在孵著它們
我也是可以有一翻作為的
如果妳說了而我也允了
這便是我撥開
這隻白頭翁的方式。

需要替身的時候義無反顧

加拿大蓬草的內心戲很多
一會兒是高空彈跳
一會兒是獅子吼
最常作的動作是凌波微步
之後跳火圈
最難的胸口碎大石也是
天天都在上演的
它裡頭一定有一個豬隊友
一定是一個蹩腳的特技演員
需要替身的時候義無反顧
但總是死得不像瓦片
不然就是傷的太美
太美的東西都很虛弱
一點都不像是導演想要的那種
完美的演出
這也難怪這些內心戲
一直都殺青不了
只要風一直曝光
而春天的底片還夠多
加拿大蓬就會一直
一直有自己的操場
還有臨時演員也是可以
被叫來作臨時觀眾的
這一定是一場爛戲

但是大家快樂就好
拍拍手哈哈笑也是一種票房保證
最重要的是充當
攝影師與燈光效果的導演
已經不在座位上
他正在試麥克風
他以為這是一場默片
但並不是
它還有清風吹拂過的
我們的聲音。

你在那頭

今天早上下起櫻花雪了
你在那頭我在這頭
你的長指甲要來掀開我這頭的泥土
在地上翻滾起來的我
還好有比你捲得更快的草皮
有時我比較希望自己像是一個捲尺
你在那頭而我在你的雪裡頭
前端勾住你的肩膀時
就立刻撥下按鈕
把你的長浪捲成一隻煙囪
我們就可以放下自己的櫻花雨了
再也不用管 Line 裡頭那種華麗緊實
而我們都再也
捧不住的東西了。

亡魂

剪斷的那根頭髮比
時間到了就會自己脫落的那種
來得更輕但更快落在地上
我都能夠辨認哪一束
有平坦的脖子但是具備鋒利的過去
或是粗糙的以前但是我理解未來竟是無恙

我同時可以用左右手拿起兩種不同的頭髮
保持一種好走的姿態
像亡魂也跟我一樣沒得選擇
另一種或然率的死去
像如果骰子上每一面的數字都被磨平
之後留下來的就只有命運了。

經常責備你的人

或許我抬起下巴的時候
才能看到更多的星星
或許那個經常責備你的人
就開始歌頌你
把你眼中的沙
看成實際的光因此
能一次回收乾淨
對於環境保護我總是不餘遺力
那麼悲傷的事情竟可以再製一次
且沒有毛邊
讓人產生幻聽

我也要愛著那個經常責備你的人
每一次多巴胺炙盛的時候
那麼多的花斑浮現我總是難辭其咎
同時分辨兩個人
誰是我愛著的誰是另一個不愛你的
總要明白區分
使藥的效力
像玫瑰與薔薇。

小日子

日子就像是瘸了一隻腳的狗
不動久了
如果頭和垂下的尾巴都不看
看起來就是一張桌子
四四方方的海平面
有盤子跟著船移動
慢慢的滑行到沒有了感覺的地方
如果船也不看只看盤子
那盤子裡頭的水也是斜的
並不特別搖擺張狂
我以為它們會跟那隻狗一樣
顯得有點哀傷
在陽光底下
裸露出無所謂不完整
也不會再更糟的模樣。

夏雨

夏天晚上的雨
只落在圍牆內
忍冬花不小心被我撥開
看見裸露的誠實的
腐爛的根那裡

至於圍牆外的另一種夜裡
有沒有其它的雨停留在
橢圓形的對生葉上
或是打落了多少花冠的白色
我一點都不在乎了
那是明天清晨
第三人稱的事。

像針頭的人天氣微悶

天氣微悶而遠
一直吹著氣球的人流汗不止
但拯救一切的人通常不是他
也不是天生長的像針頭的人
就能免於流汗的命運
這樣的人把汗藏在腋下
祕密滋養紅色的雨林
這種人不用出力氣
只要像一根針一樣
剛剛好活著
閃亮亮的
不會被人遺忘的形狀就好。

更多

傍晚的天氣濕氣凝重
在路旁抽菸的路人貢獻了些什麼
但是剛飛過的飛機引擎聲
貢獻更多
停在黃花上頭的白粉蝶
拍不動翅膀的時候最多
前面一整排開花的黃金阿伯勒
如果不戴眼鏡的時候
看起來也不少

天空又飛過第二台飛機
白粉蝶的翅膀忽然動了一下
好像是一根刺割破了畫布
它想要到的戲份
比我更多。

井字遊戲

最喜歡作的指甲運動是
把蚊子造孽出來的墓塚
刻上十字
這樣我就會記得
在最中間
是你以後的夏天
癢過最多的地方

如果受害面積太大
那就需要用指甲尖刻上井字
井字鼓起來
就是一個更深刻的字
因為分開越密集
黑黑的看不到底
癢的時候
不知道那一個局部才有邊際的時候
我會最多
夜空中有一顆很亮的星星
像是一盞隧道出口的亮光
但是更像一個井口
把我壓得更實的
往往不是黑暗
而是暖風來襲時
我已經失明。

我所了解的雨傘

我所了解的夜晚
是經過一節一節的雨傘
一開一合
降落下來的雨

雨沒有顏色
只有刻痕
比較深的
容易惡貫滿盈
淺的就落到盒子裡
熱淚盈框的時候
眼睛會知道

一直都很想早睡
躺平最後一隻雨傘
把自己折疊起來
像一個沒有脊椎的瞎子
全身充滿了皺摺
只是想在黑裡頭
為你散熱。

或者無計可施

剛把車子停進一個停車格
有時間計數的那一種
會讓人感到緊張的那一種
我不能在往後的路上因此就死了
從這裡到世界末日的路很長
我走不滿
收起費用來會傾家蕩產
但不是我會感到緊張
我已經無法緊張
看著我的愛車
被一個洞吃光
像一隻右鞋經常莫名其妙
丟在另一個城市裡的轉角
紅線違停
淋雨
變疲
而另一隻左邊的鞋子
無計可施
只好選擇在最後一次
單腳跳躍後
感到遺憾。

末日到了

馬路前方的那個人
在脖子上掛了一個牌子
末日到了
但並沒有說是他的
還是路人的
或者是我的也可以
旁邊的電線桿的確比他
更接近天國
至少在高度上就有差別
它安安靜靜的
讓雨水擦過變乾
不比麻雀喧嘩
或緊張

我繞過他已經死去的世界
跟馬路再次平行
並不想要直接面對
他只是好心一點的
水中的礁岩
上頭在陽光中激起的浪花
提醒我永恆很湍急
但狂暴的激情無法溯及既往。

幻聽

來到校門口看到她時
一個人萎靡躲在轉角的縫中
面對牆壁合身而安靜
她不敢看經過的路人
別人都在嘲笑她
但是明明並沒有

另一個男孩也在腦中罵她
從高三罵到現在
說她真變態與好色
什麼事都作不好
她對他說我並沒有
但是高中早已經畢業
她現在大一
男孩已經不在

我叫了她一聲
把拔來了
上車吧不要怕
我放一首貝多芬
第九號交響曲給妳聽
他也聽不到妳的聲音
他會比我更懂妳
牆面的回音。

如果愛是蚯蚓

如果愛像蝴蝶
拆成兩半就不能飛了
所以愛不可以像蝴蝶
愛應該要像蚯蚓
一起吃土
一起吐出泥土
如果遇見鋤頭鏟下
就斷成兩端
一邊開始是處境
一邊以後是夢幻
一旦再生之後
就永遠不再相見
但依然疼惜彼端。

秋遺

步下這石臺階
看得出池水如螃蟹向上
翻剪
幾條魚忙著縫紉
穿梭在浮印的皺褶裡面

一張忘了倒影的漁火
笑不出寫詩的蝴蝶，岸上
垂柳的秋天
誤認我是遙遠

而遙遠的
該是愛情吧
遙遠的該是一架潛水艇
如入無人之境地開在水底的花朵
水底花朵裡的眼睛可以沒有聲音
可以沒有聲音像無主孤魂一樣
愛
目標可以不甜美
目標可以不春天
目標可以不可以不能不行不可以不要像國務機要費那麼不明確
我只要說得出來的永恆
說得出來迷路的航線
說得出來可以不可以不要像記者會一樣指指點點

夢幻般的補助津貼
貼我的後悔
貼我的告別
貼我一場潛水的倒影
子彈
不會命中的倒影

步下這石臺階。

√淡藍色條紋的姑娘

那天晚上
我坐上一片浮萍
我的身旁也有很多人
坐上了自己的浮萍
我們互推了一下
道了晚安

破碎

風從破碎的窗玻璃上
破碎了
被破碎過的風
捲起來的落葉
形成漩渦
顏色變得昏黃
老榮民死前的木造房屋
還在那裡
門牌還沒鏽好
這裡一直都是很有事的
夏天不會經過它
但氣根卻很多
樹洞很深的屋子裡
站著一個坐過頭
淡藍色的姑娘
對著一個木造的鏡子反光
作足了一個越牆蔓藤的夢。

與世隔絕

在牙床上裸露的神經
藏在一個洞裡
我試圖不喝水
不吃東西
不多與人交談
與世隔絕
現在牙齒不痛了
我卻感到渴
與孤獨
我知道孤獨比痛更危險
痛可以很美
孤獨卻使人忘記
正在死去
在牙醫診所裡
現在跟我一起等待的人
都跟我一樣
安安靜靜
不愛說話
像失戀的人一樣危險。

聽你的歌

我在聽你唱歌的時候
它也在聽
它比我安靜
不會壓抑
不像我滿臉
都是各種味道
無用的偽裝我知道
但聽歌時最需要的是
更多的真相
它是比我更喜歡你的
光是照在它身上的
那麼單純的黃色就足夠
比我聽得更遙遠
更接近愛
它是一朵我種得很輕的花
只長出耳朵的形狀
負責只聽歌的前半生
剩下的部份皺摺比較多
讓我漫步走過妳
也許也顫抖
也許也抬頭。

責怪我正在猶豫的樣子

那天晚上
我坐上一片浮萍
我的身旁也有很多人
坐上了自己的浮萍
我們互推了一下
道了晚安
湖水的面積越來越大
彼此的眼睛越來越小
有時也會撞到一些
不怎麼認識的人
不知道該不該直接愛他們
也便宜行事地
道一聲晚安
當成一本小說的序言
但是他們通常並不會太直接
責怪我正在猶豫的樣子
他們跟我一樣
最愛的還是迂迴
在月光下
在銀河消失的裂縫裡
每朵浮萍相距都一樣遙遠
導致任何一種
不對稱的想法而
搖擺起來的那個人

就是此時此刻在水聲裡
最感性的星星。

蜻蜓蜻蜓

蜻蜓停在蝴蝶停過的
停機坪上
蚊子停在它的嘴裡
連續作了很多不連續的夢
蜻蜓不負責作夢
夢是不切實際的
它是一種組織切片
只能前進的時光機器
掛在後頭的維修表單
荷花的花苞在午後
越削越細
水塘在春天時一直嚷嚷的
避雷針每年作出來的都是一樣
只有午後的豪雨會被大量浮點運算
加上一隻吃貨的蜻蜓
在雨中開根號
展開溢位後的故事線
這個夏天所能儲存或表示的能力
特別有限
我的除法需要更多迴避
它的加法也要特別忽略
我打傘讓荷葉低頭的時候
忘了多看她的那一眼
叫作 XX 染色體。

停留在二十三

它是七月會準備好的水
你在五月就一飲而盡
感覺河水都枯竭的時候
該拿什麼過去的雨來悲傷
冷氣房的風都是人工的
你哭的時候並不想這樣
不夠自然
沒人看守的自由很淒涼
多麼不容易才擠出一滴眼淚
卻馬上喝了一口冰牛奶
想要
你說它是值得反覆演練的
我也信了
來來回回的溫度最近一次
是停留在水銀刻度凸起的二十三。

安安靜靜

把雲騰出來
天空就是藍的了
你總是這麼想像
有一塊隨心所欲的桌布
把雲擦了也濕了
再用手扭出水來
要它落成一片池塘
要它也看著天上
那些還來不及擦掉的雲
要它看著自己
還沒擦過的暗藍
要它一切都不管了
就丟一顆石頭在它身上
要它醒來了
就安安靜靜的等待
站在它的身旁
風可能是我的欄杆
也許不是
那又有什麼關係
天空都有逃生路線
都會發出新芽。

摸黑

家裡附近的一道
安靜的牆在我走過的這頭
開了一朵白色的花鐘
在與我無關的那一頭
也許跟著摔壞了一個錶葉
蜜蜂停在上面
撥慢了幾秒鐘
宇宙跟我一樣
都彷彿多停了一小時
那道牆不能再
只走自己的路了
跟我一樣有了新錶帶
就不能只想到自己的手
想要撥回正常時間的風
讓夏天像個瞎子一樣
用摸黑來抵抗善終。

那一年國三的夏天

考壞的一張考試卷
為了要證明的確也考壞了
就只好交卷
老師說一定要參與
這考壞的過程
老師同時也這麼說
不能用汗水寫考卷
然後用想像力等結果
要讓它真的發生了
像那一年國三的夏天
那一年的夏天裡的確
有個國三考生
熱熱的風把當時的冷冷回憶
一下子都吹老了
選擇題與是非
讓現在的你那麼蓬鬆
但如果再加上
被人刮傷的那一道人生申論題
大約只能得到四十分了
老師你還活得好好的嗎
我很聽你的話
沒有使用想像力過日子
我很誠實的
改了自己的考卷了

你忙你的忠告

沒有關係。

每當每當

當狂風暴雨的時候
我總會想念起你
在當時深夜的海上眺望
星星但不吝於看我一眼
裡頭另一種閃爍的樣子
今晚的夜空異常清朗
每顆星星都有了它們的名字
你一定很久不看星星了
不然我怎麼還在上頭曖昧不明

窗外的微風被鈴鐺吹響
或成穗或假以瀏海
不敢相信這會是真的
本應該就要小心翼翼
不要在此時就忘記
收割了你
從前只要你轉頭過來
就會一再掀起的額頭。

夏天的夜

夏天的夜在壓實著花
趁花都變成紙本
字型大小不再變動
句子也不會左右搖擺的時候
也許就能看成是
一條繩索
把繩索圈住我的手
這樣我就不用再
隔著你送給我的鈷藍色吉他
一個人談救命之恩
在夜裡又說太多空話的時候
一個人在浴缸裡滑倒
有花壓著我
像蓮篷頭那種壓平我的方式
我感到有些事情
比如愛被制服
全程被豢養著
也是很好的。

剛好

昨晚一定是下雨了
不然我的枕頭怎麼會是濕的
而我的臉是滑倒的
一定是又不小心
沒有把窗戶鎖緊
總是幾天就會忘記一次
雨其實就是現在的你
帶著以前的你
那種一起抓著窗子
不放手的方式
那種你掉進一個洞
憤憤不平時
我剛好也在對面的方式
那種還沒到秋天
心動不動就自己綁上雪鏈的樣子。

望遠鏡

買了一個望遠鏡
讓事情可以很快失去的那一種
蝴蝶留不住
雲飛不走的那一種
我跟自己說
其實看看鳥也很好
青色的或黃色的
只要乖乖停在枝頭上的
有跡可循並不會突然閃退的
也是很好
於是你搶了我的望遠鏡說你也要
看我正在看的你
會是什麼顏色的鳥
不是什麼都能夠看到的好嗎
你又沒有手
你怎麼能夠真得拿起望遠鏡
看陽台上我隱射的身影

今天陽光的水位有點深
白雲貼著水面滑行
蝴蝶只想要當一團泡沫
顏色怎麼突然變得那麼輕
在我停格的時候總是這樣
滑不動了再多滑了幾次

還是這樣猶豫的時候我就
想成為一隻防水的比目魚
放下我們的望遠鏡
讓眼睛把沙子吐清。

以及我所能理解的那種

魚如果慢慢游泳
就會慢慢變成水
所以牠們總是搖尾擺鰭
感受著水的存在
只要多擺一會兒
離開原來的地方
就有機會回到過去
遇見沒有死去的同類

聽說水都是魚的祖先變的
牠們保護子孫長大
在牠們的周圍都包覆著滿頭的秀髮
只要不曾停止思考
從來也不會遺忘
梳理那些激情的馬尾
以及我所能理解的那種
終究會落於地上的扯鈴。

我不知道這個夜晚

我不知道這個玻璃的夜晚
是不是也是被吹噓出來的
有一個陌生人走到我的面前
說他吹彈我的時候因為不夠專注
讓表面不夠透明
最薄的地方到處都有洞
是典型的失敗案例
他為什麼現在要跟我說我是失敗品
我已經佔領自己的空屋那麼多年
好生愛過了很多鄰居
也被很多房東所愛
他說那你曾經被人用雨水裝滿過嗎
我說好像只有那麼一次
我用力憋氣的時候
不小心說了我永遠愛你。

關於旅程中你所說過的

關於旅程中你所說過的
我已經忘記
我總是會忘記別人
感覺美好自由的時候
說過的蠢話
我當然的確相信了
也願意參與那時預先計畫的喪禮
而當時我們都信了
但是我知道旅行
只是把舊的街道
搬到新的城市去
路燈也許是新的
但臥底的飛蛾還是陳舊的
你無法確定
當時燈下撲火的影子裡
閃動的是否會是隔夜橫陳
在地上的新人
夏天的夜晚進行的很慢
沒有殼的蛞蝓比有殼的更多時
更容易傷感
蟬聲是有聽到事情進行比較好的情況下
你要倒帶回去我剛好在的那個地方
我沒聽到達達聲就不會攔阻的
那片剛剛好的月光卻又裝了消音器的黯淡裡。

喜歡說雨的你

你下在山上
不下在海裡
是因為沿路
可以垂頭唱歌
你說也許也會遇見
沿河正在唱歌的我
你會把水聲調慢幾個晚上
跟我的錶
一樣想法
先給我一個漩渦
拉著胚
我感到更投入了
就化作餡
再貫徹我
許多洞
當我的副歌
像一隻笛子
喜歡說雨的你
不直接下在海裡
下在每一碗的樹心裡
樹連著河
河連著岸
你翻頁的時候
岸上恰恰有剛好蓋上的

防偽騎縫章
那就一定恰恰是我
我就唱歌
唱你的歌
給我們聽。

小星星

小星星出來了
一閃又一閃
牙醫診所的招牌燈
跟上了也亮了
一個洞又一個洞
痛的跟不痛的洞
看的或不再看的人
一起瘋了
我要的跟不要的
一樣的都瘋了
都像火
像一個稍晚就會被捻熄的錯。

但那隻叫作沙沙的貓

小時候已經知道什麼是離心力
曾經抓著尾巴甩死過一隻貓
把牠別在樹上三年左右
樹林消失了
但那隻貓還在樹上搖晃
像一隻素縞色的蝴蝶
四十年後
每當葉子從窗外的樹上落下來
我總能聽見喵喵的聲音
沙沙的在響
沙沙是你原來的名字吧
就像雨的尾巴握在手上
磨擦毛髮的聲音。

但雨相對溫柔

中年的狗
在窗外聽著蟬聲
懷疑充耳疥蟲的耳朵挺著它
蟬聲就越叫越近了
但偶爾也會有
完全無聲的時候
這時就能聽到樓下孩童的喧嘩
取代我天邊那一朵晨曦
看著我遲來的晚年
蟬聲一直是樹的第三節脊椎
風的第五根龍骨
夏天的耳順等等的
我都是這麼捨近求遠
故意不跟我的笨狗說
其實我是多麼想念著你

氣象報告老說熱帶鋒面報到
降雨主要下在腳邊
雲多溫度且低調
這句顯然是廢話
反觀腰部以上雖有雨
但雨相對溫柔。

於是我在麵店膨脹了

於是我在麵店膨脹了
吃麵的時候太多期盼
但忘記了人生少有裝滿
赤肉羹並不會很多
湯總有喝完的時候
我因此膨脹更多了
這有點像蒼老師以前教過的那種
遇到喜歡的人
就要勇敢膨脹起來的態度無異
這比起看著電視不斷播送的分屍案
主張廢死與反廢死或是反反廢死以及
反反反廢死而揮舞的那根棍子
更加輕而易舉。

彼此無話可說

就像有些牽牛花
喜歡在夜裡凋謝一樣
所有的今夜的或成對的
風
都沒有錯
錯誤的是
我不懂所謂羸弱
為什麼總是會在我想要
好生捧著它的時候
便真心懂得了羸弱
也許是在一個有微光閃動的樹頂上
有一隻突然叫做冷淡的蟬
還在鑽洞
在黑夜都已經變成一種
再也捉不住水的海綿
又證得了鬆弛是必然的時候
特別地
特別地
對人無話可說。

那不是你今晚要給我的那一種 π

你今晚給我的 π

是一隻電風扇

我看不清楚圓周的形狀

也量不好

不對的葉片冷淡的直徑

風扇聲一直都是無條件

3. 14159265358979323846264338327950288841971

我最多只能數到凌晨一點二十五分

剩下來的小數點

就照往例交給窗外的星星

它們理應會幫我數完的

我不應該在此時關掉風扇

當風不再鼓噪

不再灌進我的船艙

就會有人探頭出去

想著我們究竟怎麼了

那不是你今晚要給我的

那一種 π

我現在喜歡的不是常數

切碎耳朵的感覺

最討厭無聲的真空。

藍色條紋的天空

陽台上發現一隻
叫聲很大但有笛孔的蟬
慢慢湊近的時候
發現牠已經
死了很久了
跟我們的愛情一樣的死法
早就死了很久但叫聲卻像
秋天
以及多年後的秋天裡
雲偶而會飄過來
疊起來會一層一層的
不能被剪開的那種死法。

違和感

他習慣在傍晚帶著木柴回來
升起爐火
在炙盛之前離開
甜蜜的煙
留下一個過份違和的房子
和顯然將會燒焦的我
他習慣在清晨打電話回來
把沒有燒完的柴薪帶走
有時候會忘了把我帶走
也一點違和也沒有。

不止是我

窗外蟬聲忽遠忽近
浮標在服著緩刑的河中載浮載沉
我看不到那些所謂
靜靜生活的樣子
蟬聲裡的那些樹也應該是
跟我有同樣起點的經期

讓葉子們靜靜地膨脹
新的光消滅著舊的肩膀
偶有舊的魚游過新的餌
聽著某一隻心變薄的蟬
突然中途感傷作痛了幾次
因此而涅槃的
也應該不止是我。

微風還能令我溫柔

沒有任何證明
證明我們曾經好過
正如同我們不久以後也會壞過
也不會留下什麼
關於晚安與隨後的晚安加一之種種
之後竟然是一片空白
而我剛剛才瞭解
它們只是無邊夜色的前簷
滴著的雨水
和滴完的雨水
走成一塊的時候
讓我感到為難的
是那把藍色的吉他
想要拿起它再彈
才發現那並不是雨水
姑且相信了鋼弦
於是無話可說
讓我感到粗魯的
是微風居然還能
令我溫柔。

不想被路燈抱著的姑娘

他那麼安靜

已經詞窮

就說愛我

開始失去自我

擅長演戲

我並沒有比他更便宜行事

如果我說我是一個

懂得妖術的人

那麼他一定會理解

我不說話不代表

我不說話

我不刻意說愛

是怕我施展的法力太強

或太溫柔讓我們直接墜落

太快走到了盡頭

他誤解我的時候

又詞窮

又看著我

眼睛有光

拿起十字架

假裝念佛

我其實只是一個喜歡嫉妒

不想被路燈抱著的姑娘。

她喜歡緊

她喜歡緊
找不到空隙在那裡
又喜歡留不住我
再被占據
喜歡巢中有知更鳥
有蛋更美麗
或許就像她也喜歡的
複雜的藍色情緒
一旦脫口而出
就分別死去
我也喜歡她喜歡的緊
那樣深邃
裝有倒勾的一種愛
任性篡改我的鬆懈
一頁又一頁拔高
一節又一節的退怯
複製著我
以及長生不老的半島。

愛的餘裕度

看見一隻老鼠在深夜的巷口
沿著月光的指縫行走
不自覺地學起貓叫
想克制牠像克制自己
突然傷感的時候老鼠也會驚覺
不再等待月亮
你是還有愛的
也許一起靜止互望一眼
交換了恐懼就交換一切了

老鼠開始學貓叫
我在水溝蓋的齒痕前
測量我的頭圍
以及愛的餘裕度
以及學老鼠說晚安。

互換風聲

深夜裡吹著電風扇的時候
就會聽不到外頭的風聲
就不會知道現在那些蟬
在那一棵樹的懷中
過著與我無關的人生

電風扇或許需要按下旋轉鈕
我也是一隻會閃爍的旋轉木馬
在兩種風聲裡面互換表情
在兩種角色扮演裡頭
互換風聲

月亮重新綻放了
烏雲離開的速度
比來的時候更緩慢一點
我吹著電風扇而
顛沛流離的日子
又倒帶回去
重新過了一些。

更好的失戀品質

被蚊子叮嚀的時候
如果太短
就用指甲尖刻上十字
我是那麼容易迷路的人
經常忘記傷害以及
傷害的必要性
如果太長
我就掘一口井
分成九種植物分類
讓它們互相告別城牆
拆開集中托高的那種癢
有助於提升
更好的失戀品質

我不介意蚊子無聲無息的靠近
我不介意牠們停在我身體上的任何地方
我不介意那種只想留下嘆息的樣子
我在意的只是
不要在相同的井裡頭
再挖一口舊井。

害怕本身只想找人作伴

他們暗示我看到一隻老鼠
毛絨絨的
道德骯髒的
有易於常人搖擺的尾巴的
控制不住的
被污染的
就要尖叫起來
更多暗示
暗示我必須也看到一隻老鼠
被置換的暗示
就要尖叫起來
被污染的
控制不住的
有易於常人搖擺的尾巴的
道德骯髒的
毛絨絨的
又再尖叫起來
更不會害怕
害怕本身只想找人作伴
害怕從不害怕落單
他們又在新聞裡
暗示我看到一隻老鼠
我其實看過更逼真的
當她說要分手的時候

就要趁機踩步
或尖叫起來
被污染的
控制不住的
有易於常人搖擺的尾巴的
道德骯髒的
毛絨絨的
獨自逃走的那一種的
彷彿就是我
彷彿從不害怕落單。

雨水很卑微

刪了你遲遲不回應的對話框
讓這件事情從來沒發生過
然後天空就開始下雨了
眼牆很高的颱風顯得
雨水很卑微
但結構很完整的心情
又只能旋轉不能傾斜
聽說如果現在一個人
站在那個眼下的島嶼上
所有的棕櫚樹都會低眉
在夕陽西下的時候會看不到自我
海水像瞳孔一樣黏稠
水母在眼皮上被軟禁
黑著徘徊著也無雨著。

喜普鞋蘭

爬山的時候
總覺得比山還要老
走在每一條分岔路上
知道那畢竟也是某一條
必然會開岔的路
更知道終點以後要開始
彎腰
你都知道但你不知道
那些愛過的人
頭髮竟然也會因此
在以後雲霧繚繞
唯一可見的
是一朵像鞋子的蘭花
看起來是被我合身穿過的樣子
而下山的時候
又想起來原來她已冷冽
略高的體感溫度
顯示那的確是有人剛剛逃走的
但忘了原地解散的愛。

國家圖書館出版品預行編目

春天逃城 / 阿鏡著. – 臺北市：阿鏡, 2018.10
　　面；　　公分
　　ISBN 978-957-43-5949-3(平裝)

851.486　　　　　　　　　　107015291

春天逃城

作　　者／阿　鏡

出　　版／阿　鏡

製作銷售／秀威資訊科技股份有限公司

　　　　　114 台北市內湖區瑞光路 76 巷 69 號 2 樓

　　　　　電話：+886-2-2796-3638

　　　　　傳真：+886-2-2796-1377

網路訂購／秀威書店：https://store.showwe.tw

　　　　　博客來網路書店：http://www.books.com.tw

　　　　　三民網路書店：http://www.m.sanmin.com.tw

　　　　　金石堂網路書店：http://www.kingstone.com.tw

　　　　　讀冊生活：http://www.taaze.tw

出版日期／2018 年 10 月
定　　價／700 元